講談社文庫

暗闇の囁き

〈新装改訂版〉

綾辻行人

講談社

To Holland L Niles

目次

暗闇の囁き

〈新装改訂版〉

序章

少年は呆然（ぼうぜん）と立ち尽くした。
おのれの目がとうてい信じられないような、あまりにも惨（むご）たらしい光景が、そこにはあった。
足もと――地面にへばりつくようにして、うつぶせに倒れている、これは寺田（てらだ）くんだ（……テラダ、クン）。背中が縦方向に大きく切り裂かれ、破れた服から赤い肉がはみだしている。土に爪を立てたまま、静止した右手。左の腕は、ない。肘のあたりから先が切り落とされているのだ。傷口からは、おびただしい鮮血が溢（あふ）れ出していて……。
あそこ――あの木の下に倒れているのは、あれは武部（たけべ）くんだろうか（……タケベ、クン）。おなかがまっぷたつに割れ、ぬらぬらした内臓のかたまりが体外に飛び出している。

それから、ああ、山崎くんもだ（……ヤマサキ、クン）。向こうの叢の中に倒れ伏している。ほかの二人と同じように真っ赤な血にまみれ、そして……。

少年は呆然と目を見開いたまま、ふらふらと歩を進める。

その死体には、首がなかった。切断された頭部は胴体から少し離れたところに、無造作に放り出されていた。

何ということだろう。

いったい何が起こったというのだろう。

四人は道に迷っていた。本隊からはぐれてしまったのだ。

かれこれ四時間以上も山の中を歩きつづけていた。地図もコンパスもなかった。道はどんどん細くなっていった。道標も見つからなかった。そうするあいだにも確実に太陽が低くなってきて、みんな途方に暮れていた。

先ほど――三十分くらい前になる――少年はこの道で、この崖の上で足を滑らせたのだった。険しい斜面を転がり落ち、灌木の枝にひっかかって止まった。あちこちをすりむいたものの、幸い深手は免れた。

少年の名を呼ぶ声が、崖の上から聞こえた。それが悲鳴に変わり、まもなく消えてしまったことを不審に感じる余裕もなく――。

少年は必死の思いで、斜面を這い登ってきたのだ。するとこの、文字どおり地獄のような惨状である。

いったい何が、短時間のうちに三人のクラスメイトたちをこんなにしてしまったのか。――何か獰猛な野獣が？　それともこの山中には、血に飢えた殺人鬼がひそんでいるとでもいうのか。

そういった思考を始める前に、少年の心は空白へと途切れた。あまりにも激しいショックのため、恐怖や不安という当たり前の感情さえ持てないまま――。

少年はふらり、と叢に踏み込んだ。

（……ヤマサキ、クン）

内向的で孤立しがちな少年に対して、クラスでただ一人、いつも優しい言葉をかけてくれた友人だった。少年が閉じこもった〝世界〟に、彼は何とかして入ってこようとしてくれた。少年はだから、彼のことが好きだった。

（ヤマサキ、クン……）

地面から彼の首を拾い上げる。血まみれのその顔に頬をこすりつけ、少年は少しだけ涙を流した。

どこをどう歩いてきたのか、少年自身よく分かっていなかった。ほとんど茫然自失の状態で、まる二日のあいだ山の中を彷徨いつづけてきたのだ。

だからその日、少年がその湖のほとりに出たのは、奇跡にも等しい僥倖だったと云えるだろう。

＊

見憶えのある、小さな湖のたたずまい。湖を取り囲んだ暗い森のにおい。……白い洋館の前に、そして少年は辿り着いた。

家から飛び出してきた使用人夫妻の、驚愕と狼狽。少年が背負ったリュックサックの中から腐りはじめた生首が現われると、彼らの表情には激しい恐怖が加わった。

少年の心は空白へと退行したままだった。

何も説明することができなかった。

何も弁解することができなかった。

何も……。

夫妻からの知らせで駆けつけた父親は、恐れと憎しみに満ちた目で、そんな少年を見すえた。

＊

その夏の、ある日——。

白い洋館の屋根裏に、少年は部屋を与えられた。

ドアには鍵がかけられ、それを開く自由は少年から奪われた。

第1章　誘(いざな)いの闇

……あっちゃん。あっちゃん？

……やあ、実矢(みや)

あのね、きょうね、先生に訊(き)かれたんだ。あっちゃんのことを

……………

麻堵(まど)も心配してるよ。ぼくも心配だ。もしかしたら、先生……

喋(しゃべ)ったのか

ううん。だって、「秘密」なんでしょ、絶対に

そうさ。秘密だよ。誰にもまだ、気づかれちゃいけないんだ

うん。分かってるよ。でも……

何だい？

でもね、いったいどこに……

…………

ねえ、あっちゃん、どうしたらいいの。ぼくたち、どこに行ったら……

…………

1

それは、古びた小さな礼拝堂だった。

灰茶色の板壁に汚れた白枠の窓。赤茶けたスレート葺きの屋根。屋根のてっぺんに立った長細い十字架。——入口の大きな黒い二枚扉だけが、いやに堂々とした趣を残している。

(……この中に?)

朝倉かおりは立ち止まり、風に散る長い髪を片手で押さえた。

長くなりはじめた春の日も、すでに夕闇に侵されつつある。足もとから地面に長く伸びた自分の影。その輪郭がだんだん、闇に溶けていく。

逢魔が刻。――光と闇、現と夢が交わる時間。

(……どうしよう)

漠然とした恐れが、心に滲んだ。ついさっきまでは、まるで意識することのなかった感情だった。

かおりは足を止めたまま、おどおどとあたりを見まわした。

森が、冷たい風にざわめいている。ところどころに雪が、まだ解けきらず残っている。背後の小道が、たったいま通ってきたばかりだというのに、暗くて得体の知れない異界へと続いているかのように見える。

ふたたび眼前の建物に目をやった。

森の切れ間――急な角度でめくれあがった山の斜面を背に、鬱蒼と茂る木々を両手に、それは建っている。「礼拝堂」という言葉に付随する荘厳な雰囲気は、ここには微塵もない。屋根の十字架さえなければ、寂れた山小屋とでも云ったほうがふさわしいだろう。

この場所にこういう建物があることは、家の者から聞かされて知っていた。危険だから近寄ってはいけない、とも云われている。もうずいぶん長く使われておらず、補修の手も入れられていないうえ、数年前に崖崩れがあって、建物の一部が土砂に埋もれてしまった状態だというのである。

（この中に、あの子が？）

しかし――。

入口の扉には、長い板切れが何枚も打ちつけられていた。入るな、ということだ。

窓も同じようにして、ほぼ完全にふさがれている。

追いかけてきた――といっても、ぴったりとあとをつけてきたわけではなかった。たまたまこの森に入っていくあの子の姿を見かけ、同じ道を辿ってきたらこの場所に出た。それだけの話なのだ。あの子はここを素通りして、さらに森の奥へと進んだのかもしれない。――が。

（……違う）

かおりの直観はこのとき、迷いなくその可能性を否定した。

あの子はこの中だ。この礼拝堂の中に入ったんだ。

もう一度、あたりを見まわす。

漠然とした恐れは心から消えようとせず、礼拝堂には近寄るなという忠告とあいまって、彼女を躊躇させた。それを振り切ることができたのは、そのとき急に強く吹いてきた風が、周囲の木々を騒然と震わせたからだった。

その音に驚き、驚いた拍子に彼女は、建物に向かって足を踏み出していたのだ。板でふさがれた入口の扉を開けられるとは、とても思えなかった。その両側に並んだ窓も同じである。

窓の一つに歩み寄り、打ちつけられた板の隙間から中を覗(のぞ)いてみる。だが、汚れ放題の窓ガラスの向こうに認められるのはただ、真っ暗な空間の存在だけだった。

（どこか、入れるところがあるはず……）

枯れ色の目立つ雑草に、建物の周囲に沿って踏み分けられたような形跡があった。ということは、普段からここは、あの子――いや、あの子たちの、秘密の遊び場所になっているのかもしれない。

どこかから中へ入れるはずだ、と思った。

どこか……そう、裏手へまわれば。

無意識のうちに足音を忍ばせていた。そうしてかおりは建物の、向かって右手の側面へとまわりこんだ。

側面に並んだいくつかの窓も、すべてがほかと同様に板でふさがれている。そう見て取るのとほぼ同時に、彼女は確認した。建物の奥の部分が、家の者から聞かされていたとおりのありさまであることを。

崖崩れに見舞われた跡――。

無惨な、というよりも、それは何かしら異様な光景だった。崩れた土砂に半身を呑(の)み込まれた礼拝堂の姿は、隆起した土砂を〝殻〟として持つ巨大な蝸牛(かたつむり)のようにも見えた。

足がすくんだ。

確かにこれは、ひどく危険な状態だ。いつ建物全体が倒壊したとしても不思議ではない。

引き返そう――と、かおりは思った。

薄暮は、さっきからのわずかな時間でいくらかまた、闇の密度を増してきている。引き返そう。この崩れかけた礼拝堂の中であの子が何をしていようと、べつにかまわないではないか。わたしがことさらに気をまわす話じゃない。

そろそろと踵(きびす)を返そうとした。ところが、皮肉にもそのとき彼女は、建物の壁に穿たれたその穴を見つけてしまったのである。

土砂に埋もれた部分と無事な部分との境目――その、少し手前のあたりだった。灰茶色の板壁の下方に、壁の色よりもずっと深い色の裂け目が覗いているのだ。

（……ああ）

持ち前の強い好奇心を、このときは怨めしくも感じた。

（あそこから……あの穴から？）

すぐに引き返すのはやめにした。完全に陽が落ちてしまうまでには、まだ時間があるだろう。だから……。

2

大人が身を屈めて、やっと通り抜けられるほどの穴だった。

腐蝕して自然にできたものなのか、あるいは人為的に破られたものなのか。どちらとも判断がつかなかった。

単なる好奇心だけでは説明できない。そんな、何か抗いがたい力に引かれるような気分で、かおりはその壁の穴に身を潜り込ませた。

……暗い礼拝堂の中。

穴から這い出して立ち上がったとき、最初に感じたのは、闇に充満する凄まじい湿気だった。

ひんやりと、けれどもじっとりと、肌に粘り着いてくるような空気の感触。澱み、濁りきったそのにおい……。

建物ではなくて、何だか洞窟の奥深くに踏み込んだような心地だった。

両腕を交差させて肩を摑んだ姿勢で、じっと暗闇に耳をそばだてた。息苦しいほどの静けさの中、どこかで水の滴る音が続いている。

（……あの子は？）

徐々に目が慣れてくる。ふさがれた窓の隙間から射し込む幾筋かの光線のおかげで、内部の様子がかろうじて見える。

かおりが立つ場所と堂の中央部を隔てるようにして、机や椅子が積み上げられていた。向かって左側――正面入口の上部には、埃で汚れたステンドグラスのくすんだ原色が。右側――建物の奥のほうには、壁を突き破り屋根の一部を落として流れ込んだ土砂の、黒々とした隆起が見えた。

（どこにいるの）

闇に阻まれ、隅々までは見通せない。が、どうも人の気配は感じられなかった。

ここに入ったのではなかったんだろうか。それとも、わたしが入ってきたのに気づいて、気配を殺しているんだろうか。

「いるんでしょ？」

そっと声をかけてみた。高い天井のせいか、声は意図したよりもずっと大きく反響して、それを発したかおり自身をぎくりとさせた。

「ね。べつに叱ったりしないから」

こつっ……と、かすかな音がした。

(どこ?)

「どこにいるの。ねえ」

返事はない。しかし、今の音は……。

かおりは積み上げられた椅子や机を迂回して、そろそろと建物の中央へ進んだ。ぴたぴたと断続的に響く水の滴り。今の音は、それと同じ方向——土砂が迫った奥のほうから聞こえた気がする。

「出ていらっしゃいよ」

やや声の調子を強める。

「隠れることないでしょう」

板張りの床が、気味の悪い軋みを洩らす。

土砂が流れ込んだ部分が陥没しているせいだろう、床は奥に向かっていくらか傾斜しているようだった。——やがて。

何か仄白いものが、前方に見えた。暗闇の中で、膝を抱えたような姿勢でじっとしている。

(……いた)

(あんなところに……)

「何をしてるの」

問いかけながら、そちらへ向かって歩を進める。

あんなところで何をしているんだろう。わたしに怯えてるんだろうか。それともまさか、怪我でもして……?

暗くて、はっきりとは様子が分からない。かおりはそこで、ブルゾンのポケットにライターが入っていることを思い出した。

「どうしたの」

ライターを取り出し、火をつける。踏み出した足先が、床にできたぬかるみをぴちゃり、と鳴らす。

「ね、大丈夫?」

揺れる炎で闇が払われる。——すると。

「だめ」

ふいに声がした。小さく叫ぶような声だった。

「だめだよ」

しかしながらそのとき、かおりは見てしまっていた。そこにうずくまっている、その少年の姿を。

恐怖が身体（からだ）の芯を震わせる。

次の瞬間、彼女はかざしたライターを放り出し、出口に向かって駆けだしていた。

悲鳴を発したかったが、喉が縮み上がって声にならなかった。

床のぬかるみに何度も足を取られた。転びそうになるのをどうにか持ちこたえ、入ってきた壁の穴まで戻ると、服が汚れるのもかまわず頭から滑り込んだ。

背後の闇の中で動く足音。ぴちゃぴちゃとぬかるみを鳴らして……。

（……追いかけてくる！）

外へ飛び出した。

冷静に考えてみる余裕などなかった。ただ、ほとんど生理的な恐怖心に憑（つ）かれ、突き動かされ、かおりは森に向かって逃げだした。

ちらっと後ろを振り返る。壁の穴から這い出してくる、小さな黒い影が見えた。

（あの子が、追いかけてくる！）

森の中へ延びる小道。待ち受ける暗がりは、先ほどよりもずっと深くなっていた。冷たい風にざわめく木々のあいだを、がむしゃらに走る。やってきた道を引き返しているつもりだったが、本当にそうなのか自信が持てなかった。けれど、ここで走るのをやめれば、それだけでもう一歩も足が動かなくなってしまいそうな気がした。

（あの子は）

（いったい、どうして）

（何が……）

心の中に乱れ舞う疑問。

（……あっちゃん）

突然、右の足首に激しい衝撃を受けた。

痛みを感じるいとまもなく、うわっ、と思ったときにはもう遅かった。道に張り出していた木の根に、足をひっかけてしまったのだ。

宙を飛ぶ勢いで、彼女は前方へ倒れた。ちょうどその下に、道を横切る太い倒木があった。

一秒の何分の一かという短い時間、かおりの目は、倒れていく自分の喉にぴたりと狙いを定めて待ちかまえている、鋭い枝の切っ先を捉えた。

3

……動かなくなってしまった。こんなにいっぱい、血を流して。

(ぼくのせいじゃない)

そうだ。ぼくのせいではない。

(この人が、勝手に……)

倒木の枝に喉を貫かれた彼女の身体は、腕立て伏せでもしているような姿勢で完全に静止していた。

樹皮にめりこんだ彼女の顔を横から覗き込み、少年は途方に暮れた仔犬のように、白く細い首を傾げる。そして…………


……………

……………


…………手にした鋏を、神妙な面持ちで握り直した。

彼女は同じ姿勢で凍りついたまま、かすかな動きも見せない。

白いブラウスに白いスカート、白いブルゾン。森の暗がりに溶け込んでしまいそうな、黒い長い髪。

（ヒトツハ――）

何かに取り憑かれたような、不自然なほどに落ち着いた手つきで、少年は銀色の鋏を開いた。

（ユキオンナノクロカミ、ヲ）

第2章　出会いの森

夏。

昼なお薄暗い森の懐に抱かれて……。

ねえ、麻堵。今度の先生、どう思う

さあ。――よく分からない

今度の先生、ママに似てるね

え？　そうかなあ

似てるよ、絶対

実矢がそう云うのなら……でも、ママはもっと色、白いよ。髪の色も違うし

あっちゃんは？　そう思うよね

……ああ

ママの昔の写真に、感じ似てるもの。ね、そうでしょ

そうかな

前の先生、あんまり好きじゃなかったんでしょ、あっちゃんは

そういうわけでもないけど……

ぼくらのこと、変な目で見てたよ。あっちゃんのことも、訊かれたもの

話してるのを聞いたんだ、きっと

うん。ほっといてくれれば良かったのにね

大人って、みんなそうだ。どうしてぼくたちを叱ることしか考えてないんだろう

……パパ、嫌いだ

今度はいつ来るのかな

あさって来るって、クニさんが云ってたよ

ずっと、いなきゃいいのに

そうだよね

囁(ささや)き合うような少年たちの声。

森のざわめきに呼吸を合わせ、漂う闇に身をゆだね……。

1

　峠を越えたあたりで、外の景色が急に雰囲気を変えた。ひたすらに明るく、暑苦しいほどの緑で埋め尽くされていた山並みが、ふと表情を翳(かげ)らせたかに見えた。今まで大きなかたまりでしかなかった森の木々が、その一本一本に何やら不安げな陰影を含み、各々の動きを主張しはじめた。山毛欅(ぶな)や樫(かし)の広葉樹と樅(もみ)や松の針葉樹が入り交じった森林——そんな植生が変化したわけでもないのに、木々の巨大感がぐっと増したようにも感じられた。

　それは単に、中天の太陽が流れる雲に隠されて地上に広く影が落ちた、そのせいなのかもしれなかった。あるいは、山に吹く風がふいに強くなった、その効果だったのかもしれない。

　いずれにせよこのとき、悠木(ゆうき)拓也(たくや)はとても奇妙な心地になった。

　自分の運転する車が突然、これまでのありふれた山間(やまあい)の道とはまったく不連続な場所へ抜け出してしまったような……。

……この国ではない、どこか。

日本語で名を綴(つづ)ることがふさわしくない、どこか遠い国の。

そんな思いに囚(とら)われたのは、しかしほんの一瞬だった。

エアコンを止め、運転席の窓を開けてみる。吹き込む風に期待したほどの涼しさはなく、頭の真ん中で分けた長めの髪を散らした。

いささか自嘲的な気分になった。

要は、日本というこの国から――現代というこの時間(とき)から、逃げ出したいと願望しているわけだ。そこまで大袈裟(おおげさ)に云わなくても、とにかくまあ、僕は逃げ場を求めてここへやってきたようなものだから……。

(……にしても)

窓を閉め、ふたたびエアコンをつけながら拓也は、カーヴが連続する細い山道に意識を集中しようと努める。

(十年も前となると、憶えてないものだな)

烏裂野(うさきの)。

一般にはほとんど、なじみのない地名だろう。だが、この山里もかつては、将来の開発・発展を期待された時期があったという。

東京から車で四時間近くもかかる。決して利便性の高い場所ではないが、以前ある鉄道グループの不動産部門が地元と提携して、ここを別荘地として大々的に売り出そうと計画したのだ。うまく運べば今ごろは、第二の軽井沢(かるいざわ)あるいは清里(きよさと)と呼ばれるようになっていたかもしれない。

ところが、その計画はごく初期の段階で打ち切りとなった。どういう経緯があってそうなったのか、拓也は知らないし興味もない。ただ、計画を中止した判断は正解だったな、と思う。

人と同じように、土地にもまた性格というものがある。いくら開発に金を注(つ)ぎ込んでみても、大規模な広告を打ってみても、この烏裂野という土地は結局、都会から大勢の人間たちがやってくるのを拒んだことだろう。

なぜそうなのか、と問われても、拓也にはうまく説明できない。大人になって久しぶりにこの土地を訪れた彼の、それはきわめて直感的な――もしかすると感傷的な――見解だった。

十年前、拓也は一度だけ、烏裂野で夏を過ごした経験がある。十二歳――小学校六年生の夏休み、だった。

母方の伯父が、このあたりに別荘を持っているのである。先ほど通り過ぎた鳥裂野の村落から、さらに半時間余り山の懐へ入ったところ。姫(ひめ)乃(の)湖(こ)と呼ばれる小さな湖のほとり。そこへ、子供のいない伯父夫婦に連れられて遊びにいったのだった。

「小学校六年生」という云い方であればまだ、さほどの違和感はない。そのころの自分の姿を思い浮かべることも、そんなにむずかしくはない。けれども、それを「十年前」という時間の経過で云い直してみると、十年前の自分は何だかとても遠い存在に感じられてしまう。

十二歳と二十二歳を隔てる十年の時間は確かに、厚くて重い壁だと思う。いっけん透明なようでいて、決してそうではない。その壁によって阻まれた、あるいは歪(ゆが)められた風景がいくらでもある。

むかし伯父の車に乗せられてこの地を訪れたときの記憶を、妙に歯がゆい気分で探りながら、拓也は車を走らせた。黄色いフォルクスワーゲン〈かぶと虫(ビートル)〉。今年になってから手に入れた、かなりの年代物である。

下り坂からまた上りに入っていた道路の傾斜が緩む。まもなく道は未舗装の悪路となり、豊かに葉を茂らせた木々の枝が両側から覆いかぶさってくる。その影の作り出す仄暗（ほのぐら）さの加減が、進むに従ってだんだん増してくるような気がする。

やがて、前方左手の森の隙間に一瞬、銀色の輝きが見えた。

（あれは――）

湖だ、と思った。姫乃湖の湖面が、太陽の光を反射したのだ。

スピードを落とし、同じ輝きを探した。きらっ、とふたたび森の向こうが光り、拓也の目を軽くくらませた。

（もうすぐだな）

目的地が近いと確認できて、ちょっと安心する。そうして、助手席のシートに放り出してあった煙草（たばこ）に片手を伸ばそうとしたとき――。

「わっ」

思わず声を上げ、拓也は急ブレーキを踏んだ。森の中から突然、小さな人影が道に飛び出してきたからだ。

砂埃（すなぼこり）を巻き上げ、車は真横を向いて止まった。間一髪で衝突は免れたようだ。冷や汗がじわりと背中に滲んだ。

「大丈夫か」

あたふたと車を降り、声をかけた。停止した車のほんの数十センチ先に、地面に両手をついて立ち上がろうとしている小柄な少年の姿があった。

「大丈夫かい、きみ」

黄色いパステルカラーのTシャツにグレイの半ズボン、白いスニーカー。上体を支えた細い腕が、ぶるぶると震えている。

「ねえ、きみ……」

(どうしてこんなところに、こんな子供が？)

駆け寄ると少年は、はっと拓也の顔に目を上げ、

「ご、ごめんなさい」

怯えたような声で云った。

「ごめんなさい。あ、あの……」

「ぶつかった？　怪我は？」

「あの、あの……」

柔らかく波打った髪が、耳を隠している。その、茶よりも赤に近い色の感じが、何となく日本人離れして見えた。肌の色も、とびきり白い。

「大丈夫」

言葉は、はっきりとした日本語だった。

「転んで、すりむいただけ」

それを聞いて、いくぶん緊張が緩んだ。拓也は少年の腕を取って助け起こしてやりながら、

「びっくりしたなあ。急に飛び出してくるからさ。きみ、この辺に住んでるの？」

「えっと、あの、ぼく……」

「森の中で遊んでたのかい」

「あの……あのね、あっちゃんが、悪いんだ。あっちゃんが追いかけてきて、だから……」

「あっちゃん？」

物怖じしたようにうつむく少年の顔を、拓也は覗き込もうとした。

「それ、友だち？」

「麻堵！」

と、そのとき澄んだ高い声が飛んできた。

「どうしたの。その人、誰？」

見ると、少年が出てきたのと同じ森の中から、半ズボンに色違いのTシャツ姿の、同じ背恰好の少年が顔を覗かせていた。

「あっちゃん？　あれが」

拓也が問うと、膝頭を押さえて立ち上がった少年は小さく首を振り、

「実矢」

と答えた。

傷が痛むのだろうか、歯を喰(く)いしばったような頑(かたく)なな表情で歩きだそうとする少年の顔と、こちらへ駆けてくるもう一人の顔——二つを見比べてみて、そこで拓也は気づいた。二人が、瓜二つ(うりふた)と云ってもいいほどよく似た顔立ちであることに。

2

麻堵と呼ばれた少年は、膝の傷からかなりの血を流していた。が、ほかに外傷はなく、頭を打った様子もない。とりあえずハンカチで傷口を縛ってやると拓也は、あとから現れた実矢という名の少年と一緒に、車で家まで送っていこうと申し出た。

「でも——」

緑色のTシャツを着た実矢のほうが、麻堵の前に立った。

「知らない人の車に乗せてもらっちゃいけないって、云われてます」

「その怪我で歩いて帰るの、つらいだろう」

拓也が云うと、実矢は麻堵のほうをちらと振り返りながら、

「でも……」

「僕は拓也。悠木拓也っていう名前だ。この先にある伯父さんの別荘へ行く途中。東京で歴史学を専攻している大学生だよ」

てきぱきと自己紹介をして、拓也はにっ、と笑ってみせた。

「さ。これで『知らない人』じゃなくなったろ？」

唇を結んでいた麻堵が、実矢の後ろで白い歯をこぼした。

「きみたち、双子の兄弟？」

「いいえ」

実矢が、硬い表情で首を横に振る。

「一つ違いなんです。よく間違われますけど」

「本当に？　双子じゃないのかい」

「はい。——円城寺（えんじょうじ）実矢です、ぼく。弟は麻堵」

「エンジョウジ……ふうん。この近くに、家が？」

「この道をもう少し行ったところに」

しっかりとした受け答えだった。

見たところ、二人とも十歳かそこいらの子供である。それにしては、この実矢とい
う少年の言葉づかい、口調、表情……変に大人びているような気がした。と同時に、
どことなくエキゾティックな二人の面立ちには、

(きれいな子だな)

街で美女を見かけたときと同じような感覚で、そんな印象を抱いてしまう。何だか
とても妙な気分だった。

「もう少し行ったところっていうと……ま、いいか。とにかく送っていくからさ、乗
った乗った」

＊

後部座席に乗り込んだ二人をルームミラーで見ながら、拓也はエンジンをかけた。

「この道をまっすぐでいいんだね」

「はい」

実矢が頷く。

「すぐに分かると思います」

「そっか。じゃあ、やっぱり伯父さんちの近くなのかな」

そういえば——と、拓也は思い出す。十年前にこの地を訪れたとき、見たような気がする。あれは——。

とても大きくて立派な家だった。広い庭。白い壁。屋根裏部屋の窓。そして……。

「怪我、痛い？」

実矢のとなりで、麻堵は黙ってうつむいている。拓也が心配して声をかけると、顔を上げてかぶりを振った。

「あっちゃんって子は？　黙って帰ってもいいのかな」

ふと気がついて尋ねた。するとと麻堵は、ちょっと困ったような表情で実矢のほうを見た。兄は静かに首を横に振り、弟はそして、何も答えなかった。

実矢と麻堵。一歳違いだという、まるで双子のようによく似た二人の少年は、大きすぎるシートの上に、小さな身を寄せ合うようにして坐(すわ)っている。ミラーに映ったその二つの顔にちらちらと目をやりながら、

(きれいな子らだな)

拓也はまた、そう思う。

これまで、この年ごろの小学生——しかも男の子を見て、そんなふうに感じた経験

は一度もなかった。もっと低い年齢の子供だと「可愛い」と思うこともあるが、「可愛い」と「きれいな」ではずいぶんと形容の質が違う。

なのに、いま出会ったこの二人の少年に対しては、何よりも「きれいな」という言葉がふさわしく思えた。「美少年」と呼ぶにはまだ幼すぎるかもしれないが、いっそそう呼んでしまってもいい。特に兄・実矢の凛と澄ました面差しは、何だか浮世離れして美しく見える。

これはもしかすると、非常に不自然なことなのかもしれなかった。謎めいた予感、一抹の胸騒ぎのようなものをそこに感じもしたが、同時にそれが、拓也の心を強く惹きつけてやまないのも事実だった。

「あのう」

唐突に実矢が、拓也に問うた。

「おにいさん、あの家に何をしにきたんですか」

「あの家って……あれ？　知ってるのかい、僕が行く別荘のこと」

「近くですから」

「はん。そうか」

拓也はハンドルを握ったまま、わざと大きく肩をすくめてみせた。

「卒論の下準備に」

「ソツロン？」

「つまりね、大学の宿題みたいなもの、しにきたのさ」

「勉強しにきたんですか」

「そういうこと」

しばらく進むうち、道の両側からアーチ状に伸びていた木の枝が途切れ、ふっと視界が開けた。七月のまばゆい陽光に、ふたたび風景が照らし出される。

「あれです」

と、実矢が云った。

「あの家です」

車のスピードを落としながら拓也は、前方に現われたその大きな建物に目を奪われた。

（あの家だ、やっぱり）

十年の時間の壁が、その一部分だけではあるけれど、すうっと透明度を増した。

思い出の中に見え隠れしていたのと同じ、森の狭間（はざま）に建つ、あの白亜の洋館……。

3

「パパだ」

白いメルセデスベンツが家の前庭に駐めてあった。それを認めて、弟の麻堵が後部座席から身を乗り出した。

「パパが来てるよ、実矢」

「――うん」

「どうして……」

「知らないよ、そんなこと」

二人のやりとりに拓也は、おや、と思った。

おそらくあのベンツが二人の父親の車であるという話なのだろうが、どうも少年たちの様子は「パパが来てる」ことを喜んでいるふうではないのだ。むしろ彼らは、それを歓迎していないように見えた。

「お父さんは、普段はこの家にいないの？」

拓也の問いに、二人は小さく頷いた。ミラーに映った少年たちの顔が、不安げに曇る。拓也はビートルのハンドルを切った。

「じゃあ、いつもはお父さん、どこにいるんだい」

「東京」

実矢が答えた。

「ぼくたち、学校が休みのあいだだけ、ここに来るんです」

それを聞いて、やっと合点(がてん)がいった。いくら何でも、この山奥にこんな子供たちが住んでいるのは妙だと思ったのだ。要するに、この白い洋館は円城寺家の別荘だということか。

バタバタという耳慣れないエンジン音を聞きつけたのだろう、家の前で車を停(と)めてサイドブレーキを引いたところで、玄関のドアが開いた。出てきたのは、明るいピンクのワンピースを着た痩せぎすの女である。

「お出迎えだよ」

と、拓也は後ろの二人を振り返った。

「お母さんかな」

「ママ？」

麻堵が、少しむっとしたように云った。

「違うよ」

運転席の窓が叩かれた。駆け寄ってきた女が、ガラスの向こうでぱくぱくと口を動かしている。四十がらみの中年女性で、派手な服の色が似合っているとはお世辞にも云えない。

拓也が窓を開けると、吊り上がった目尻と大ぶりな鷲鼻にぴったりの、つけつけした甲高い声が飛び込んできた。

「どうしたっていうんです。あなたは誰ですか。勝手に子供たちを車に乗せて。何かうちに用でもおあり？　——にしても、うるさい車ねえ」

「ちょっと事故がありまして」

苦手なタイプだった。これは説明するのに骨が折れそうだな、と思って、拓也はエンジンを止めた。

「降りろよ、二人とも」

「すみません」

と、実矢が本当に申しわけなさそうに云う。

「麻堵くんは足、大丈夫か」

「——うん」

「事故ですって？　あなた、まさか子供たちを車で……」

「違うんですよ。ご心配なく」

大きく口を裂いて喚き立てようとする女の顔から視線をそらしながら、拓也は車から降りた。

「怪しい者じゃありません。僕は大学生で、この先にある伯父の別荘へ行く途中なんです。実はですね、さっきこの子――麻堵くんが道に飛び出してきて」

「やっぱり！」

拓也の言葉をさえぎって、女は目を剝いた。その目が、車から降りてきた麻堵の膝を捉え、

「ぶつかって、怪我をさせてしまったのね」

「違いますよ。そうじゃなくて……」

「嘘おっしゃい」

「違うんだよ、叔母さん」

実矢があいだに入ってきてくれた。

「おにいさんは嘘、ついてないよ。麻堵が森から飛び出して、一人で転んだんだよ。車に当たって怪我したんじゃないよ」

女は疑わしそうに実矢をねめつけながら、

「本当に？」

「ほんとだよ。麻堵のほうが悪いんだ。そうだろ、麻堵」

「――うん」

ハンカチを巻いた左の足を少し引きずりながら、麻堵は拓也のそばに寄る。

「でもね、でも……」

（あっちゃんが追いかけてきて？）

（そう云いたいんだろうか）

けれども麻堵はそこで口をつぐみ、

「ね、ほんとでしょ」

と、実矢があとを受けた。

「おにいさん、いいって云ったのに、わざわざ乗せてきてくれたんだよ。おにいさんが悪いんじゃないんだ」

「――そうなの」

女はさすがにもう声を荒らげはせず、両手を腰に当てながら、値踏みするようなまなざしを拓也に向けた。長い爪に塗られた真っ赤なマニキュアが、明るい陽射(ひざ)しの下だけによけい毒々しく見える。

拓也はストーンウォッシュのブルージーンの前ポケットに片手の指先を潜らせ、もう片方の手で、わざとぼりぼり長髪を掻(か)きまわしてやった。

「というわけで、じゃあ、僕はこれで……」

「お待ちください」

と、そのとき玄関のほうから声がした。年配の男性の、落ち着いた声である。

「どうも、子供たちがご迷惑をおかけしたようで」

パールグレイのスーツを着こなした背の高い中年紳士が、茶色いドアの前に立っていた。さっきからそこにいて、拓也たちのやりとりを聞いていたらしい。「話は分かった」とでも云うように、ゆっくりとこちらへ向かってくる。

「円城寺隼雄(はやお)です。この子たちの父親です」

男は拓也の顔を一直線に見すえた。それから、かたわらへ退いた女に目をくれ、

「妹が失礼をしました」

「お兄さま……」

女が不満げに呟(つぶや)いた。

「いえ。こちらこそ、あの……」

何やら圧倒的な威厳を、男は備えていた。拓也はひどく緊張してしまい、今度は無意識のうちに髪を掻きまわしていた。

「麻堵くんが転んだのは、僕の車に驚いたわけで、だから……」

「いや」

男——円城寺隼雄は、厳しい表情で首を振った。

彫りの深い、整然とした顔立ちである。オールバックにした黒い髪。高い鼻の下には、薄く髭(ひげ)をたくわえている。

「不注意に飛び出した息子の責任です。そもそも私は、森のあっちのほうへ遊びにいってはいけないと命じてある」

円城寺隼雄はそして、静かに息子たちのほうを振り向いた。麻堵は実矢のシャツの裾に手をかけ、怯えた目を足もとに落としていた。

ぱん！　と、その少年の頬が鳴った。隼雄が平手を飛ばしたのだ。

驚いた拓也が言葉を発するまもなく——。

「反省しなさい」

隼雄は低く、威圧的な声で云った。麻堵は頬を押さえ、華奢(きゃしゃ)な両肩をびくびくと震わせた。——が、泣き声は洩らさない。その横に立つ実矢は、唇を噛(か)みしめ、険しい父親の顔を上目で見返していた。

「実矢。おまえもだ」

隼雄は続けて、

「森で遊ぶのはいいが、遠くまで行ってはいけないと云ってあるだろう」

実矢の額を隠していた赤い髪が、風に吹かれて逆立つようになびいた。そのとき初めて拓也は、少年の白い額の中央——眉間の上に斜めに走った、長さ二センチばかりの古い傷痕に気づいた。

「あの、円城寺さん」

拓也はおずおずと口を挟んだ。

「あのですね、麻堵くんは膝に怪我をしたんです。だいぶ血が出ていたから、早く消毒したほうがいいと」

「ふむ。——いや、申しわけない」

他人の前で息子を殴ったことを詫びたつもりらしい。

「雅代」

黙って玄関のほうへ戻ろうとしていた女に向かって、円城寺隼雄は命じた。

「滝川さんを呼んできなさい」

それから彼は、佇むたたず少年たちを無視するようにして、拓也のほうに向き直った。

「どうも失礼しましたね。わざわざ二人を送ってきてくれたことには、お礼を申し上げます」

「いえ、そんな」

「仕事の関係で、ここと東京を往復しているものでね、子供たちのしつけには注意しているのですが、充分に目が届かなくて。今回は、本来なら明後日に帰ってくるつもりだったんだが、うまく時間が空いたので予定を繰り上げた……ああ、そんな話はどうでもよろしいか。ともあれ、私がいて良かったようだ」

「………」

「この先の別荘へ行くと云っておられたが、あそこは確か、東京に住んでいる小説家の先生のものでしたね」

「はい。僕はその小説家の甥おいで、悠木拓也といいます」

「なるほど。ここには一人で？」

「そうです。大学の、卒論の勉強に集中するために来たんですが」

「ほう。大学はどちらの？」

拓也が学校の名を告げると、相手は「ふん」と軽く頷いて、

「優秀な頭をしておられる。――いかがですか。せっかくだから、中で午後のお茶でも」

「あ、いえ。どうぞおかまいなく」

拓也が手を振って辞退したとき、

「麻堵くん、大丈夫？」

玄関のほうから、今度は若い女の声が聞こえてきた。

見ると、淡い水色のブラウスを着た小柄な女性が、こちらへ駆けてくる。ショートにした黒い髪と健康そうな小麦色の肌が、二人の少年たちとは対照的だった。

彼女は、頬を押さえたまま項垂(うなだ)れていた麻堵のそばに駆け寄ると、その足もとに片膝を落とした。

「ああ、ハンカチが真っ赤。痛い？　歩ける？」

「――う、うん」

「じゃあ……」

麻堵の手を握り、立ち上がる。

隼雄と拓也のほうに目を向け、黙って会釈してから、彼女は少年の手を引いて玄関へと引き返していった。実矢がそろそろとそのあとを追う。

「ええと……あの人はどういう？」

可愛い娘だな、と拓也は思った。年齢は自分と同じくらいだろうか。

「医療技術短大というのがあるでしょう」

円城寺家の主人は淡々と答えた。

「その、看護学科の学生でね、休みのあいだここで、息子たちの面倒を見てもらっている」

「家庭教師を？」

「まあ、そういうことになりますね」

ちょっとしたひっかかりを感じた。子供の家庭教師を頼むにしても、どうして看護学科の学生である必要があるのだろうか。

しかしもちろん、ここでそんな質問をするわけにもいかない。三人の姿が家の中に消えると、拓也は車のドアに手をかけた。

4

この先で道が二手に分かれる。左へ進めば、姫乃湖の湖畔に出るから——と、円城寺隼雄が教えてくれた。そこまで行けば、目的の家はすぐに見つかるだろうと云う。

礼を述べ、拓也はビートルを始動させた。水平対向四気筒の古いエンジンが、バタバタと回転を上げる。

車を出しながら、拓也は一度、洋館を振り返った。

白い下見板張りの壁は、あちこちに蔦が這い上っている。強い夏の陽射しを照り返して、灰色の屋根が白銀に光って見える。一階と二階、二列に並んだたくさんの白い窓。そのさらに上に、屋根裏部屋の小さな窓が……。

（……あの家だ）

改めて、思い出の中のその家の影を、いま見ている家の姿に重ね合わせてみる。

十年前のあの夏にも、この洋館はこの場所にあった。確かにあった、と思う。そして……（そして？）。

円城寺隼雄が云ったとおり、道はまもなく二手に分かれた。

片方はまっすぐ山の奥へ、上りの坂道になって続いている。もう片方は、鋭い角度で左へ折れていた。

迷うことなく左の道を選ぶ。

いくらか進むと、左手に立ち並ぶ木々のあいだに、ふたたび白い建物が見えた。さっきの洋館を裏手から捉える形になるのだが、これが意外と近い距離にある。

拓也は車を停めた。何となくもう一度、その姿を眺めてみずにはいられない気持ちになったのだ。――ところが。

(何だろう)

白い壁に並んだ窓の一つに、拓也はふと目をとめた。

(あれは……)

二階の窓だ。その中に、黒い影が見える。

手をかざし、せいいっぱい目を細めた。

二階の、向かって右端の窓である。その奥でじっとしている……どうやらあれは、人間のシルエットらしい。

その人は微動だにせず、外を見ているようだった。独り窓辺に坐り、じっと外を。

それ以上のことは、遠くて分からなかった。ただ、その人影は男性ではなく、髪を長く伸ばした女性であるように、拓也の目には映った。

第3章　戯れの時

あっちゃん？　ねえ、あっちゃんってば

…………いるんでしょ、ね

……実矢か

麻堵も一緒だよ。麻堵？

——うん

足の怪我、大丈夫か

うん。ほら、先生が包帯してくれたんだ

またパパにぶたれたんだって？

そうだよ。ひどいんだ。ちょっと遠くまで行っただけなのに

こっちに来る予定が、急に早くなったんだって。だけど、夜にはもう帰っちゃうんだよ

あのおにいさん、いい人だったね。最初は何だか怖かったけど

あっちゃんのこと、云ったのかい？　麻堵

だって……

云っちゃだめだって、約束してあるじゃないか

だって、実矢……

……まあいいさ。これから気をつければいい

でもね、あっちゃん……

麻堵が悪いんじゃないんだ。悪いのはみんな……

やめてよ

悪いのはね……

やめてってば！

…………

1

悠木拓也が烏裂野の山中にある伯父の別荘に落ち着いたのは、その日——一九八九年七月二十日——の夕方のことだった。

道を教えてもらったおかげで、目的の別荘はすぐに見つかった。湖畔の林間に建つ山小屋(ロッジ)風のこぢんまりとした家で、そのたたずまいと拓也の記憶にある十年前の印象とのあいだに、さほど大きな落差はなかった。

拓也の伯父は東京在住の、わりあい名の知れた小説家である。恋愛小説から推理小説、時代小説まで幅広い守備範囲を持つヴェテラン作家で、それぞれにそこそこの評価を得ている。

その伯父がこの土地に別荘を建てたのは、件(くだん)の烏裂野開発計画が持ち上がった当初だったらしい。もしもあの計画が中止になっていなかったら……と、今でもときどき愚痴を聞かされるが、実のところは、このあたりが現在も未開発のままなのを喜んでいるふうでもある。毎年、盆を過ぎたころになるとここへ来て、冬になるまでの仕事場にしているという話だった。

拓也は東京の某有名大学四年生。調布市(ちょうふ)にある実家から通学している。文学部史学科で西洋史学を専攻。来春卒業の予定である。

相も変わらず、入るのにむずかしく出るのにやさしい日本の大学のこと、単に卒業するだけであれば、何も今から卒論の準備に本腰を入れる必要はない。むしろこの夏は、就職活動で勉強どころではないはず。――だが、拓也の場合はいささか事情が違った。慕っている教授の勧めもあって、大学院に進学しようと考えているのだ。

この別荘に一人でやってきたのが「卒論の勉強に集中するため」というのは、だからまずまず正当な理由ではあった。

別荘の状態は良好だった。地元の知り合いにオフシーズンの管理や清掃を頼んでいるのだという。事前に伯父が手配しておいてくれたおかげで、電気も水道もプロパンガスも、問題なく使えた。電話回線ももちろん生きている。

寝室と書斎、ＬＤＫだけの平屋だが、リビングは実に広々としていて、風通しも陽当たりも良い。窓からは、姫乃湖の静かな湖面が間近に見えた。

とりあえず、盆過ぎに伯父が来るまでの一ヵ月間、滞在するつもりだった。論文のネタ本にする予定の、ドイツ語の原書を読みきってしまうのが当面の課題である。

長い運転の疲れもあって、到着の夜は早くに眠ってしまった。

深く静かな眠り。——その中で、拓也は懐かしい物語を夢に見た。

夜中に一度だけ目が覚めて、とても不思議な気分に浸った。うまく思い出せないけれど、それはむかし自分が遊んだ空想の世界との再会だったような気がした。

2

翌日。——七月二十一日。

正午過ぎにようやく起き出して、眠気覚ましのコーヒーを淹れようとしていたところへ、玄関のドアをノックする音が聞こえた。

誰が訪ねてきたのか、まるで見当がつかなかった。かろうじて思いついたのは、伯父が別荘の管理を頼んでいる地元の某氏が様子を見にきたのだろうか、という可能性くらいである。

「はぁい」

慌てて玄関に向かった。車のエンジンの音が、外から聞こえていた。

「どなたですか」

「ええと、あの……」

来訪者は女性のようだった。

「わたし、円城寺さんのお遣いで来たんですけど」

その言葉と声の感じで、相手が誰なのか想像がついた。きのうの、あの家庭教師の女性ではないか。

「あ、はい。いま開けます」

寝間着代わりのトレーナーとジャージ姿で、加えてよほど眠そうな顔をしていたのだろう、拓也がドアを開くと、

「まだお休み中でした？」

彼女はちょっと決まりが悪そうに云った。

「あ、いえ。そんなことは……」

拓也は目をこすった。

「あの、これを届けに」

そう云って彼女は、きれいにたたんだハンカチを差し出した。きのう、麻堵という
あの少年の傷を縛るのに使ったものである。

「や、どうも。そんなの、べつにかまわなかったのにな」

「ご迷惑をおかけしました、とお伝えするようにって」

「はあ」

彼女は、きょうは上下ともに白い服を着ていた。いかにも看護学科の学生っぽいな――と、短絡的な感想を抱く。「可愛い娘」というきのうの第一印象は、こうして近くで向かい合っても変わらなかった。

「ええとですね、あの子たちにあやまっておいてくれますか」

寝起きで乱れていた髪を撫でつけながら、拓也は云った。

「僕のせいで、お父さんにひどく怒られちゃったでしょう。だから、何だかその、悪かったなって」

それは本心だった。いくら何でも、あんなふうに人前で子供を叱りつけるのはどうか――と、あの紳士の態度に疑問を感じてもいた。

「優しいんですね」

と云って、彼女は微笑んだ。

「でも、そんなに気にしなくてもいいと思いますから」

「どうして、ですか」

「円城寺さん、子供たちには特別に厳しい方で。いつもあの子たち、いろんなことで叱られてばかりいるみたいで」

「いつも？　あんな感じで？」

「――ええ」

「お母さんはどうなんですか」

「それが……」

彼女が答えかけたとき、汽車の警笛のような甲高い音が家の中で鳴りはじめた。

「あ、いけね。薬缶、かけっぱなしだった」

拓也は頭を掻きながら、

「ええと、良かったらコーヒーでも飲んでいきませんか。いま淹れようとしてたんです」

「ありがとう。でも――」

彼女はちらりと後ろを振り返り、

「車、待ってくれてるから」

黒いワゴン車が、エンジンをかけたまま道に停まっている。運転席には、茶色い服を着た髭面の男の姿があった。

「あの家の人？」

拓也が訊くと、彼女は頷いて「佐竹さん」と答えた。

「夫婦であそこに住み込んでいる使用人さんで。だから、せっかくですけど」

「あのう、きみ、名前は？　滝川さん、でしたっけ」

「遙佳（はるか）。滝川遙佳っていいます。よろしく」

ちょこっと首を傾げるようにして会釈すると、彼女はドアを離れた。

「あの子たち、悠木さんのこと気に入ったみたいでしたよ。そのうち、こっそりここまで遊びにくるんじゃないかな」

3

“Die Städteordnung von 1808 und die Stadt Berlin”

訳すと『一八〇八年の都市条例とベルリン市』。著者はクラウスビッツという学者で、出版年度は一九〇八年。

論文作成のため、どうしても早くに読んでおかねばならない文献である。

適当に腹ごしらえをすると、拓也はさっそく書斎のデスクでコピーのファイルを開いた。

本を読むのは好きだし、文章を書くことも昔から嫌いではない。むしろ得意なほうだった。あれこれと頭の中で空想した物語をノートに書いて楽しんでいた時期もある。小学校の四、五年から中学にかけての数年間だった。できあがった〝作品〟――童話やファンタジーのたぐいが多かった――を友だちに読んでもらうと、たいていなかなかの好評を得たものだった。

　高校受験を意識しはじめたころから、そのような趣味はなくなっていった。ともに、興味は空想の物語から現実の歴史へと推移していき、大学進学にさいしては迷わず文学部の史学科を選んだのだった。

　そんな拓也だが、正式に「論文」と名の付いたものに取り組むのは、これが初めての経験である。やはり多少、気後れを感じてしまう。研究室の先輩などに相談すると、とにかくテーマを決めて適切なネタ本を一冊読んでしまえば、院試に通るレベルの卒論くらいどうにでもでっちあげられる、と云われるのだが。

　卒論の規定枚数は、四百字詰め原稿用紙でたかだか五十枚。確かにどうにでもなりそうな気もするけれど、さて、当面の問題はこの原書である。

　かなり分厚い本で、しかも全編、例のドイツ文字(フラクトゥール)――いわゆる〝ヒゲ文字〟というやつで記されている。覚悟はしていたが、相当に読みづらい代物だった。辞書と鉛筆を手に二、三ページ進んだところで、早くも音を上げそうになる。

午後四時半。

この時間になっても、夏の太陽はまだまだ高い。天気も良かった。

ちょっと散歩でも――と、拓也は思い立った。

デスクに向かうときはと違って、こういうときの動きは迅速である。一分もしないうちに拓也は、玄関のドアを開いていた。

*

陽射しは強いけれども、空気は爽やかに澄みきっていて、ときおり吹いてくる風がひんやりと心地好い。木陰を選んで歩きながら、アスファルトやコンクリートのないことがどれほど〝夏〟のイメージを変えてしまうものか、今さらながらしみじみと実感した。

蝉の鳴き声と鳥のさえずりに包まれ、小さな湖の、小さいだけにいっそう深く見える水の色を眺めながら、きのう車で来た道を徒歩で辿った。

（あの子供たち……）

想いは自然、きのうの出来事に向かう。

（あの洋館……）

家の前庭にベンツを見つけたときの、少年たちの反応を思い出す。おそらくあの瞬間に、二人は父の叱責（いつものような？）を予想したのだろう。

どうして円城寺隼雄は、あんな――目をそむけたくなるほどに厳しくて冷たい態度を、息子たちに対して取るのだろうか。あんなにきれいでおとなしい子供たちに、あんな……。

教育方針、と云われればそれまでだが、拓也はどうもひっかかりを覚えてしまう。

何か不自然だ。何かいわくありげなのだ。何か……どこかが。

それは、あの二人の少年たちに対しても感じるところだった。

二人は美しい。まるで天使、あるいは森に棲む妖精のような……にもかかわらず（いや、それゆえに、だろうか）、あの子たちの顔を思い出すと、胸の奥に妖しいざわめきが起こる。ぞわぞわと、何やら不穏な。

いったいどうしてだろう。

しばらく行くと道は左に折れ、森のあいだに入っていく。まっすぐ湖に沿って延びる道もあったが、これは人が一人やっと通れるほどの細い小道である。

その小道の様子にふと、記憶が共鳴した。

……十年前の夏。十二歳。独りこの道に分け入っていく少年。

心に浮かんだその光景を追ってみようか、とも考えた。位置関係からして、この小道は円城寺家のあの別荘へ通じているように思うのだが。

しかし結局、そちらへ進むのはやめにした。このままきのうの道を戻り、そうして見ておきたいものがあったからだ。

鬱蒼とした木立を両手に、やや歩調を上げた。地面に目を落とすと、車のタイヤの跡が幾筋か残っていた。

(もっと時間があれば良かったのにな)

あの家庭教師——滝川遙佳とのあいだに、である。

ほんの少し言葉を交わしただけだが、なかなか魅力的な女性だと思う。小柄で愛らしい、というのは好みだし、何より頭が良さそうだ。

(それに……)

彼女自身についてのみならず、彼女が勤めているあの家についても、いろいろと訊いてみたかった。

円城寺隼雄とはどういう人物なのか。こんな辺鄙(へんぴ)な場所にあんな立派な別荘を持っているのは、なぜなのか。

あの家には今、全部で何人の人間が滞在しているのだろう。

実矢と麻堵。遙佳。雅代と呼ばれたあの中年女性（円城寺隼雄は「妹」だと云っていた）。佐竹という使用人夫妻。少年たちの母親もいるはずだ。それから、きのう二人が一緒に遊んでいた「あっちゃん」という子供も、あそこにいるのだろうか。

さっきまで頭を悩ませていたヒゲ文字の文献のことはすっかり忘れてしまい、拓也はあの洋館の内部へと思いを馳(は)せた。

やがて、右手の木々のあいだに白い建物が見えてくる。拓也は立ち止まり、背伸びをするような体勢でそちらへ視線を投げた。

確かいちばん端の窓だった。二階の、向かって右端の窓に……。

（……いる）

見ておきたいものというのは、それだった。

きのうよりも少し遅い時刻である。もしかしたらと思って来てみたのだが、きょうも、いる。きのうと同じ人影が、同じ場所に見えるのである。

独り窓辺に坐り、わずかな動きもなく……。

4

……子供が、じっとこちらを見つめている。

黒でも茶でもない、何だか不思議な色合いの髪。つるりとした白い肌。睫毛（まつげ）の長い大きな目——その瞳も、淡く不思議な色を帯びている。

不安そうな顔だった。——怯えているのだ。

『きみ、いくつ？』

拓也の質問に、自信のなさそうな表情で右手の指を四本立てる。

『ふうん。あのでっかい家の子なんだろ？』

『…………』

『名前、何ていうの』

『…………』

薄暗かった。天井の高い、何だか寒々とした場所である。

外では雨が降っている。激しい雨だ。雷鳴が聞こえる。ときおり蒼白（あおじろ）い稲光も。

『大丈夫だよ。雨がやんだら、送ってってやるからさ』

『…………』

『何か云えよ。雷、おっかないのかい』

『――帰る』

思いつめたような声で、子供は云った。拓也はびっくりして、

『帰るってね、そんなこと云ったって……きみ、道に迷ったんだろ？』

『――帰る』

『待てよ。外、すっごい雨だぞ。雷が落ちてきて、死んじゃうぞ』

『だって……』

『夕立だから、もうちょっと我慢してたらやむさ』

『…………』

『弱ったなあ。そんな、泣きそうな顔するなよ。――よし。それじゃあね……』

＊

…………チ

……チ、キャキャ……

鳥が鳴いているな、と思った。

そういえば一昨日からずっと、小鳥の声はするけれど、烏の鳴き声はまったく聞かない。「烏裂野」というくらいだから、烏の一羽や二羽、飛んでいたって……いや、「裂」の字が問題なんだろうか。「烏を裂く野」――なるほど。地名の由来が言葉どおりだとすれば、この地方では、烏はむかし絶滅させられたっていう話なのかもしれない。

そんな他愛もないことを、微睡みの中で考えていた。

……キャ

……ふふふふ……ワッ……

(――ん?)

……タ……タタタタッ……………

……………オオイ

……マッテヨ

(おおい、待ってよ――ってか)

そんな鳴き方をする鳥が、どこにいるもんか。

拓也ははっと目を覚ました。

書斎のデスクで、開いたドイツ語の辞書の上に顔を伏せていた。床に散乱したルーズリーフ。吸い殻でいっぱいになった灰皿。つけっぱなしのデスクライト。――昨夜の悪戦苦闘ぶりが窺われる。

初め良ければ……というつもりで、ゆうべは遅くまでヒゲ文字の解読に取り組んでいたのだ。それが、いつのまにか眠ってしまったらしい。

肩と首の凝りをほぐしながら、ＬＤＫへ向かった。窓の外――湖の上空に、すっかり高く昇った太陽の輝きがあった。

(鳥の鳴き声じゃなくて……)

人の声が今、聞こえたような気がする。

(……あの子たち？)

子供の声だったように思う。

実矢と麻堵、あの兄弟が外に来ているのだろうか。それとも……。

夢を見ていた。どこか薄暗い、がらんとした建物の中で、小さな子供と話をしていた。外では雨が降っていて……。

(夢？　――いや、待てよ)

ぼんやりとした頭の隅で、むずむずと動いているもの。

(ええと、確かあれは)

とん、とん……と、そのとき玄関のドアが鳴った。

「こんにちは」

聞き憶えのある声。

「こんにちは。おにいさん、いますかあ」

(あの子たちだ)

腕時計を見た。もう午後一時半である。

「はいはい」

ドアを開けると、そっくりな顔をした二人が並んで立っていた。

「こんにちは」

「こんにちは」

同じ色の声が、少しずれて重なる。半ズボンに、きょうはポロシャツを着ているけれど、その色はおとといと同じように黄と緑だった。ということは、向かって右側の黄色が弟の麻堵、左の緑色が兄の実矢——だろうか。

「やあ」

と手を挙げたが、まだ寝ぼけた声なのが自分でも分かった。

右側の少年の膝を見てみる。白い包帯が巻かれている。——やはりそうだ。

「お揃（そろ）いで、どうしたんだい」

二人の顔を見比べながら、拓也は云った。

「こんなところに来てると、またお父さんに怒られるんじゃないのかな」

「この辺までは、遊びにきてもいいんです」

と、左側の少年——実矢が答えた。艶（つや）やかな赤い前髪のあいだに、古い傷痕が覗いている。

「それに、パパはもう帰っちゃったから」

「帰った……もう東京へ？」

目をこすりながら、二人の表情を観察した。おととい初めて会ったときのような緊張はない。はにかんだような微笑が、きれいな白い頬に浮かんでいる。

「忙しい人なんだね、お父さん」

拓也は云った。

「遊びにきたのかい。中に入る？」

「ええとね、先生から頼まれたの」

と、麻堵が云った。

「先生って、家庭教師の？」

「うん」

「何を頼まれて？」

「これ、おにいさんに渡してってって」

そう云って、実矢が半ズボンのポケットから白い紙片を取り出した。ノートの切れ端か何かを複雑に折りたたんで、形が崩れないようにしたものである。いわゆる〝女の子折り〟という技だ。

「ふうん」

拓也は努めて何気ないふうに手を伸ばし、それを受け取った。

「ま、せっかく来たんだから入っておいきよ。喉、渇いてない？」

5

少年たちにジュースを出してやり、自分はコーヒーを淹れるために薬缶で湯を沸かしはじめた。丸太が剝き出しになった家の造りが珍しいのか、ダイニングテーブルの椅子に腰かけた二人は、きょろきょろと落ち着きなく部屋の中を見まわしていた。

「ほらほら、実矢。あそこに顔があるよ」

天井近くの壁を指さして、麻堵が云う。

「――ああ、ほんとだ」

と、実矢。

何のことかとびっくりして見てみると、なるほど、木目がまるで人間の顔のような形を作っている。

「こっちを睨んでるね。怖い顔……あ、ほら、このテーブルにも」

「何だか怯えてるみたいだね」

「きっと、あっちの人が睨むから、怖がってるんだよ」

「そうかなあ」

無邪気な二人の会話を聞きながら、拓也は実矢から受け取った紙片を開いた。活字のような几帳面な文字で、そこにはこう記されていた。

> お話ししたいことがあります。
> 午後四時に、そちらへ伺っていいですか？
>
> 遙佳

(お話ししたいこと？)

何だろう——と、若干の不審を覚えた。が、こんなふうに彼女のほうから連絡を取ってきてくれたのはやはり、まんざらでもない気分である。思わず口もとが緩んでしまったかもしれない。

紙片をシャツのポケットに入れると、濃いコーヒーを用意してテーブルに着いた。

「麻堵くん、膝はもう大丈夫なのかい」

うん、と麻堵は頷く。

「悪かったね、おとといは」

「ううん、いいよ」

「お父さんが東京へ帰ったんだったら、じゃあ、あの家にはいま何人いるのかな」

「えっとね」

麻堵は床に届かない足をぶらぶらさせながら、生真面目な顔で指を折りはじめた。

「ぼくと実矢とママでしょ。おばあちゃんと、雅代叔母さんと、佐竹のおじさんとクニさん、それから先生」

「全部で八人」

と、実矢が続けた。

「八人か。——あっちゃんっていう子は？」

拓也の問いに、二人はくっと表情をこわばらせた。

「森で一緒に遊んでたんだろう？　どこかこの近くの、別の家に住んでるのかい」

「…………」

「…………」

二人は拓也から目をそらしてしまい、何も答えようとしない。

「きみたち今、何年生？」

と、拓也は別の質問をした。

「三年」

麻堵が目を戻して答えた。拓也は頷いて、

「実矢くんは四年生か。この春に進級したばかりだね。——あっちゃんっていう子はいくつなの」

「…………」

「そのくらい教えてくれてもいいだろ」

「ええと……十四」

というと、中学二年、あるいはもう三年生だろうか。いずれにせよ、二人よりもだいぶ年上だ。その年齢なら、下の村からここまで遊びにきているとも考えられるが。

「女の子じゃないよね。男の子なんだろ？」

「そうだよ」

麻堵が小声で答えた。

「あのね、あっちゃんのことは秘密なの。あのね……」

「麻堵」

実矢が、たしなめるような声でさえぎった。ふたたび目をそらし、口をつぐんでしまう麻堵。

「分かったよ。内緒なんだな」

拓也は二人の顔を交互に見やりながら、

「家の人にも秘密なのかい」

「…………」

「…………」

「お父さんに知られると、怒られるとか？」

「──うん」

横を向いたまま、麻堵が云った。

「怒るよ。また、ぶたれるんだ」

「そうか」

それ以上の追及はやめにした。煙草をくわえながら、拓也は話題を変えた。

「ところでね、二階の端っこの部屋、誰の部屋？　裏のほうから見てこっち——右のほうの」

「ママの部屋のことですか」

と、これには実矢がすぐに応じた。

「お母さん……髪の長い人？」

「はい」

あの人影が、この兄弟の母親だったのか。

「いつもああして窓の外を見てるの？　いやね、裏の道からその、お母さんの姿が見えたもんだからさ」

「ママね、喋らないの」

と、麻堵が云った。

「喋らない？」

「病気なんです」

実矢が、しっかりとした言葉で説明した。

「じっとあそこにいて、ぼうっとしてるの。ぼくたち、学校が休みになるとママに会いにくるんです」

「ふうん。そうなのか」

この子たちの家庭教師に看護学科の学生が付けられている理由は、そのあたりにありそうだな——と想像した。母親の看病を兼ねて、という話なのかもしれない。

「面白いもの、見せてやろうか」

心なしか少年たちが気落ちしてしまったように見え、拓也は声のトーンを上げた。

「いいかい？」

と云って、ジーンズのポケットから小銭入れをひっぱりだす。そして、その中から百円玉を一枚、取り出した。

「このコインに、こうしてパワーを加えてやるんだ。こうしてね、ぎゅっと」

桜の図柄が入った面を上にして、右手の親指と人差指でつまんでみせる。何秒かその状態を続けてから、拓也はコインを左手に持ち替え、右手で煙草を一本、箱から抜き出した。

「さあ。よく見てろよ。この煙草を……」

　フィルターが付いたほうの端を、百円玉の表面に押しつける。ぐりぐりとゆっくり捩じ込むようにして、そのまま煙草をコインの中央に突き通していく。

「わあ」

　麻堵が歓声を上げた。

「穴があいた！」

「すごい」

　実矢の反応も同じである。きれいな褐色の目をくるくると動かし、

「すごい。どうして？」

　コインを貫通した煙草のフィルターをくわえて、ライターで火をつける。ふうっ、と煙をコインに吹きかけながら、今度はゆっくりと抜きはじめる。

　完全に煙草を抜きおえると、拓也はコインの表面を指先で撫でてみせ、

「な。このとおり」

「わっ。もとに戻ってる」

「すごい！」

　二人の反応に、拓也のほうもちょっと驚いてしまった。「シガースルーコイン」というこのマジックは、最近「超能力魔術」と称して、しばしばテレビ番組なんかでも

演じられている。なのに、この少年たちのびっくりしようは、初めてこの現象を目にする者の反応だ。

「テレビで見たことないの？　今の」

コインを小銭入れに戻しながら拓也が訊くと、二人は同じように大きくかぶりを振った。

「あのね、テレビ、だめなの」

と、麻堵が云った。

「だめ？　どういう意味だい」

「みんなが見てるような番組、見ちゃいけないんです」

実矢が答えた。

「パパがそう決めてて」

娯楽番組は見てはいけない、ということなのだろうか。今どきそんな教育をする親がいるとは、超能力マジックよりもそっちのほうが驚きである。

「ね、ね、おにいさん」

麻堵が、テーブルに身を乗り出して云う。

「もう一回、見せて」

「だーめ」

「どうして？」

拓也はしかつめらしい顔をして答えた。

「特別な力が要るんだよ。だから、続けてはできないんだ」

6

滝川遙佳は、予告した時間どおりにやってきた。「どうぞおいでください」という拓也の返事を少年たちが伝えてくれた、と云う。

急な来訪を詫びる彼女の面持ちは、何となくきのうよりも緊張しているように見えた。改めて自己紹介を交わすと、拓也はキッチンのカウンターでコーヒーの用意を始めた。

「……T＊＊大で、そのうえ大学院まで行こうなんて、インテリなんですね」

ダイニングテーブルに両肘をつき、両手で頬を包み込むようにしながら、遙佳が云った。

「そんなふうには見えないのに」

「どういう意味ですか」

カップを並べながら、拓也は苦笑した。

「こんな、むさい恰好をしてるから？」

「そういうのじゃなくて……ほら、Ｔ＊＊大生ってどうしても、もっと堅物で偏屈そうなイメージがあるでしょ。なのに、子供好きで気さくな感じだから」

「そりゃあどうも」

拓也は頭を掻く。

「でもね、僕は子供、本当はあまり好きじゃないんですよ。うるさいし、生意気だしね。この夏休みにしても、結婚した姉貴が、旦那が長期出張だからって実家に帰ってきててね、その子供があんまり騒々しいもんだから、こりゃあとてもやってられないなと。伯父に無理を云って、ここへ逃げてきたっていうわけで」

「けど、あの子たち――実矢くんも麻堵くんも、すっかり悠木さんのこと、お気に入りみたい。さっき手品か何か、見せたんですか。『おにいさんは魔法使いだ』って、もう大騒ぎ」

そういえば、あのあと書斎や寝室を覗きにいった二人が、ひそひそとそんな言葉を交わしていたが。

（魔法……魔法使い……）

「いやあ。何て云うか、あの二人、普通の子供とはちょっと違うから」

「そう思います？」

「うん。変な云い方だけれど、あんなきれいな男の子たち、今まで会ったことがないんだな。無邪気なんだけど、その無邪気さの質っていうか、それも何だか不思議な感じで。——滝川さんはどう思いますか」

「別の世界にいるみたい」

二重瞼のくりっとした目をふと細くして、遙佳はそう云った。

「わたしたちとは別の世界……そんな感じ。どうしてなのかな」

「テレビの娯楽番組、見せてもらえないって云ってたけど、本当なんですか」

「円城寺さんの教育方針らしいんです」

「学校とかで、友だちと話が合わなかったりしないのかなあ」

「さあ。わたしも、今週の月曜日に初めてこっちであの子たちと引き合わされたばかりだから、何とも」

「月曜っていうと、十七日か」

「ええ。この夏休みから、なんです。あの子たちの学校、私立で、普通の小学校よりも休みの始まりが早いらしくて」

インスタントだけど——と云って、拓也はコーヒーのカップを遥佳の前に置いた。

「いただきます」

「——で」

自分のカップを持って椅子に坐ると、拓也はテーブルに出してあった先ほどの紙片に目をやり、遥佳に訊いた。

「話っていうのは何なんですか。まさか、単に世間話をしにきたわけじゃないんでしょう」

「それでも良かったんだけど」

パウダーミルクをたっぷりコーヒーに溶かしながら、遥佳は悪戯（いたずら）っぽく微笑んだ。が、すぐに口もとを引きしめて、

「この四月にここで起こった事件、知ってますか」

と訊き返してきた。

「はい？——いや。何ですか、それ」

「円城寺家に来ていた朝倉かおりっていう学生が、森の中で死んだんです」

「えっ」

とつぜん持ち出された「事件」や「死」という言葉に、拓也はひどく面喰（めんく）らった。

「そりゃあいったい……」

「事故だったっていう話です。転んで、倒木の枝が運悪く喉に刺さって」

「その人、ひょっとしてきみの前任者だったとか？」

「そう」

遙佳は小さく頷いて、

「それだけじゃなくて、わたし、彼女と友だちだったんです。同じ学校で、同じクラスで」

「いま行ってる学校の？」

「ええ。彼女、去年の秋ごろから円城寺さんに雇われてて」

「あの兄弟の家庭教師に？」

「そうです。春休みに入るまではずっと、週に三回、東京の家で」

「冬休みはこっちで？」

「いえ。冬は雪が多くて、あの別荘には佐竹さん夫婦以外、誰もいなくなるんだそうです」

「ああ、なるほど」

「あの子たち、ミッション系の私立小学校に通ってて、そこではもう英語の授業があったりするんです。だから、英語を教えろって」

「へぇぇ」

「看護学科の学生が小学生の英語の家庭教師っていうのも、おかしな話でしょ」

「ああ。それは……」

拓也は、さっき少年たちから話を聞いて想像したことを云ってみた。それはあの二人の母親の病気と関係があるのではないか、と。

「そういうことなんでしょうね」

遙佳は頷いた。

「でもそんな、付きっきりの看護が必要な状態でもないんです。食事もトイレも、ちゃんとご自分でなさるし。子供たちが休みでこっちに来ているとき以外は、べつに誰かを雇っているわけでもないみたいで」

喋らず、一日中ぼうっと窓の外を見ているのだ——と少年たちは云っていたが、何か精神疾患の範疇(はんちゅう)に入る病なのだろうか。いつから、そしてなぜ、彼女はそんなふうになってしまったのだろうか。

拓也がそのあたりの疑問を投げかけてみると、

「病気っていうよりも、一種のショック状態が続いてる、みたいな。去年の夏からだそうですけど、具体的な原因とかは……」

　遙佳は曖昧に首を振った。

「話がそれちゃいましたね。ええと、つまりわたし、彼女——かおりがそんな死に方をしたっていうのが信じられなくて……だから」

「真相を確かめにきた、と？」

「そこまで大それたことじゃないんです。ただ、彼女がどんな場所で死んだのか、とても気になったから。それに、彼女からあの子たちの話を少し聞かされてて、興味があって」

「どんな話を」

「さっきわたしが云ったのと同じような……あの子たち、この世界の住人じゃないみたいだって。何だか怖い感じがする、とも云ってました」

「怖い？」

「ええ。得体が知れない、っていう意味なのかな」

　遙佳はわずかに首を傾げた。

「そんなわけでわたし、先月の下旬に学生課で募集の張り紙を見て、すぐに……」

「なるほど」

拓也は顎を撫でた。

「にしても、どうしてわざわざ僕なんかに？」

「——心細くて」

と、遙佳は答えた。それまでまっすぐ拓也の目に向けられていた視線が、すっと角度を落とす。

「きのう初めてお話ししたばかりなのに、変に思いますか」

「あ、いやあ」

「子供たちはわりと懐いてくれてるんですけど、何て云うか、家自体の雰囲気とかほかの人たちの様子とか、どことなく妙な感じなんです。何だかわたし、だんだん心細くなってきて……」

遙佳はちょっと言葉を切り、ふたたび視線を上げた。

「かおりが死んだ四月の事故について、おかしな話を聞いたんです」

「おかしな話？」

遙佳は「ええ」と頷いて、

「四月五日の夕刻だったそうです、事故が起こったのは。夜になっても彼女の姿が見えないので、探したけれども見つからなかった。見つかったのは翌日で、彼女はさっ

き も云ったように、森の小道で、倒木の枝が喉に突き刺さって死んでたんです。道を走ってきて転んでしまって、そこに運悪くその枝があったんだといいます。ただ奇妙なのは、彼女の髪の毛が短くなっていたことで……」

「髪の毛？」

煙草をくわえようとしていた拓也は、思わずその手を止め、

（ヒトツハ……）

目をしばたたいた。

「どういうことですか」

「彼女、背中の真ん中くらいまで長く髪を伸ばしていたんです。黒いきれいな髪でした。その髪が短くなっていたらしいんです。肩のあたりまでに」

「どうして……そんな？」

「警察でも不審に思って、調べたそうです。髪は鋏で切られたようで、切り口は新しいものだった」

「彼女が自分で切った、とは？」

「警察では、そう考えて済ませたみたいなんですけど」

「そんなはずはない、と思うんですか」

「ええ。だって、よほどのことでもない限り、急に自分で髪を切るなんてしないものです。しかも、自分の家でもないところで。切り方もすごく雑だったっていうし」

煙草を指に挟んだ手を止めたまま、拓也は「うーん」と唸(うな)った。

「確かに妙だな。——誰から聞いたんですか、その話は」

「邦江(くにえ)さん。佐竹さんの奥さんです」

遙佳はカップを両手で包み込み、ぬるくなったコーヒーを少し飲んだ。

「仮にそれが誰かの仕業だったにしても、なぜそんな真似(まね)をしたのか」

「女性の髪に執着を持つ異常者、とか？」

「邦江さんも、そういうふうに云ってました。けど、こんな山の中にそんな人間が来るとは考えられないし、下の村にも怪しい人はいない。事故そのものには疑わしい点はなかったらしくて……それで結局、髪の毛の問題はうやむやなままで済まされたんだとか」

「うーん。気味が悪い話ですね」

「でしょう？　——だからわたし、誰かに聞いてもらいたくて。それでどうしようっていうわけじゃないんだけど、まだあと一ヵ月もあの家にいなきゃならないし」

そう云って遙佳がこちらに向けるまなざしには、確かに不安と怯えの翳(かげ)りが窺われ

た。何と応じたものか、拓也が考えあぐねていると、

「えっと……じゃあ、そろそろわたし」

ちらりと自分の腕時計を見て、遙佳は椅子から腰を浮かせた。

「戻らなくちゃ」

「レッスンの時間ですか」

「夕食のお手伝いを」

もっといろいろと訊きたいこともあったが、引き留めるわけにもいかない。だが一つだけ、どうしてもしておきたい質問があった。

「あのね、滝川さん」

「はい？」

「『あっちゃん』っていう少年を、知ってますか」

「あっちゃん？」

遙佳は目を丸くした。

「さあ……」

「――知らないのか」

「誰ですか、それ」

「実矢くんと麻堵くんが、ときどき一緒に遊んでいるみたいなんですよ、そのあっちゃんっていう子と。おととい森から麻堵くんが飛び出してきたときも、三人で遊んでいたらしい」

「——本当に？」

「家の人たちには内緒なんだそうです。お父さんに知られると、怒られるって」

「どこの子なんですか、そのあっちゃんっていうのは」

「それが分からないんだな。この近くに、ほかに別荘があったりはしますか」

「いいえ。わたしは知りませんけど」

「だったら、やっぱり村から遊びにきてるんでしょうね。十四歳だっていうし」

拓也はしかし、どうも納得のいかない気持ちのまま、椅子から立ち上がった。

「車で送っていきましょうか」

「ありがとう。でも湖沿いに行けば、そんなにかからないから」

と云って、遙佳は薄紫色のサマーセーターの裾を伸ばした。

「ごめんなさい。勉強のお邪魔をして」

「いえいえ」

拓也は思わず手を振り、

「また来てください。美人の来訪はいつでも歓迎です」

「話を聞いてもらって、ちょっと気が楽になったみたい。突然こんな、わけの分からないことで、ごめんなさいね」

「いいんですよ」

「じゃあ、また」

にっこりと微笑んで、遥佳は云った。

「今度わたしにも手品、見せてくれます？」

「とびきりのやつを」

と応じて、拓也は笑顔を返した。

第4章　囁きの影

すごかったんだよ、あっちゃん。ねえ、麻堵
うん
すごいんだ。百円玉に、こうやって煙草を突き通しちゃうんだ
……ふーん
「特別な力」だって云ってたね
インチキじゃないのか？
違うよ。ね
違うよ。絶対にインチキなんかじゃない
普通の百円玉だったもの
普通の煙草だった

ちゃんと火をつけて、吸ってたものね
特別な力って……ねえ、あっちゃん、「魔法」のことかなあ
……魔法は特別な力だよ
でも、「いい魔法」と「悪い魔法」があるんでしょ
あのおにいさんのは、どっちなんだろう
いい魔法だよ、きっと
そうかなあ
いい人だもの、おにいさん
……本当かい
ほんとだよ、あっちゃん
でも、あっちゃんのこと、やっぱり気にしてるみたいだね
うん。——だめだよ、麻堵。「秘密」なんだから
でも……
……だめだよ、話しちゃ
あっちゃん……
秘密は守らなきゃだめなんだ。でないと……

……そうだね
そうだよね……

1

本当に美しい人だ――と、遙佳は思う。もう四十が近いと聞いているけれど、まるでそんな年齢には見えない。

少年たちの赤毛よりもいっそう黒味の薄い、細く柔らかな髪が、緩やかに波打ちながら腰のあたりにまで達している。肌の色は病的なまでに白く、それだけに小さな唇の赤さがきわだつ。ほっそりとした頬から顎にかけての線。癖のない鼻の形。そして――。

長い睫毛の下で開かれた、褐色の目。

うっすらと涙がたまっているように見える。表情は虚ろだが、潤んだその瞳は何か深い哀しみを宿しているようにも見える。

(何を見ているんだろう、この人は)

広々とした裏庭。その向こうに広がる森。……庭の奥には、花を咲かせた薔薇の茂みがある。その中に置かれた白い鹿の像を、彼女はじっと見つめているような気もする。だが——。

「いつも、そうやって何を見ていらっしゃるんですか」

尋ねてみても、何も言葉は返ってこない。振り向きもしないから、こちらの声が聞こえているのかどうかも分からない。窓辺に置かれた安楽椅子に身を沈め、黙って暗い窓に目を向けている。

「何か気になるものがあるんですか。あの鹿の像ですか？　それとも……」

遙佳はおりに触れ、彼女に話しかける。

食事の時間。お茶の時間。夜、就寝前のひとときには、二階の端にあるこの部屋を訪れ、こうして彼女のかたわらに坐って。

それは、円城寺隼雄からそのように頼まれている〝仕事〟でもあった。

隼雄の妻。実矢と麻堵の母。——円城寺香澄。

外交官の父親とスウェーデン人の母親のあいだに生まれたハーフだという。その彼女と隼雄の子供である実矢と麻堵にも、遠い北欧の血が流れていることになる。

遙佳が円城寺隼雄と初めて会ったのは三週間前、東京は羽根木にある円城寺家の屋敷で、だった。家庭教師募集の面接を受けたわけだ。

彼の職業が何なのか、詳しいところは知らない。が、いくつかの会社を切りまわしているやり手の実業家なのは確かで、画廊や宝石店の経営もその中に含まれているという。とにかく相当な富と社会的地位を持つ人物であることは、訪ねていった邸宅の規模だけを見ても分かった。

英国紳士を思わせる風貌と、丁重な、それでいて有無を云わせぬ威圧感に満ちた物腰。豪奢な応接室で彼と対面した遙佳は終始、緊張に身を縮めっぱなしだった。いろいろと質問をされたが、何を訊かれて何と答えたのか、断片的にしか思い出せないほどである。

夏休みがまるまる潰れてしまうとはいえ、非常に条件の良いアルバイトだった。募集に応じて集まった者が少なかったはずはなく、その中からあっさりと自分が選ばれたのは不思議だった。

相応の理由はあったらしい。採用が決まったあと、隼雄がふと口にした言葉から、それは察せられた。

「あなたは、妻の若いころに似ていますね」

とりあえず夏休みいっぱい――という約束で、遙佳はここへ来ることになった。そのさい、子供たちに英語を教えるのとは別に依頼された仕事が一つ、あった。それがすなわち、香澄の「話し相手」になること、だったのだ。

そもそも円城寺隼雄がこんな辺鄙な土地に別荘を構えたのは、妻・香澄のためだったと聞く。

この洋館は、昔この地方にやってきた外国人の宣教師が建てたものだという話で、宣教師の死後は住む者もないまま、荒れ放題になっていた。それを隼雄が買い取り、大幅な改修を施してみずからの別荘にしたのが、今から十数年前――。

「香澄さんが、とってもお気に入りでねえ」

子供たちと一緒にこっちへ来ている隼雄の母・円城寺ハツ子（こ）から、遙佳はその話を聞いた。

「あたしにはよう分かりませんけどな、何やら、お母さんの故郷を思い出すそうな。森の感じが似てるとか、ここへ来ると気が休まるとか云いましてなあ」

七十歳を超えた老婆だった。頭のほうはいささか惚（ぼ）けてきているようだが、それだけに人なつっこい調子で、ときどき遙佳にも話しかけてくる。

北欧の森を見たことなど遙佳はない。しかし、そう云われれば云われたで、なるほどこのあたりの森林の雰囲気は、よそとは何となく違うような気もした。

昨年の夏以来、香澄はひと言も口を利かず、この部屋の窓辺でこうして時間を過ごしているのだという。彼女がどうしてこんなふうになってしまったのか、隼雄からは聞かされていない。けれども何か、とても大きな精神的ショックが原因としてあったのだろう、とは容易に推察できる。

話し相手になれと云われても、このとおり彼女は頑なに心を閉ざしつづけていて、いくら話しかけても応えてはくれない。——のだが、それでもいいから、と隼雄は云う。気長にそうした接し方を続けていれば、いつか心を開くかもしれないから、と。

「ねえ、奥さま」

遙佳がまた話しかける。

「わたし、実矢くんと麻堵くん、何だか可哀想に思えます。円城寺さんがあの子たちを厳しくしつけようというのは分かりますけど、でも……」

香澄の虚ろな表情は変わらない。窓の外の暗闇を、ただじっと見つめている。

「円城寺さん、あの子たちが嫌いなんでしょうか。何となくわたしには……」

部屋のドアがそのとき、小さくノックされた。

「はい？」

遙佳は、かけていたストゥールから立ち上がった。

「どうぞ」

ノブがまわり、音もなくドアが開く。入ってきたのは、色違いのパジャマを着た二人の少年だった。

午後九時過ぎ。二人はそろそろ休む時間である。

「先生。おにいさんの魔法、見せてもらった？」

小走りにこちらへ寄ってきながら、麻堵が訊いた。

「今度、見せてもらう約束をしたよ」

微笑んで、遙佳は答えた。

「あなたたちに見せたから、きょうはもう疲れちゃったんだって」

「やっぱり、すごく特別な力なんだ。ね、実矢」

「うん」

実矢はいやに神妙な面持ちで頷いて、

「先生はあのおにいさんのこと、いい人だと思いますか」

「そうねえ。いい人みたいね」

「そうか」

「良かったね、実矢。やっぱり『いい魔法使い』なんだ」

「そうだね」

それから二人は、窓辺に坐った香澄のそばへ行った。椅子の両側に立って、物云わぬ母の顔を覗き込み、

「おやすみ、ママ」

「おやすみなさい」

ほかの人間が話しかけても動かない香澄の表情が、少年たちの声には微妙に反応する。ふっと目の焦点が戻り、赤い唇の端がほんの少しほころび……かすかな笑みが、そこには現われるのだ。

「早く喋れるようになってね」

と、実矢。

「早くね」

と、麻堵。

香澄は何も応えず、緩慢な動きで二人の息子たちに微笑を振り分ける。

やがて、もう一度「おやすみ」を繰り返して二人が部屋を出ていくと、

「本当にきれいな子たちですね」

遙佳は、ふたたび表情を凍らせる美しい母親に向かって云った。

「本当にきれい……」

実矢と麻堵の兄弟は、明らかに母親似だった。肌の色の日本人離れした白さなど、特にそうだ。円城寺隼雄もたいへん端整な顔立ちをしているが、息子たちにはあまり父親の面影は窺えないように思う。

隼雄は、遙佳が妻の若いころに似ている、と云ったが、遙佳自身はそれが不思議でならなかった。

自分はこのとおりストレートのショートヘアだし、肌はむしろ黒いほうだ。睫毛も香澄のように長くはないし、鼻や唇の形だって……。唯一共通しているのは、細身で小柄な体格くらいだろうか。

けれどもまあ、「似ている」「似ていない」などという評価は、すこぶる主観的で曖昧なもの。客観的にはまったく違う顔つきの二人を、何となく似ていると感じることは誰にでもあるだろう。

たとえばそう、きょう話をしたあの青年、悠木拓也にしても――。

一昨日この家の前で彼の顔を見たとき、ふと感じたのだ。兄に似ているな、と。

五つ年の離れた遙佳の兄は一流商社に勤めるエリートで、一年前から仕事で渡米している。「冷たい感じの人ね」というのが、彼と会った友人たちの一致した感想だけれど、遙佳にとっては昔からずっと、頭の良い、頼りになる「お兄ちゃん」だった。

その兄に、どことなく似ているような気がしたのである。

ジーンズに皺くちゃのシャツ、長髪……どれを取っても兄のイメージとは違う。身体つきにしても顔立ちにしても、これと云って共通の特徴があるわけではなかった。なのにそう感じてしまったのは、拓也の乗ってきた車が、兄が学生時代に乗っていたのと同じ〈かぶと虫(ビートル)〉だったからだろうか。

ともあれ、そんな第一印象の良さがあったから、遙佳はきょう彼を訪ねてみようと思い立ったのだった。

「あのねえ、奥さま」

暗い窓ガラスに映った香澄の顔を見ながら、遙佳は云った。

「『あっちゃん』っていう名前、ご存じですか」

返事を期待したわけでは、むろんない。夕方に拓也から聞いた話を思い出し、口にしてみただけだった。

「中学生の男の子らしいんですけどね、実矢くんたちがいつも遊んで……」

思わず、そこで言葉を止めた。ガラスの中の香澄の顔が、とつぜん大きく表情を変えたからだ。

動揺？　狼狽？　それとも驚愕？　――何とも云い表わしがたい表情だった。

「奥さま」

遙佳は驚いて、香澄の顔をじかに覗き込んだ。

「何か……？」

両の目が大きく見開かれている。唇が小刻みに震えている。――しかし。

それは一瞬の変化だった。声が発せられることはなく、水面に広がった波紋が消えるように、香澄はふたたびもとの無表情に戻っていった。

2

その夜、遙佳は奇妙な出来事と遭遇した。

二階の、香澄の部屋の近くに用意された寝室で、午後十一時半にはベッドに入っていた。ナイトスタンドの明りだけでしばらく本を読み、そろそろ瞼（まぶた）が重くなってきたころ――。

それは床が軋む音、だった。

山間の地の夜は静かだが、そのくせ無数の音に満たされている。絶え間なく続く、虫たちの鳴き声。明りに惹かれて飛んできた蛾や甲虫のたぐいが、ときおり窓にぶつかって立てる音。……だが、そのとき遙佳の耳が拾った物音は、窓の外からではなく、部屋のドアの向こうから響いてきたのだ。

――誰かが歩いている。

古い木造の建物である。改修の手が入れられているとはいえ、それも今から十何年も前の話になる。廊下にしろ階段にしろ、場所によっては、歩いている本人がびっくりするほど派手な軋みを発することがある。

その音だった。

ぎぎっ、という、明らかにそれと分かる音がしたのは一度だけだった。が、注意して耳を澄ましてみると、ごく小さな、途切れがちなものではあるけれども、誰かの歩く足音が続いている。確信は持てないが、ゆっくりと階段を昇ってくる（あるいは降りていく？）音のように思えた。

（誰が……）

もう午前零時を過ぎている。この真夜中に家の中を歩きまわる者の姿を想像して、遙佳は軽い不審を覚えた。

（誰だろう）

ここへ来てほぼ一週間。その間の経験によれば、家の者は皆、この時間にはとうに各自の部屋へ引き揚げているはずだ。なのに、階段だか廊下だかを歩いているということは……。

「階段を昇ってくる」という直感が正しいとすれば、少なくともその人物の目的は生理的な用足しではないと考えられる。一階と二階、どちらの階にもトイレは設けられているのだから。

遙佳自身を除けば、今この洋館には全部で七人の人間がいる。

円城寺香澄。実矢と麻堵。円城寺ハツ子。隼雄の妹の安達雅代。それから、使用人の佐竹周三・邦江夫妻。

このうち実矢と麻堵、ハツ子、佐竹夫妻の五人は、一階に部屋がある。子供たちの部屋は、ちょうどこの寝室の下くらいだろうか。祖母・ハツ子の部屋も、同じあたりだったと思う。佐竹夫妻の部屋は、こちらとは反対側の端だったはず。

彼らのうちの誰かが、二階へ昇ってこようとしているのか。それとも――。

二階に部屋がある三人のうち、香澄が一人で出歩くはずはないとして、では安達雅代だろうか。――にしても、いったい何のために？

そんなふうに考えを巡らせたのは、時間にしてみればほんの二、三秒だった。読んでいた本を枕もとに伏せると、遙佳はベッドから身を起こし、そろりとドアに足を向けた。

足音の主が誰なのか、どうしても気にかかったのだ。まさか、こんな山奥の別荘に泥棒ということはないだろうが……。

別荘として使うにしては、あまりにも広い家である。大きく翼を広げた棟を貫く長い廊下。その両側に並んだ幾枚ものドア。普段はまったく使用されていない部屋が、きっと数多くあるに違いない。

廊下は暗かった。部屋を出て左手――かなりの距離をおいたあたりに階段ホールがあり、これは建物のほぼ中央に位置する。

階段ホールには弱い明りが灯(とも)っていた。

足音はそちらから聞こえてくる。ゆっくりと近づいてくる。やはり階段を昇ってくる音らしい。ほどなく――。

仄白い人影が、階段ホールに現われた。

ここからは遠くて暗くて、誰なのかはよく分からない。背の高さからして、子供でないことだけは確かだった。

安達雅代だろう、と遙佳は思った。

彼女が、たとえば一階の食堂へ飲みものを取りにいくとかして、二階に戻ってきたのではないか。——ところが。

人影は、遙佳がいるのとは逆の方向へ足を向けたのだ。

(え……?)

雅代の部屋はあちらではない。遙佳や香澄の部屋があるのと同じ、階段ホールのこちら側だったはずだが。

すっ、すっ……と、廊下をすり足で進む音が遠ざかっていく。二階のあちら側のエリアには、遙佳は行ってみたことがない。どこへ行くのだろう。こんな夜中に、いったい……。

やがて人影は、廊下の奥の暗闇に溶け込んで見えなくなった。

遙佳は小さく溜息(ためいき)をつき、ドアを閉めた。

3

七月二十三日、日曜日。

実矢と麻堵の英語のレッスンは毎日、午前中に行なっている。昼食は正午に一階の食堂で、と決められていて、このときは香澄も下へ連れてこられる。午後はそのあと夕方まで、子供たちには自由時間が与えられるのだが、雨が降ってでもいない限り、二人はたいてい外へ遊びに出ていく。

父親の厳しいしつけのたまものか、実矢も麻堵も、小学校中学年の男の子とは思えないくらい行儀が良く、おとなしい。一緒にいる大人たちの数が多ければ多いほど、それは顕著だった。

死んだ朝倉かおりからいくらか話を聞いていたものの、一週間前に初めて二人と会ったときには少なからずショックを受けた。

新しい「先生」を紹介する父親の前で、美しい顔を能面のようにこわばらせていた少年たち。透明な殻を作ってその中に身を置いているかのような、不自然なまでに物静かな彼らの様子に、遙佳のほうがひどく戸惑ってしまったのだった。

一週間のつきあいで、二人の態度はいくぶん打ち解けたものになってきている。けれども依然、遙佳は違和感を覚えざるをえなかった。

(どうしてなんだろう)

食事を終え、ナプキンで口もとを拭く少年たちを眺めながら、遙佳はきのうの拓也との会話を思い出す。

普通の子供とはちょっと違う——と、拓也は云った。無邪気だが、その無邪気さの質も何だか普通とは違うような、と。

別の世界にいるみたい——とは、朝倉かおりの言葉だった。同じ場所にいて、同じ空気を呼吸しているにもかかわらず、彼らはわたしたちとはまるで別の世界を見ているようなのだ、と。

(どんな世界を？)

(何を見ているっていうんだろう……)

「また外へ行くの？」

テーブルを離れる二人に向かって、安達雅代が云った。きょうもまた、彼女は年相応とは思えないような派手ないでたちである。

「お父さんがいないとなると、ほんとに毎日よく遊ぶねえ。ちゃんと勉強はしてるのかい」

長く伸ばした爪をやすりで研ぎながら、じっとりと二人の甥をねめつけ、それから遙佳のほうをちらと見る。

「ご心配なく」

と、この女に対しては、遙佳もつい言葉を尖(とが)らせてしまう。

「計画したカリキュラムをちゃんと実行しておりますので」

詳しい事情は知らないけれど、雅代は半年ほど前から夫の家を出て、兄のもとへ転がり込んできているらしい。はっきり口に出してこそ云わないが、円城寺隼雄もこの妹についてはずいぶん持て余しているふうだった。

「お勉強、お勉強……あたしゃ、お勉強はもういやだねえ。でも、隼雄が怒るからねえ。隼雄は怖いからねえ」

唐突に云いだした、これは祖母のハツ子である。

髪はすっかり白く、痩せた顔は皺でいっぱいだけれど、娘の雅代とは違い、地味だが品の良い和服を上手に着こなしている。もっとも、いまだに遙佳を「朝倉さん」と前任者の名で呼んだり、明らかに幼児退行的なふるまいを見せたり……と、しばしば周囲の者の手を焼かせる。

雅代の声に動きを止めた孫たちを見やり、

「さあさあ、行っといで」

ハツ子は糸のように目を細くして、おっとりした調子で云う。

「あんまり遠くまでお行きじゃないよ。迷子になっちゃあだめですよ」

「はい、おばあちゃん」

と、微笑む実矢。

「はい」

と、麻堵。それから二人は、物云わず視線を宙に彷徨わせる母に向かって、

「行ってきます」

「行ってきます、ママ」

そのとき——。

自動車の排気音が、静けさを蹴散らして近づいてきた。少年たちの顔が一瞬、緊張する。父親がまたやってきたと思ったのかもしれない。

だが、その騒々しい音は、明らかに隼雄の乗る高級車のものとは違っていた。といって、拓也のビートルの音でもない。

「あの大学生かしらね」

雅代が苛立たしげに云って、窓のほうへ向かった。

「若い女の子を見つけたもんだから、何か理由を作って訪ねてきたんじゃあ……」

ぶつくさと呟く声が途切れ、雅代は「あらまあ」と大きく口を開けた。

「克之だわ」

「克之、克之……」

ハツ子が繰り返す。

「賑（にぎ）やかな子だねえ」

慌てた足取りで雅代が食堂を出ていくのを見送って、遙佳も椅子から立ち、窓の外を覗いてみた。

ちょうど車は、アクセルをひと吹かししてエンジンを止めたところだった。黒いシルビアである。音から察するに、どうもマフラーか何かを改造してあるようだ。

「克之さんって、どなたですか」

ハツ子に向かって、遙佳は訊いた。老婆はそれには答えず、

「……可哀想に……可哀想に……」

聞き取れるか聞き取れないかの低い声で、そんな言葉を呟いている。

「従兄（いとこ）です」

と、代わって実矢が答えてくれた。

「雅代叔母さんの息子」

何かしら、ぞっとさせられるような冷たい響きが、その声にはあった。

4

食堂に入ってきた安達克之を見て遙佳は、わたしがいちばん嫌いなタイプの男だ——と、ほとんど即座に判定した。

年齢は十九だという。昨年の春にいちおう高校を卒業したものの、上の学校へは行かず、かといって働くわけでもなく、ぶらぶらと遊びまわっているらしい。

「何ですか、チンピラみたいな連中ともつきあっておられるそうで」

と、これはのちに佐竹邦江から聞いた話である。

「雅代さまがおいでになってからは、羽根木のお屋敷のほうにもしばしば顔を出されるとか。旦那さまはあまり歓迎されていないようですが」

サマーウールのスラックスに麻のポロシャツ、短く刈り上げた髪——と、最近のファッション雑誌でよく目にするいでたちだが、まるで似合っていない。そのうえ真っ黒なサングラスまでかけているものだから、遙佳は思わず噴き出しそうになった。

「邦江さん、何をぼんやりしてるの」

息子のあとを追うようにして戻ってきた雅代が、邦江に命じた。

「克之に冷たいものを出してあげて」

「おれ、ビールね」

ぶっきらぼうに云うと、克之はテーブルの椅子を足で引き出し、どかっと腰を下ろした。

「――ったく、相変わらず何もない山ん中だな。よくこんなところに何日もいられるな、ママ」

「だって、しょうがないだろう。あたしは羽根木の家にいたいって云ったんだけどね、伯父さんが、おばあちゃんもこっちへ来ることだし、おまえも一緒にって」

「云いなりになるこたぁねえだろ」

「そんなこと云ったたって……」

「ふん」

克之はそっぽを向いて、

「まあ、そりゃあどうでもいいけどさ。わざわざ来たんだから、小づかい、な」

「またかい?」

雅代は声をひそめ、

「このあいだあげたばかりじゃない」

「どうせパパから、しこたま慰謝料をせしめるつもりなんだろ。ケチるなよな」

「けどねえ、克之」

「おれも何かと物要りなんだよ。何ならまた伯父さんに云って……」

「その話は、じゃあ、あとでね。ほら、みんなが聞いてるじゃないの」

聞きたくもない会話である。遙佳はうんざりして、

「二人とも、遊びに出るんでしょ」

冷ややかに従兄の様子を見ていた実矢と麻堵に向かい、わざと声を大きくして云った。

「わたしも一緒に行っちゃ、だめ？」

少年たちがそれに答える前に、

「新しい家庭教師かい」

克之の声が無遠慮に割り込んできた。

「ふうん。前のより美人じゃん」

サングラスを持ち上げ、ねっとりした視線を遙佳に絡ませる。

「滝川さん」

と、雅代が目配せする。挨拶しろ、とでも云いたいらしい。

いちおう笑みを繕って遙佳が会釈すると、克之は母親似の分厚い唇をにたにたさせながら、

「おれ、克之ね。暇なんだったらさ、ドライヴでもどう？」

遙佳は呆れて目を丸くした。母親や祖母がいる前で、初対面の女性を相手に……いったいどんな神経をしているのだろう。

「そんなガキたちと遊んでることぁねえだろ。な。——べつにいいよな、ママ」

「あ、そうね。でも……」

さすがに雅代も困った顔である。

「先生」

と、そのとき麻堵が手をひっぱってくれたのが、遙佳にはありがたかった。

「ね、行こうよ。一緒に遊ぼ」

「行きましょうか」

遙佳は少年に微笑みかけ、それから克之に向かって、

「そういうことですので」

と云った。

「そりゃねえだろ」

克之は腹立たしげに、実矢と麻堵をねめつける。

「せっかく人が誘ってやってるのにさ」

「ごめんなさい」

せいいっぱいそっけなく、遙佳は云った。

「子供たちと遊んであげるのも、わたしの仕事ですから」

「はん。——じゃあさ、今晩はどう？　おれ、しばらくここにいることにしたから」

よほど、わたしは国産車には乗せてもらわない主義なので、とでも切り返してやろうかと思った。が、雅代の手前もある。見たところ彼女は、莫迦(ばか)な息子を持つ莫迦な母親の典型のようだ。あまりぞんざいな態度を取ると、あとで何を云われるか知れたものではない。

何とも答えずに軽く頭を下げると、遙佳は麻堵と手をつないだまま食堂を出た。

5

少年たちと一緒にしばらく外で時間を過ごしたあと、遙佳は先に独り家へ戻った。克之のシルビアが出ていく音が聞こえたからである。

「おにいさんのとこ、行こうよ」

麻堵が云いだしたのだけれど、

「きょうはだめよ」

と、遙佳はたしなめた。

「おにいさん、大事な勉強で来てるんだから、あんまり邪魔しちゃだめ。ね。そんなにしょっちゅう行ったら、うるさい子供だなって嫌われちゃうよ」

実矢も麻堵も、とりたてて不服そうな顔をするでもなく、「じゃあ」と云って森の中へ駆け込んでいった。

*

「あの克之って人、本当にしばらくこの家にいるつもりなんでしょうか」

佐竹邦江が厨房（ちゅうぼう）で水仕事をしているのを見つけ、遙佳は声をかけた。

「そのようですねえ」

邦江は細い声で答えた。

「お部屋の用意をするよう、雅代さまに申しつけられましたから」

佐竹周三と邦江の二人は、円城寺隼雄がこの洋館を購入した当時から雇われている初老の夫妻である。一年中ここに住み込んでいて、この家の管理全般を任されているという。

夫の周三は、食料品等の買い出しや力仕事を受け持っている。上背のあるがっしりした体格で、白毛まじりの髭を長く伸ばしている。無口な男で、めったに向こうからは話しかけてこない。がさつなところはないけれど、やはりどこか近寄りがたいものを感じてしまう。

炊事や掃除などは基本、邦江の仕事。ごく当たり前な感じの小柄な女性で、小まめによく動きまわる。夫と同様あまり口数の多いほうではないのだが、こちらから話しかけると丁寧に応じてくれる。ここへ来てから、勝手の分からないことをずいぶんと彼女に教えてもらった。

「香澄奥さまのことなんですけど——」

ひととおり克之や雅代に関する情報を聞き出すと、遙佳は二人ぶんの紅茶を用意しながら、さりげなく話題を変えた。

「べつに詮索するつもりはないんですけど、どうしてあんなふうになってしまわれたのか、邦江さん、ご存じですか」

「それは……」

食器を拭く邦江の手が一瞬、ひくりと止まったような気がした。

「さあ。私は、何も」

知ってるんだ――と、遙佳は思った。

この人はそれを知っている。知っていて、わたしには隠している。

(そんな、隠さなきゃいけないような問題なの?)

「円城寺さんは香澄さんを、とても愛しておられるんですね」

相手の警戒を和らげるつもりで、遙佳はしみじみとそう云った。

「こんな立派な別荘まで、奥さまのために」

「ええ。それはもう」

「わたし、奥さまの若いころに似てるって云われたんです。自分じゃあ全然そんなふうには思えないんですけど。――そうなんでしょうか」

「さあ」

邦江は小首を傾げるようにして、遙佳のほうを振り返った。

「そうですねえ。云われてみれば、昔は奥さまも、髪をそのように短くしておられました」

「ふうん。そうなのかぁ。――紅茶、入りましたけど、ちょっと一服しません?」

「ああ、どうもすみませんね」

椅子にかけながら、遙佳は続けて、

「でも、どうして円城寺さん、子供たちにはあんなに厳しいんでしょうか。はたで見てると、何だかあの子たちが憎いみたい」

「そう……ですか」

「昔から、あんな？」

「旦那さまは――」

荒れた小さな手をティーカップに伸ばしながら、邦江は溜息をつくような調子で云った。

「旦那さまは、ぼっちゃまたちのことが心配でたまらないのだろうと、私はそう存じ上げます」

「心配？」

その言葉の意味をちょっと測りかねて、遙佳は訊き返した。邦江はすると、わずかにかぶりを振るような動きを見せ、遙佳の視線から逃げるように顔を伏せた。

何となく気まずい沈黙が、場に流れた。熱い紅茶を何口か啜ったあと、遙佳はふと思いついて、

「あっちゃん」

と呟いた。

「えっ」

邦江の反応は顕著だった。声とともに肩が、ぴくっと震えた。

「いま何と？」

「『あっちゃん』って云ったんです」

遙佳は答えた。

「ご存じなんですか、この名前」

「い、いえ」

「実矢くんたちがね、ときどき遊んでもらってるみたいなんです、そのあっちゃんっていう子と」

「ええっ」

邦江はまた声を上げた。

「そんな……」

「わたしもどんな子か知らないんですけど……でも、あの子たちよりいくつか年上で、たぶん下の村に住んでるんじゃないかって。この辺に家はないですものね」

「その話を、ぼっちゃまたちから？」

「いいえ。ほら、このあいだの悠木さんっていう人——彼から聞いたんですけど」

「きっとそれは、何かの間違いではと」

どうしたわけか、邦江はひどく怯えているふうだった。何かを隠しているのは確かだけれど、「あっちゃん」——その名前を聞いて、なぜこんなに怯えなければならないのだろうか。

これ以上は何も答えてくれないだろう、と思えた。あまりしつこく迫ってもまずいと考えて、遙佳はさらに話題を変えた。

「この建物のことなんですけどね」

「——何か」

「階段を上がって右手のほうは、誰も部屋、使ってませんよね」

「——はあ」

「空き部屋ばかり、なんですよね？　それとも何か、特別な部屋があったりするのかなあ」

「どうして、そんな」

邦江がおずおずと顔を上げる。そこには依然、強い怯えの色が見えた。

「実はね、ゆうべおかしな出来事が……」

遙佳はそして、昨夜のあの足音と人影の話をした。

「邦江さんじゃありませんよね、あれ。わたし、雅代さんかなって思ったんです。だけど、あの人の部屋はあっちじゃないし」

「…………」

言葉は返ってこなかった。皺の目立つ瞼を大きく見開き、佐竹邦江はことさらのように強く、左右に首を振っていた。

6

深夜の、それは昨日と同じくらいの時刻だった。

ぎぎっ、と床が軋む音が聞こえてきて、遙佳はベッドの上で身をこわばらせた。

(ゆうべと同じ……?)

あの白い人影——昨夜と同じあの何者かが、また、階段を昇ってこようとしているのだろうか。あるいは……。

もう一つの可能性を、遙佳は思いついた。あの克之という若者である。

夕食の席で顔を合わせたときも、ねちねちとした視線を遥佳に絡ませ、あれこれと声をかけてきた。品のない、露骨な誘い文句だった。虫酸の走る思いで何度、睨みつけてやったことか。それでも克之は、ビールを飲んで赤くなった顔をにやにやさせながら、執拗に誘いをかけてきた。ドライヴへ行こう、散歩に出よう、あとで部屋へ遊びにいってもいいか、などなど。

その様子を見ていながら、口出し一つしない雅代。行儀良く、黙々と食事を続ける実矢と麻堵。ときおり見当外れの言葉を投げ出すハツ子。相変わらず虚ろで哀しげな表情を凍らせ、何も物云わぬ香澄——。

これまで以上に、一種異様な食卓の空気だった。

食事を終えると、なおも声をかけてくる克之を完全に無視して、香澄を連れて二階へ上がった。うっかり言葉を返したりしたら、つけあがって何をしてくるか分かったものじゃない。

あしたは拓也に会いにいこう——と、そのとき思った。克之と比較して、という意味だけではなく、自分があの青年に惹かれているのを意識した。

（……まさか、あいつが？）

克之には一階に部屋が用意されていた。その部屋から忍び出して、まさかここへ押しかけてこようとでも？

若干の危惧を覚えはしたが、可能性は低いと判断した。それよりもやはり、昨夜のあの人影が脳裡に蘇ってきた。

起き上がってベッドを離れる自分の動きを、止めることができなかった。空室ばかりが並んでいるいはずの階段ホールのあちら側へ、こんな真夜中にいったい誰が、何をしにいこうというのだろう。

好奇心と、決して小さくはない恐れ。とくとくと伝わってくる自分の心搏。……軽い眩暈にも似た奇妙な感覚を意識しながら、遥佳は昨夜と同じように部屋のドアを細く開いた。

階段ホールの明りが見える。かすかな足音が聞こえてくる。やがて——。

昨夜と同じ仄白い人影が現われた。

せいいっぱい目を凝らしてみるが、誰なのかはやはり分からなかった。

こちらに背を向けて、昨夜と同じようにゆっくりと廊下を歩いていく。

どうしようか、と遥佳は迷った。思いきってあとを尾けてみようか。

履いていたスリッパを、その場で脱いだ。足音を立てないようにするためだ。深い呼吸を一度。そして遥佳は、そろりと廊下に忍び出た。

ちょっとした罪悪感がないでもなかった。けれども、そうだ、こんな時間に妙な人影を目撃してしまって、じっとしていられるはずがないじゃないか。——そんな云いわけを心中で呟く。

長く暗い廊下の奥に、白い服を着た何者かの影がまだ見えた。遙佳は足速にそれを追った。

相手がいつこちらを振り向くとも知れなかったが、そのときはそのときだ。たまたまトイレに行きたくなって、とでも云えばいい。

深夜の廊下は、昼間に歩くよりもずっと長く感じられた。まだ足を踏み入れたことのない、階段ホールのあちら側。そこに漂う闇はいかにも妖しく、さながら次元の違う空間にでも続いているかのようで……。

……ふっ、と人影が消えた。

廊下が枝分かれしているのか。あるいは、部屋のどれかに入ったのか。

きっ……

小さな軋み音が、前方から聞こえてくる。ほぼ同時に、黄色い光がポッと灯った。

廊下の突き当たりが、その光のおかげで見えた。光は突き当たりよりもいくらか手前の、向かって左側から射（さ）していた。

部屋の明りだろうか。

足を速めた。

きっ……きき……き……と、軋み音は断続的に続いている。

光が洩れ出してくる場所には一枚の黒いドアがあり、開いていた。

（これは……）

ドアの向こうを覗き込んで、遙佳は息を呑んだ。

（……屋根裏へ？）

薄汚れた狭い階段が、そこにはあったのだ。

そういえば、この家には屋根裏部屋がある。外でその部屋の窓を仰ぎ見たことが、何度かあった。白いカーテンが引かれた小さな窓、だった。

あの部屋へ上がる階段が、ここにあったのか。ということは……。

コツ……コツ……と、間延びしたノックの音が上方から聞こえてきた。遙佳はドアの向こうにそろりと歩を進め、階段の上を窺ってみた。

「……あき」

かぼそい声が、そのとき響いた。あの人影——白い寝間着を着ている——が、声の主だった。

「あきや、あたしだよ」

安達雅代の声ではない。嗄(しわが)れたその声音は、円城寺ハツ子——実矢と麻堵の祖母のものに違いなかった。

「あたしだよ、あき。おばあちゃんだよ」

(あき……アキ?)

人の名前だろうか。

(アキ……あっちゃん!?)

込み上げてきそうになった声を、遙佳は呑み込んだ。

「可哀想にねえ。隼雄もひどいことをするねえ。いつになったら出してもらえ……」

老婆はひそひそと囁(ささや)きつづけている。階段の上——屋根裏部屋のドアの前で、身を屈めるような姿勢で。

「……お菓子、また持ってきてやったよ。ほら、手をお出し。お父さんには内緒だよ。知られると、おばあちゃんが怒られるからねえ」

(何なの?)

遙佳は混乱する頭を緩く振った。

(どういうこと?　いったい……)

きっ、とまた床が軋んだ。

遥佳はぎょっとして、その場から身を退いた。

いったい「アキ」とは何者なのだろう。それは「あっちゃん」と同一人物なのだろうか。どうして屋根裏部屋なんかにいるのだろうか。

今ここでハツ子を問いただしてみよう、とは考えることができなかった。どうやら自分は、とんでもないものを見てしまったらしい。何か、知ってはならないこの家の秘密を。

わらわらと心に広がってくる恐怖に息を止めつつ、遥佳は廊下の暗がりへと踵を返した。

第５章　災いの牙

イヤなやつだね、あいつ
うん
このごろ、よく来るね
雅代叔母さんがうちにいるからさ。お金、ねだりにくるんだ
叔母さんもイヤだけど、あいつ、もっとイヤだなあ
うん。——あっちゃんも嫌いなんだよね、あいつのこと
……ああ
悪いやつ？
そうさ
…………

……ねえねえ、実矢
何だい、麻堵
あのね、ほら、きょう先生が訊いてたこと……
あっちゃんの部屋のこと？
うん。先生、何だか怖がってたけど
大丈夫さ
そうかなあ。秘密、もしバレたら大変だよ。——そうでしょ、あっちゃん
そうだよ。大変だ
……大丈夫さ、麻堵
でもね実矢、先生、おばあちゃんを見たのかもしれないよ。おばあちゃん、夜にときどき、あっちゃんに会いにいくもの。だから……
大丈夫だよ。まだ大丈夫
ほんとに？
うん。だってね、いいかい？　……

1

湖のほうから吹いてくる夜風が、頬と首筋を静かに撫でる。この季節なのに、いやにそれが冷たく感じられた。

遙佳は小さく身震いして、心持ち歩調を速めた。

外灯の一つとてない山の中である。が、湖上の空に昇った月と満天の星明りのおかげで、あたりは仄かに明るさを保っている。

姫乃湖に沿って森の中へ分け入る小道。その手前でいったん立ち止まり、後ろを振り返った。

悠木拓也が滞在する別荘の影は、ここからはもう見えない。

送っていこう――と、拓也は云ってくれたのだ。しかし彼は、昨夜からほとんど睡眠を取れていないらしく、ずいぶん消耗している様子だった。遙佳に対しては「平気ですよ」と云い、しきりに笑顔を見せていたが、その言葉とは裏腹にぐったりと疲れきっているのが分かった。

だから、遙佳は強く辞退したのだった。暗いけれど、もうあのあたりの道には慣れているし、星明りもあるし……と云って。

道はここからぐっと細くなり、暗さも増してくる。ふたたび歩きはじめながら、遙佳は多少の心細さを感じた。

(送ってもらえば良かったかな、やっぱり)

ちょっと後悔してしまう。道に迷いはしないだろうが、この時間にこの暗い森の小道を通って帰るのは、かなり勇気の要ることだと分かった。

七月二十四日、月曜日。——午後十一時過ぎ。

この道を引き返すのは、きょうこれで二度めになる。

一度めは昼食後——午後の早い時間だった。そのときも拓也を訪ねていったわけだが、彼は留守だった。あとで聞けば、下の村まで食料の買い出しにいっていたのだという。

どうしても拓也に会いたかった。会って彼に話をし、意見を聞きたかった。そうしなければ、大袈裟かもしれないが、頭がどうかなってしまいそうでさえあった。だから——。

夕食の席が解散になったあと、遙佳はこっそりと円城寺家の別荘を抜け出してきたのである。日没の時刻を過ぎて、外はすでに暗くなりつつあった。けれど、翌日まで待つことはどうしてもできなかったのだ。

　きょうは本当に長い一日だった。

　昨夜はあのあと、部屋に戻ってベッドに潜り込んだものの、なかなか寝つかれなかった。

　老婆の足音。屋根裏部屋へ続く狭い階段。ドアの前で身を屈め、囁きつづける声。あ、あき……アキ……あっちゃん？

　気味が悪かった。

　いったいどういうことなのか、いろいろと想像してみればみるほどに不気味さは募った。何度も寝返りを打ち、溜息をつき、眠りかけては目を覚まし……。

　それでも一夜明けると、あれはすべて夢だったのではないかと思えた。ぼんやりした頭の中で思い出す昨夜の光景と、爽やかな朝陽が射し込む部屋——両者のギャップが、あまりにも大きかったからである。

　朝の食卓では、ハツ子のほうばかりを窺っていたように思う。

　孫たちに向けられる皺くちゃの笑顔が、何だかこれまでとは異質なものに見えた。得体の知れない、何か秘密めいた影が、ちらちらとその笑顔の後ろから見え隠れしているような。

夢ではなかったはずだ。昨夜のあの出来事……真夜中の廊下で見たもの、聞いたもの。

確かめてみずにはいられなかった。

午前中の英語のレッスンが終わると、遙佳は独り二階へ上がった。そうして廊下を右に折れ、昨夜のあの場所まで行ってみたのだったが。

向かって左側に並んだ、何枚もの黒いドア。どのドアだったのか、はっきりとは憶えていなかった。

何となく見当をつけて、ノブをまわしてみた。最初に選んだドアには鍵がかかっていた。次に選んだドアもノブは動かなかった。そして、その次のドア……。

手応えがあった。

これだ、と息を呑み、手に力を込めた。

押し開いたドアの向こうに澱んだ薄闇。そこには確かに、狭い急な階段が。――ところが。

「何をしてるんだね」

背後からそのとき、野太い男の声が飛んできた。

「先生の部屋はこっちじゃないでしょうに」

佐竹周三だった。階段ホールからこちらへ向かって、薄暗い廊下をのしのしと歩いてくる。

「あ……あの」

遙佳はぎこちない笑みを作った。

「あの、えっと、わたし……」

「そこは開けちゃいかんよ」

髭もじゃの顔から、小さな目でこちらを睨みつける。遙佳のそばまでやってくると、半分ほど開かれていたドアに太い腕を伸ばし、音を立てて閉めた。

「こっち側の部屋はどれも使ってない。用はないでしょう」

「あの……これ、屋根裏部屋に」

「屋根裏?」

表情らしい表情を顔には出さず、それでいて厳しい口調で、佐竹は云った。

「ずっと使ってないんだ。危ない」

「…………」

昨夜の目撃を打ち明け、質問してみられるような雰囲気ではなかった。遙佳は目を伏せると、佐竹のごつい身体の横をすりぬけるようにしてその場を離れた。

「あんまり勝手にあちこち、うろうろせんほうがいい。なあ、先生」

普段めったに口を利かない佐竹周三が、あんなふうに咎(とが)めるということは……あ、あ、やはりそうなのだ。あのドアの向こう、あの階段の上の部屋には……。

そのあとの昼食の席で——。

正午過ぎになってようやく起きてきた安達克之は、いきなりまたビールを飲みはじめ、例によってしつこく遙佳に絡んできた。さっきのことを夫から聞いたのか、佐竹邦江までが、何やら怪しい者を見るような目つきで遙佳のほうを窺っていた。

見てはいけないものを見てしまったのだろうか。よそ者に首を突っ込まれては困る——そんな秘密が、やっぱりこの家にはあるのだろうか。

ハツ子に直接、問うてみるわけにもいかなかった。実矢と麻堵に、さりげなく屋根裏部屋について尋ねてみることはしたのだが、二人は顔を見合わせ、黙ってかぶりを振るばかり。そんな二人の反応も、遙佳には何となく怪しげに見えた。

小道は真っ暗な森を左手に、湖を右手に、緩い上りの傾斜を含みながら続く。虫たちの鳴き声に混じって、岸に寄せる水の音が間近に聞こえた。道と岸辺の段差がこのあたりではかなり大きくなり、ちょっとした崖が形成されている。

足もとに注意しながら遙佳は、また少し歩調を速めた。

……暗くなってからとつぜん訪ねていったのだ、拓也はさぞ驚いたことだろう。

ひどくくたびれている様子ではあったが、しゃんと背筋を伸ばし、真剣に遙佳の話を聞いてくれた。それだけで遙佳は、きょう一日、疑心や不安や恐れで縮み上がっていた心がいくらか楽になるのを感じた。

「アキ、か」

拓也は何度も眉をひそめていた。

「確かに気味の悪い話ですね。どういうことなのか、無責任な想像でもいいのなら、ある程度できるけど……」

充血した目をこすりながら、彼は自分の「想像」を話した。その内容は、遙佳が漠然と抱いていた考えとだいたい一致するものだった。そうしてさらに、

「ちょっと調べてみる手もあるな」

何だか思いつめたような声で、彼は云いだしたのだったが……。

2

がさっ……

どこかで、草の音がした。

風にざわめく音ではない。そうではなくて、何か大きなものが動いたような。

足を止め、耳をそばだてながら、遙佳はとっさに「野犬」という言葉を連想した。

このあたりに野犬がいるなどとは聞いていない。——しかし。

(もしかすると)

唐突に、ある考えが浮かんだのだ。

四月の朝倉かおりの死について、である。彼女があんなことになったのは……。

(野犬か何かに追いかけられて、それで?)

事故の現場は、ここからはだいぶ離れた場所だった。もっと湖から離れ、山のほうに入り込んだ森の中だ。あそこで、彼女は……。

(……違う、か)

遙佳は独りかぶりを振った。

野犬に襲われて……だなんて、そんなはずはない。もしもそうならば、彼女の死体にはそれらしき傷痕なり何なりが残っていただろうから。

がさがさ……と、どこかでまた草が鳴った。

どの方向からなのか、分からなかった。左手の森の中からだったような気もするし、前方からだったような気もする。

夜の森——黒い木々のあいだを埋めた濃密な闇に、遙佳は強い恐れを向けた。

昼間とはあまりにも違う。まるで逆の意志が、そこにはひそんでいる。

昼間の森に漂う薄闇には、むしろ優しさのようなものを感じるのだ。ひんやりと、ひっそりと、訪れる者を包み込んで守ってくれるような、大らかな意志。

なのに、この夜の暗闇といったら……。

歩きだそうとして、ふたたび足を止めた。前方に小さな光が見えたからである。

(——人が来る)

懐中電灯の光らしい。さっきの音は野犬などではなく、人間の足音だったということか。

ほっとしたが、今度は違った不安が頭をもたげた。こんな時間にこの道をやってくるなんて、いったい誰だろう。

「ひょっ」

まもなく光のほうから聞こえてきた声で、すぐに誰なのか分かった。

「こりゃラッキーだね。へへ」

何がラッキーなものか。

最悪、と呟いて遙佳は、無遠慮にこちらを照らす光を睨みつけた。

「へへへ。やあ、先生」

安達克之である。

「ほんと、ラッキーだな。おれさ、退屈だったんだよな」

「どうしたんです」

遙佳は冷ややかな声で云った。

「こんなところに、今ごろ」

「退屈でさ、ちょっと散歩にね。あんたこそ、何だってんだよ。この夜中にどこ行ってきたんだい」

「関係ないでしょ」

「ふん」

懐中電灯が放つ光を、玩(もてあそ)ぶようにして動かしながら、よたよたと近寄ってくる。アルコールを含んだ息のにおいが、夜気に混じる。

「あんた、生意気だぜ。きのうからさ、おれ気になってるんだよな」

「酔ってますね、あなた」

「ドライヴ、行こうぜ」

「冗談、云わないでください」

「いいじゃねえかよ。つきあえよな」

「酔っ払い、大嫌いなの」

「ふん。分かってるんだぜ」

克之は遙佳の肩に、馴れ馴れしく手をかけてくる。

「ママから聞いたんだ。あっちの山小屋に大学生が遊びにきてるって？　そいつと会ってきたんだろ」

「触らないでよ」

「どうせ楽しんできたばかりなんだろ。へへ」

「失礼ね」

吐きかけられる酒臭い息から顔をそむけながら、遙佳は克之の手を振り払い、さっさと足を進めようとした。すると――。

「待てよな」

克之は急に凄むような声を出して、払われたその手で、今度は遙佳の腕を摑んだ。

「二十歳過ぎたオバサンがさ、もったいつけるんじゃねえよ」

「放してください」

「うるせえな」

無理やり遙佳を引き寄せる。振りほどこうとしたが、とても力ではかなわない。

「減るもんじゃねえだろ。な、おれさ、あんたのことさ」

「何するの」

嫌悪感と怒りが、恐れに変わった。このままこの力で押さえ込まれたら……。

「やめてよ」

「うるせえ」

抱きすくめられた。懸命に身をよじらせるが、相手の力は緩まない。

「やめてっ」

「うるせえってんだ！」

懐中電灯が道に放り出される。

「おとなしくしろよな。可愛がってやるからさ」

鼻息を荒くして克之は、抵抗する遙佳の首筋に唇を押し当ててくる。不快感と恐怖で全身に鳥肌が立った。

「やめて！」

遙佳は思いきり膝を突き上げた。苦しまぎれに取った動きだったが、膝は克之の下腹部に強く命中した。呻き声とともに腕の力が緩んだ。

「こ、こいつ……」

「放して！」

腕をはねのけ、両手をがむしゃらに振りまわした。下腹部を蹴られたダメージに加えて、酒に酔っていることも災いしたのだろう、克之は大きく身体のバランスを崩した。そしてそのまま、呆気なく後ろ向きに転倒してしまう。

「……わっ」

ざざざっ、と地面を滑る音がした。

「うわっ！」

転倒した場所がちょうど、湖側の崖の縁だったらしい。赤いシャツを着た克之の姿が、短い悲鳴とともに遙佳の視界から消えた。続いて、木の枝が次々に折れるような音が。さらには何か重い、鈍い音が……。

ほんの数秒の出来事だった。

遙佳は目を見張って、暗闇の中に佇んだ。

（……落ちた？）

耳を澄ましてみる。人が動く音はもう聞こえない。

（まさか……）

道に投げ出されていた懐中電灯を、慌てて拾い上げた。

「ね、大丈夫？」

崖のほうへ光を向ける。地面が崩れ、人が転がり落ちた跡がある。

「ね……」

返ってくる声はなかった。

遥佳は恐る恐る、崖の下を覗いてみた。何メートルか下に見える湖の岸辺に、あおむけに倒れたまま動かない克之の身体があった。

3

……少年は湖岸に降り立ち、そこに倒れた男を見下ろした。

崖の上からここまで、四、五メートルもあるだろうか。かなりの急斜面だが、少年にとって、降りてくるのはさほどの難事でもなかった。少年は身軽だったし、それにそう、このあたりの地形はよく把握している。

男の身体は動かない。岩で頭を打ったらしく、蒼白い月光と星明りの中、灰色の岩肌に黒い血の染みが広がっているのが見て取れた。

少しのあいだじっと、目を閉じた男の顔を見つめていた。

(こいつ……)

顎の尖った凶悪そうな顔が、醜く凍りついていた。

(こいつは……)

さっき、少年は目撃したのだ。

上の小道でこの男がやったことを。あげくの果て、この崖下に転がり落ちてしまったことを。――その経緯のすべてを。

まったくの偶然だった。たまたま懐中電灯の光を見かけたから、誰が何をしているのか、こっそりと窺いにきたのだ。

この男とあの女――二人の声、もつれあう影……。

少年は木陰に身を隠し、それを見ていた。見ている以外どうしようもなかった。

(……オオカミ?)

男の顔は、人間の顔だ。毛むくじゃらでもないし、口には牙もない。

だけど――と、少年は暗く広がる湖の上方に目をやる。空に浮かぶ月は、完全な円形ではない。むしろ半月に近い、レモンのような形の月だった。

そう。今夜はまだ満月ではないのだ。

手ごろな木の枝を見つけて、少年は拾い上げた。男を見下ろす褐色の瞳に、妖しいほどに頑なな、あるいは狂気にも似た光が宿る。

（ヒトツハ――）

拾った枝をしっかりと握り直し、少年は身を屈めた。

（あっ）

あおむけに倒れた男の身体がそのとき、ひくっ、と小さな動きを見せた。

かすかな呻き声が、男の口から洩れはじめる。力なく地面に伸びていた腕が、弱く震えるように動きだし……。

（まだ、生きてる）

そう判断した次の瞬間、少年は枝を放り出し、代わりに、手近に転がっていた石ころを取り上げていた。両手でそれを高々と持ち上げ、息を吹き返した男の額めがけて思いきり打ち下ろす。

がずっ、と鈍い音。異様な手応え。

その最初の一撃で男の呻き声は消え、ふたたび動かなくなった。それでも少年はもう一度、さらにもう一度、割れた額の同じ部分を狙って石を打ち下ろした。

（……死んだ）

まだ生きていたのを、殺してしまった。けれど――けれど、これは**必要なこと**だったのだ。しかも、もしかしたらこいつは……。

（ヒトツハ――）

血で汚れた石ころを投げ捨てると、少年はさっきの枝をまた拾い上げ、右手に握った。細く尖った枝の先を、血まみれの男の顔に近づける。左手を伸ばし、閉じた瞼を抉(こ)じ開け、そして……。

（ヒトオオカミノメダマ、ヲ）

4

蛾が飛んでいる。

寝室の天井――剝き出しの梁(はり)からぶらさがった、洒落(しゃれ)た球形の電灯。そのオレンジ色の光のまわりで、一匹の大きな蛾の影が踊っている。

カシッ、カシャ……

羽根が電灯にぶつかって、乾いた音を立てる。さっきからえんえんと続いている。

(いつ迷い込んできたんだろう)

ベッドに横たわったまま、悠木拓也は熱っぽい瞼を指で押さえた。

昼間のうちに入ってきていたのか。どこか窓の網戸に破れ目でもあるのだろうか。それとも……ああ、そうか。さっき遙佳が帰っていった、あのときに?

そんな、どうでもいいような物思いが脳裡を通り過ぎる。

遙佳が帰るとすぐ、この部屋にひっこんだ。明りを弱くして、ベッドに身を投げ出して……少し眠っただろうか。

眠いはずなのに、深い眠りには沈めなかった。ほんの一瞬、微睡(まどろ)んだだけだったような気がする。その中で、しきりに考えつづけていたこと——。

遙佳は無事に帰り着いただろうか。

一つは、それだ。あんな時間にこの暗い山の中を、彼女一人で帰すなんて、やはり良くなかった。都会と違って、暴漢に襲われるような危険はないだろうが、それにしても……。

(……ったく)

額に手を当てる。微熱があるような気もする。

(不甲斐(ふがい)ないやつめ)

いやで辞退されたのではなかったと思う。こちらの体調を気づかってくれた――あれはたぶん、彼女の本心だろう。

「無理をして寝込みでもしたら、勉強どころじゃなくなるでしょ」

看護婦のタマゴの言葉には、相応の重みがあった。

「疲れてるのに、突然ごめんなさいね。でも、ちょっと気分が楽になった。今晩はもう、ゆっくり休んでください」

確かに拓也は疲れていた。昨夜から今朝にかけて、一睡もせずにあの忌々しいヒゲ文字と格闘を続け、きょうはそのまま、徹夜明けの躁状態に任せて村まで買い出しにいってきたのだ。

慣れない土地にやってきたため、おのずと精神が緊張を強いられている、そのせいもあるのだろう。もともと体力にはあまり自信がないのだけれど、それにしてもたかが一晩の徹夜で参ってしまうとは、われながら情けない話だった。

遙佳が訪ねてきたのは、躁状態がようやく落ち着き、強烈な眠気と疲労感に襲われてリビングでうとうとしていたころだった。玄関に出たときなど、相当ひどい顔をしていたに違いない。

カシャ、カシシッ……

蛾の羽音が、執拗に続いている。

この音のせいで、目が覚めてしまったのかもしれない。——いや、違う。そんなことじゃない。

身体を起こし、ベッドサイドのテーブルから煙草の箱を取り上げた。一本抜き出して、それを指先で玩ぶ。

掌（てのひら）に隠し持った煙草を、空中から取り出す動作。——消失（バニッシュ）。——検め（あらため）。——ふたたび出現。……

簡単なマジックの手順を、何となく繰り返してみる。

奇術に凝りはじめたのは、大学一年生のときだった。学園祭で奇術クラブのショウを観（み）て感銘を受け、自分でもやってみたくなったのだ。クラブには入会しなかったけれども、それからしばらくは足しげくマジックショップに通ったものだった。

（魔法、か）

一昨日の、実矢と麻堵の反応を思い出す。拓也が演じる「魔法」に驚き、大きな目をきらきらと輝かせていた、あの少年たち。

（魔法……魔法使い……）

無性に懐かしい響きを、その言葉に感じた。

あの子たちはいつも、森の中で何をして遊んでいるのだろう。あの年ごろの子供が外ですることといえば——。

隠れんぼ。鬼ごっこ。缶蹴り。キャッチボール。……もっとほかに、どんな遊びがあっただろうか。

いつから人間は、そういった遊びを楽しめなくなっていくのだろう。

ふと拓也は、そんな疑問を自分自身に提示してみる。

（いつから、どうして……）

——違う。そんなことじゃない。

家にいるときは、実矢も麻堵もよく本を読んでいる。遙佳がそう云っていた。もっとも、漫画や雑誌はいっさい禁じられているらしい。二人の部屋にある本といえば、父親によって「教育上問題がない」とされた絵本や童話、「世界児童文学全集」のたぐいばかりだ、とか。

実矢と麻堵。

あまりにも、拓也が知っている普通の子供とは違う。あまりにも美しく無邪気な、あの少年たち。そして——そして……。

（……あっちゃん）

そうだ。問題はまず、それなのだ。

ずっと考えつづけていたこと。——あっちゃん……アキ。遙佳が見たという、昨夜の出来事。

今夜、遙佳から話を聞いて自分が考えたこと。——もう一度、それを整理してみようか。

拓也は玩んでいた煙草を乾いた唇にくわえ、火をつけた。

まず——。

遙佳がゆうべ聞いた「アキ」という名前は、子供たちの云う「あっちゃん」と同じ人物を指している。これはまず、妥当なところだと思う。そして、そのアキという名の少年は、あの洋館の屋根裏部屋に住まわされているらしい。

円城寺ハツ子は、アキに対して自分のことを「おばあちゃん」と云った。その言葉を言葉どおりに受け取るとすれば、アキは少なくとも、ハツ子の孫であるという話になる。ハツ子の孫、すなわち実矢と麻堵の兄だ。

従兄（いとこ）という可能性もあるが、素直に考えるなら、これはやはり兄だと思う。十四歳——中学二年か三年の兄が、実矢と麻堵にはいたのだ。

その兄が、あの家の屋根裏部屋にいる。どうやら、彼はそこに閉じ込められているものと思われる。閉じ込めたのは、父親の円城寺隼雄。祖母のハツ子はそんなアキが不憫(ふびん)で、深夜にこっそりと菓子を差し入れにいく。

こういった事実は、部外者の遙佳には秘密にされている。家の者たちは皆、知っているはずだ。佐竹夫妻はもちろん、安達雅代もおそらく承知しているのだろう。

問題。なぜ、そしていつから、アキはそんな境遇に置かれているのか？

無責任な想像が許されるなら、それはこういうことだろうか。つまり――。

アキには何か、外部の人間には知られたくない秘密があるのだ。

わが子を別荘の屋根裏部屋に閉じ込めているという、そんな父親の仕打ちに窺われるものは何か。激しい嫌悪、憎悪、あるいは怯え、恐れ、そして世間体……？

何だろう。どんな秘密だろう。

アキとはいったい、どんな少年なのだろう。

遙佳が口にした「あっちゃん」という呼び名に、円城寺香澄は強い反応を示したという。去年の夏、彼女の精神が破滅的なダメージをこうむったというその原因も、もしかしたら「アキの秘密」に関係しているのではないか。

一方、アキはときどき、ひそかに屋根裏部屋を抜け出しているらしい。そうして彼は、弟たちと森で遊ぶ。屋根裏部屋のドアには外から鍵がかけられている可能性が高いが、そうだとすれば、兄を慕う弟たちが何らかの方法で手引きをして……。

だから、実矢も麻堵も口を閉ざすのだ。そのことは決して家の者に知られてはいけない、彼ら三人の「秘密」なのだ。だから……。

とりあえず拓也は、あした東京の伯父に電話してみるつもりでいる。彼に頼んで、円城寺家について少し調べてもらおうと思うのだ。

長く物書きを生業（なりわい）にしているだけあって、伯父は非常に物好きな男である。五十七歳にもなって、いまだに十代の若者のような、旺盛な好奇心を持ちつづけている。野次馬根性、と云ってしまっても良いだろう。何にでも興味を持ち、興味を持てば知りたがる。その貪欲さには、拓也も時として呆れてしまうくらいだった。

そんな伯父だから、こちらの状況を説明して頼み込めば、おそらく引き受けてくれるだろう。こういう謎めいた物事に彼は、特に目がないのだ。円城寺隼雄・香澄夫妻のあいだに、果たして「アキ」という名の息子が実在するのかどうか。

とにかくまず、その事実を確かめたかった。取材慣れした伯父のことだから、その程度の問題なら何とかして調べ出してくれるはず——。

そこまでして、他人の家の秘密に首を突っ込む必要もないだろう、とは思う。だがしかし、今この烏裂野の山中にいて、拓也はもはやそれを無視してはいられない気持ちになっていた。

滝川遙佳。彼女の存在もその理由の一つである。実矢と麻堵。あの二人の少年たちが気にもなる。――のだが。

いちばん大きな理由はもしかすると、今夜遙佳から聞いた「アキ」という名前そのものなのかもしれなかった。

アキ。

その二文字が、過去の記憶と響き合う。十年前、この地を訪れた夏の記憶。このあいだ夢の中で再会した、あの……。

しかしながら、その過去が現在とどのようなつながりを持つのか、どのような未来につながっていくのか、拓也はまだ理解することも予想することもできないでいたのである。

5

「……悠木さん。悠木さん！」

ふたたび微睡みかけていた拓也の耳に、響き込んできた声。

「悠木さん、お願い。起きて！」

何度もドアを叩く音とともに――。

（ん……彼女？）

遙佳の声だ、と理解するや、拓也はベッドから跳ね起きた。

（どうして、彼女が）

まだ、夜だ。窓から射し込む光はないし、丸い電灯のまわりでは相変わらず蛾が一匹、黒い影を踊らせている。

（どうして……）

頭が混乱した。その混乱の中から、じわりと込み上げてくる不吉な予感。

「悠木さん、悠木さん……」

しゃにむにドアを叩いている。すがりつくような、何か悲愴（ひそう）感に満ちた声が、繰り返し拓也の名を呼んでいる。

「はいっ」

拓也は大声を返した。

「すぐに！」

リビングの明りをつけ、玄関に駆ける。

「お願い。開けてください」

拓也が大急ぎでドアを開くと、

「ああ、悠木さん」

遙佳はつんのめるようにして中に入ってきた。

「わたし、わたし……」

「どうしたんですか」

彼女の顔は蒼白だった。乱れた前髪が、汗で額に貼り付いている。サマーセーターのラウンドネックが、大きく片側にずれている。

「どうしたっていうんですか」

伏せた目が涙で潤んでいた。激しく一度かぶりを振ったかと思うと、

「助けて」

小さく叫んで、拓也の胸に倒れ込んでくる。

「いったい何が？」

遙佳の様子は尋常ではなかった。小刻みに震えているのが直接、伝わってきた。

「まさか、何かひどい目に」

「わ、わたし……」

「落ち着いて。ね、しっかりして」

両肩に手を置いて、やんわりと身体を押し戻す。そこで拓也は、彼女の右手に握られている懐中電灯に目をとめた。

赤い円筒形のライトである。先ほど帰っていったときには、こんなものは持っていなかった。一度あちらの家に戻って、そのあとまた出かけてきたのだろうか。

拓也の視線に気づいたらしい。遙佳は自分の右手に目をやり、「あっ」と短く声を洩らした。同時に懐中電灯を放り出してしまう。まるで何か忌まわしい生き物を見つけたかのような反応、だった。

「何があったんですか」

肩に手を置いたまま、拓也は彼女の顔を覗き込んだ。眠気も疲れも、どこかに吹き飛んでしまっていた。

「わたし――」

力なく云いながら、遙佳はゆっくりと目を上げた。大きな黒い瞳から、ぼろぼろと涙がこぼれだした。

「わたし、人を殺してしまった」

＊

「……あおむけに倒れたまま、あの人、ぜんぜん動かなかったんです。よく見てみると、頭から血が出てて。いくら声をかけても、まるで反応がなくて」

拓也が勧めたウィスキーを何口か飲むと、ようやく遙佳はいくらか気を落ち着かせて、まともに話ができる状態になった。リビングのソファに身を沈め、途切れ途切れに、ときおり洟(はな)を啜(すす)り上げながら、何があったのかを説明してくれた。

「それで、殺してしまった——と？」

拓也が問うと、遙佳は力なく頷いた。

「本当に死んだのかどうか、ちゃんと調べてみたわけじゃないんですね」

「そんなこと、とても」

項垂れ、小さくかぶりを振る。

「あの人、ずいぶん酔ってたし……落ちたの、かなり高いところからだったし」

「そうですか」

ソファの近くの床に坐っていた拓也は、不精鬚(ぶしょうひげ)が伸びた顎を撫でた。

「そのますぐに、ここへ戻ってきたわけですね。このことはまだ、ほかの誰にも云ってない？」

「――ええ」

遙佳は泣き腫らした目から、救いを求めるような視線を拓也に投げかけた。

「わたし、どうしたらいいの」

「行きましょう」

と云って、拓也は膝を立てた。

「えっ」

「一緒に、その場所へ」

「でも」

「とにかくまず、確かめに。もしかしたら何かの間違いかもしれないでしょう」

「間違いって……でも」

「警察に知らせるのは、そのあとでいい。彼が本当に死んでしまったのかどうか、確認してからでも」

「…………」

「とにかくね、滝川さん」

拓也は遙佳の腕を取り、立ち上がらせた。

「わざとやったことじゃないんでしょう？　いま聞いた限りじゃあ、きみには何一つ非はない。むしろ、きみのほうが被害者なんだから」

6

取り乱した遙佳から事情を聞き出すのに、かれこれ一時間以上かかったことになるだろうか。二人が家を出て〝事件〟の現場へ向かったのは、もう午前一時を過ぎたころだった。

遙佳の手をしっかりと握り、拓也は急ぎ足で暗い道を進んだ。

遙佳は小さな溜息を繰り返すばかりで、何も喋ろうとしない。拓也のほうも、かけるべき言葉が見つからなかった。

行ってみて、彼女の話どおり克之の死体が見つかれば、やはり警察に通報せねばなるまい。そして、いくらそれが正当な理由・行動によって起こった事故だったとしても、「人を死なせてしまった」という彼女自身の罪の意識は消えないだろう。警察の取り調べがあり、周囲から疑惑の目を向けられ……下手をすると裁判沙汰になってしまうかもしれない。

何とかならないものか、と思う。いっそ死体をどこかに隠してしまって……と、そんな危険な考えも一瞬、頭をよぎった。

やがて、森と湖のあいだを抜ける例の小道に入った。拓也の手を握り返す力が、ぎゅっと強くなる。

「この道ですよね」

と、拓也は確認した。

「そうです」

遙佳は弱々しく答えた。

「この、もう少し先」

手を握ったまま、拓也が前に立った。車から持ち出してきたハンディライト（遙佳が持っていた克之の懐中電灯は別荘に残してきた）の光で、深みを増した闇を切り開く。息を整え、注意深く歩を進める。

しばらく行ったところで、遙佳が「ああ」と声を洩らした。

「そこ……」

片手を差し上げ、前方を指さす。

拓也はそのあたりの地面に目を凝らした。なるほど、土や下草がほかの部分よりも乱れているように見える。そして、右手の崖——。

遙佳の手を離し、拓也はそちらへ足を向けた。

「ここから、彼は落ちたんですか」

「——そう」

慎重に足場を確かめながら、急斜面の下に光を投げかけた。

狭い湖岸の地面が、黒々と両側に広がっている。崖の高さは相当にある。ここから下へ転がり落ちたとしたら、確かに命に関わる事態にもなりえただろう。

そこには、しかし……。

「ふうん」

拓也は低く唸って、遙佳を振り向いた。

「何もありませんよ、滝川さん」

あおむけに倒れている男の姿など、どこにも見当たらないのだ。

「ええっ」

「そんな……」

遙佳は驚きの声を上げた。

「この場所で間違いないんですか」

「ここ、でした。わたしが激しく抵抗したから、そのせいで、ここから……」

「足もと、気をつけて」

拓也は遙佳の腕をそっと摑んだ。

「この下……ね？　何もないでしょう」

「……………」

「よく見て。彼はどこに落ちたんですか」

「ここから、まっすぐ」

遙佳は、拓也がライトで照らした崖の下を覗き込んで、

「ああ……そんな。どうして」

「もしかしたら場所が違うのかもしれない」

と、拓也は云った。

「もうちょっと先へ行ってみますか」

「でも、確かにここ……あっ」

「何か？」

「あそこを」

遙佳はおずおずと、崖下の地面を指さした。

「血の痕が」

「血？　どこに」

「あそこの……ほら、あの岩に」

遙佳が指し示すあたりに注目する。大きな岩があって、そう云われてみれば、そこに何か黒い染みのようなものも見える。だが、それが「血の痕」なのかどうかは疑問だった。

「血には見えないな」

拓也が云うと、遙佳はうわずった声で、

「血よ。あの人、あの岩に頭をぶつけて」

「けれども死体はない」

「…………」

「仮に彼がここから下へ落ちたのが事実だったとしても、死んではいなかったっていうことですよ。そうでしょう？」

「でもあの人、動かなかったから」

「将来は看護婦になろうって人が、そんな曖昧な死亡判定をしてちゃいけないなあ」

わざとおどけた調子で、拓也はそう云った。

「きっと気を失っただけだったんですよ」

「――ほんとに？」

「とにかく今、ここには何もないんだから」

遙佳の腕を引き、拓也は崖から離れた。

「大丈夫ですよ。克之氏は今ごろ、ベッドの上で悪い夢にうなされてるんじゃないかな」

「そうでしょうか」

と首を傾げつつも、遙佳はいくらか緊張が和らいだ様子だった。

「――ごめんなさい。あの、わたし……」

「さあ、送っていきますよ、今度はちゃんと。さっきはね、一人で帰しちゃって、ずいぶん後悔してたんです」

念のため、二人はその付近の崖下の様子をもう少し見て歩いた。しかし結局、「克之の死体」が見つかることはなかったのである。

「心配しなくていいから」

円城寺家の洋館の前で拓也は、不安そうに足を止める遙佳に云った。

「万が一、その克之っていう男が何か云ってきたりしたら、こっちから警察に訴えてやればいい。怪我をしたかどうか知らないけれども、それは自業自得ってやつだ。いい薬ですよ」

「――そうですね」

遙佳はそろりと建物に目をやる。明りのついている部屋はもう、一つもなかった。

「何かあれば、いつでも僕に連絡してください」

拓也は云った。

「電話番号、メモしましたよね」

「ええ。――ありがとう」

「もしもいづらくなったら、僕のところへ逃げてくればいいから」

遙佳が玄関から中に入るのを見届けると、拓也は改めて、星明りに照らされた白い洋館を見上げた。そうして、三階――屋根裏部屋の小さな窓に目をとめる。

（アキ……）

ふとその名前が、その少年の謎が、妖しい胸騒ぎとともに心に蘇る。

真っ暗なあの窓の向こう――少年が閉じ込められている部屋の光景を想像して、拓也は思わず身を震わせた。

第6章　狂いの傾斜

ね、実矢。あいつがヒトオオカミだったって、ほんとなの？
うん。——そうなんだよね、あっちゃん
……そうさ
だから、これを？
そう
あいつ、死んだの？
さあ。——どうなの、あっちゃん
ヒトオオカミは不死身だ、っていうからね
今はどこに？
……湖に流したんだ

湖？

そうさ

どうして？

……生き返っても、戻ってこないように

叔母さん、探してるよ。ぼく怖いよ

大丈夫だよ、麻堵

でも、実矢……

必要だったんだよね。ね？　あっちゃん

……ああ、そうさ。必要だったんだ

けど……

けど？

もしもまた、誰かがここに来たら……

大丈夫だよ、麻堵。ここは秘密の場所だもの。ぼくたち三人だけの、秘密の「聖堂」だもの

でもね、実矢

何だい

おにいさん、連れてこなきゃだめなんでしょ

ああ、うん。だけど、それはまだ……

……まだだよ、実矢、麻堵。ちゃんと全部、揃(そろ)ってからでないと……

1

「……ふん。そりゃあまた、奇ッ怪なハナシだな」

予想したとおり、受話器から返ってきた伯父の声は、まんざらでもなさそうな感じだった。

「あの家の円城寺隼雄氏なら、二度か三度、話をしたことがある。何せ、そっちじゃあ十年来のおとなりさんだからな。もっとも、円城寺家の家庭事情なんかはほとんど聞いていないが」

「調べてもらえますか、伯父さん」

「そりゃあまあ、引き受けんこともないがな」

「原稿の締切が近い、とか？」

「そんなことはおまえが気にしなくていい」

伯父はちょっと渋い声で、

「しかしなあ拓也、どうもその、おとなりさんの秘密を嗅ぎまわるっていうのはだな……」

「伯父さんらしくないな。年、取りましたね」

「はん？　何を云うか。俺はまだ……」

「じゃあ、お願いしますよ。羽根木だったら、伯父さんちから近いでしょう。何とかその、アキっていう子供の件だけでも。ね？」

「まったく……」

伯父は苦笑まじりに舌を打った。

「ちゃんと勉強はしてるのか」

「ご心配なく」

「ふん」

少し間をおいてから伯父は、今度は何やら考え深げな調子で、

「おまえ、憶えてないのか」

そんな質問をしてきた。

「憶えてないって……何を」

「まあ、だいぶ昔の話になるからな」

「はあ？」

「俺の記憶に間違いがなければ、少なくともな、円城寺夫妻にその——アキという名前の息子がいることだけは、確かなはずなんだが」

「え？　どうしてまた、そんな」

「おまえが小学生のころの話さ。一度その別荘へ連れていってやっただろう。あのとき……」

「ああ」

伯父が何を云おうとしているのか、拓也はやっと分かったような気がした。

「じゃあ、あのときの子供が、やっぱり？」

「憶えていたか。ふんふん」

電話の向こうで、伯父は何度か鼻を鳴らした。

「森の中で迷子になっていた子供を、おまえが家まで送っていった。ひどい夕立があって、どこかで雨宿りをしたとか云ってたな。それが、あの洋館に来ていた円城寺夫妻の子供だった」

「アキっていう名前の？」

「確かそんな名前だったと思う。あのあと、その子供の母親——円城寺香澄が、わざわざ礼を云いにきてくれた。混血の、きれいな女性だったな」

「やっぱり……」

受話器を耳に当てたまま、拓也は大きく頷いた。

「いやね、何となくそんな出来事があったような気はしてたんですけど、はっきりとは思い出せなくて」

「ま、そういうことだ」

伯父は云った。

「あれから十年も経(た)つんだからな、その間に円城寺家で何があったのか……まあ、調べられそうな範囲で当たってみてやる」

「お願いします」

「しかし、まったく」

と云って、伯父はまた舌を打った。

「おまえも物好きなやつだな」

「血は争えない、と云ってください」

いなかった。

「その家庭教師の娘っていうのは、美人なのか」

いきなり訊かれて、ちょっと焦った。昨夜の〝事件〟については、伯父には話して

「ええと、あの……」

思わず口ごもってしまったのを、伯父はからからと笑い飛ばして、

「まあ、頑張るんだな。健闘を祈る」

何か分かりしだい連絡する――と約束して、伯父は電話を切った。うまく行けばきょうあすにでも、アキという少年が存在するかどうかの確認くらいはできるだろう、と云っていた。

電話機が置いてあるリビングのテーブルを離れると、拓也は窓辺に立ち、外の風景に目を馳せた。

晴れ渡った青空と深い緑色の湖。湖を取り囲んだ森。――ここに来てからずっと、穏やかな天気が続いている。

時刻は午後一時。眠りから覚めたのは三十分ほど前だった。少し身体が怠い感じは残っているが、きのうの疲れはもう取れたように思う。

(さて――)

じっとしていると、いくらでも物思いにふけってしまいそうだった。あの森、あの洋館、あの少年たち、昨夜の出来事、そして十年前の過去……。

ぶるりと頭を振り、窓から離れる。

(コーヒー、コーヒー)

キッチンへ向かおうとした——そのとき、さっき切ったばかりの電話が鳴りはじめた。

2

「もしもし、悠木さん？　悠木さんですか。——あ、わたしです。滝川です」

電話台に寄りかかるような姿勢で、遙佳は受話器を握りしめた。

「どうしたんですか」

と、すぐに拓也が訊いてきた。

「克之が何か、文句を？」

「いえ。違うんです」

額に滲んだ汗を手の甲で拭(ぬぐ)いながら、遙佳は云った。

「あの人が、いないんです」

「いない？」

「帰ってきてないんです。きっと、だから——」

一階のホールである。広々とした空間だが、採光はあまり良くない。電話台が置かれたこの場所は階段の陰になっていて、照明がついていないと昼間でも薄暗かった。

「だから、ゆうべのことでやっぱり、あの人……」

「帰ってきてないって、それ、確かなんですか」

拓也は慎重な口ぶりだった。

「いつ、どうやって分かったんです？」

「さっき——昼食のとき、あの人がまだ起きてこないから、雅代さんが部屋を見にいったんです。そしたら、部屋にはいないって」

「どこかに出かけて……いや、もうそこから引き揚げていったんじゃあ？　昨夜のことがショックで逃げ出した、とか」

「それは……」

「そうだ。車は？　克之は車で来てるんでしょう」

「車はあるんです。部屋に荷物もあるって」

「そうなんですか」

「やっぱり、ゆうべから帰ってないんだと思います。だから、きっと……」

「まあ待って」

拓也は強い声で云った。

「あまり短絡的に結論を出しちゃいけない。いいですか」

「でも」

「きみと顔を合わすのが気まずくて、朝からその辺をぶらついてるのかもしれないでしょう」

「そんな神経ないから、あいつ」

途方に暮れる気持ちとともに、克之に対する怒りが込み上げてくる。

「わたし、どうしたらいいの。ね、悠木さん、やっぱりもう……」

「昨夜の出来事はまだ、誰にも話してませんよね」

「――ええ」

「じゃあ、いいですか？　もうしばらく様子を見ることにしましょう。――で、そうだな、夜になってもまだ克之が姿を見せないようなら、そのときは警察に」

「…………」

「いいですね。僕はこれからちょっと、あの場所を見にいってきます」

「あそこへ？」

「念のために、ですよ」

「だったら、わたしも」

「いや」

と、拓也は遙佳の言葉を制した。

「きみは動かないほうがいい。誰かに見つかったら怪しまれてしまう」

「…………」

「母親の雅代さんは、どんな様子ですか」

「ずいぶん心配してるみたい」

「そうですか」

拓也は苦々しげに云った。

「彼女が取り乱すと厄介だな。——何か訊かれましたか」

息子がどこへ行ったか知らないか、とは訊かれた。遙佳は黙ってかぶりを振ったの

だが、雅代はもっと何か云いたげな顔をしていた。

「ほんとにもう……どうしたのかしらねえ、あの子」

当の安達雅代がそのとき、玄関のほうからやってきた。克之を探して家の外を見てまわり、甲斐なく戻ってきたようだった。

「滝川さん？」

遙佳が口をつぐんでしまったので、拓也が心配げに訊いた。

「どうしました」

「いえ、あの……」

遙佳は声をひそめて、

「雅代さんが、こっちへ」

「あら、邦江さん？」

階段の陰に立つ遙佳を、佐竹邦江だと思ったらしい。雅代が甲高い声を投げかけてきた。

「電話なんかしてないで、早く克之を探しにいってちょうだい」

苛立たしげに云いながら、ホールを横切ってこちらへ向かってくる。

「ねえ、邦江……何だ、あなたなの」

電話台の前にいるのが遙佳だったと気づいて、雅代は眉を吊り上げた。

「ひそひそと誰に電話？」

「あ、あの――」

遙佳は受話器を口もとから離し、

「ちょっと、友だちに」

「友だち？　ふうん」

雅代は腰に片手を当て、じろりと遙佳をねめつける。

「それよりあなた、ほんとに知らないの？　克之がどこへ行ったか」

「さあ……」

「あなたが何か、ちょっかいをかけたりはしてないでしょうね」

そう云われて、遙佳はさすがに呆れた。

「わたしが？」

「そうよ。それであの子、ショックを受けて」

「まさか。わたしは何も……」

「克之はね、ああ見えてとっても純情な子なの」

と、雅代は大真面目な調子で云う。

「滝川さん」

こちらのやりとりが聞こえたのだろう。耳に当てたままでいた受話器の向こうで、拓也が囁(ささや)いた。

「とにかく今は、知らないで通すんです。いいですか」

確かにここで、昨夜の出来事を雅代に知られたら大変だろう。彼女は血相を変えて、有無を云わさず遙佳のことを「人殺し」と決めつけるに違いない。

「ははん。もしかして滝川さん、その友だちって、あの大学生？」

と、雅代が云った。遙佳は思わず視線を下げた。

「あらら、図星だった？」

瘦せぎすの顔全体を引きつらせるようにして、雅代は笑う。この阿婆擦(あばず)れが、とでも云いたげに見えた。

何とも答えられないでいる遙佳に、

「ほどほどになさいよね。ここ、あなたの家じゃないんだから」

雅代はかりかりした声で云った。そして、ぷいとそっぽを向いてしまう。

「ああもう、それにしても克之、どうしたのかしらねえ」

3

午後一時四十分。

拓也は伯父の別荘を出て、昨夜のあの場所へと急いだ。

三時過ぎごろにまた電話をしてくれるよう、遙佳には云った。あちらの電話番号はゆうべ聞いてあったから、拓也のほうから連絡をしても良かった。だが、たとえばさっきの安達雅代がその電話に出たりすると、何を云われるか分かったものではない。

克之がいない。

それは確かに困った事態である。遙佳にはあんなふうに云った——ああ云うしかなかったけれど、拓也にしてもやはり、最悪の場合を想像せずにはいられなかった。

もしも克之が、昨夜から帰っていないのだとしたら……。

——人を殺してしまった。

昨夜の遙佳の、蒼白な顔を思い出す。

——わたし、人を殺してしまった。

そんなことがあるものか、と懸命に否定する。

あそこには死体なんてなかったのだから。見落とした、とも考えられない。考えたくない。

目的地に着いたときには、シャツが汗だくになっていた。こんなに走ったのはいつ以来だろう、と思った。

遙佳が克之に襲われたという地点は、すぐに見つかった。夜と昼ではまったく雰囲気が違うけれど、地面の状態と湖側の崖の様子で、それと分かった。

踏み荒らされた雑草。入り乱れたいくつもの足跡。あまり鮮明なものではないので、どれが誰の足跡なのかは判別できそうにない。

呼吸を整えながら拓也は、崖の縁に立った。

昨夜は暗くてよく見えなかったのだが、足もとの急斜面にはまぎれもなく、人が滑り落ちたような形跡が認められた。そして——。

(ないな、やっぱり)

何メートルか下の岸辺にはやはり、死体などなかった。左右をずっと見渡してみても、死体らしきものは何も見当たらない。

ほっとしたが、それは束の間だった。

崖下の地面に転がっている大きな岩に、拓也は目をとめた。「血の痕が」と云って昨夜、遙佳が指さしていた岩だ。あのときは「血には見えないな」と応えた拓也だったが、今こうして、明るい陽光の中で見てみると……。

(……血?)

不自然な赤黒い色が、灰色の岩肌の一部を染めている。遙佳が云ったとおり、「血の痕」のようにも見える。

何とか下へ降りられないものかと、拓也はその付近の斜面の状態に目を配った。

飛び降りるには高すぎる。ほぼ垂直に近い険しい崖だが、いま立っている位置からいくらか先へ進んだあたりに、足場になりそうな岩の出っ張りがあるのを見つけた。

拓也は迷わずそちらへ向かった。

やってみると、あんがい容易に岸へ降りることができた。崖の端に生えた木の根が斜面を這っているから、登るのもさほど困難ではなさそうである。

目的の岩に駆け寄った。

湖岸の幅は狭くて、せいぜい二メートル程度しかなかった。岩の位置は、崖よりも水ぎわのほうに近い。

赤黒い染みは、すでに乾ききっているようだった。岩肌の一点を中心に広がり、近くの地面にも飛び散っている。

（血、か）

同じような光景を、かつて見たことがある。――高校時代、通学路で起きた交通事故の現場。アスファルトに生々しく残っていたあのときの血の痕も、ちょうどこんな感じだったように思う。

屈み込んで顔を寄せてみて、黒く細いものが何本か、岩の角にへばりついているのを発見した。これは髪の毛だ。

遙佳の抵抗を受けたはずみで、克之は崖の上から転がり落ち、この岩に頭をぶつけるかどうかした。そこまではもはや、疑う余地がなさそうだった。

問題はそのあとだ。

克之の姿は、そのあとここから消えた。頭を打って気を失っただけだったのだ、と考えられる。ところが彼は、あの家に帰っていないという。

この血の痕――。

決して少なくはない量に見える。相当なダメージがあったことだろう。とすれば、いったん意識を取り戻してこの場を離れたものの、さらにそのあと、どこかで力尽きてしまった可能性も否定できない。

それにしても、転がり落ちてきて頭をぶつけただけにしては、この血の量は多すぎないだろうか。——ふと、そんな気がした。

もしも克之が、そうやってここから立ち去ったのだとすれば、ほかにも血の痕が残っているはずではないか。彼が移動した道筋に沿って、血の滴った痕が。

そう考えて、周囲の地面を確かめようとしたとき——。

「おにいさん」

背後からとつぜん聞こえてきた声に、拓也は驚いて振り返った。

「こんにちは」

「や、やあ」

少し離れたところに少年が一人、立っていた。半ズボンに、だぼっとした黄色いTシャツを着ている。

「麻堵くんのほう?」

「そうだよ」

と答えて、少年はこちらへ駆けてくる。

「どこから降りたんだい」

「あっち」

と云って麻堵は、さっき拓也が降りてきた斜面よりもさらに向こうを指さした。

「危なくないの？」

「へっちゃらだよ。よく降りて遊んでるもの」

「実矢くんは一緒じゃないのかい」

「うん」

小さく頷いて麻堵は、ちらりと湖のほうを見た。

「一人で来たの」

「どうして？　いつも一緒に遊んでるんだろう」

「うん。でも、ちょっと……」

麻堵は答えを濁して、ちらりとまた湖のほうを見る。

その態度に若干の違和感を覚えたものの、それよりも拓也は、自分の後ろにある血のついた岩のことのほうが気になっていた。麻堵の目から岩を隠すような恰好になっているのを変えないまま、一歩二歩と前へ進んで、

「克之っていう人、来てるんだろ？」

と探りを入れてみた。

「なのに、きょうは姿が見えないんだってね」

すると麻堵は、予想外の反応を示した。どうしたわけか、ひどくうろたえた様子な

のである。

「麻堵くん？」

拓也から目をそらし、少年は口を閉ざしてしまう。何だか落ち着きのない表情で、湖のほうへまた視線を投げる。

「どうしたんだい、麻堵くん」

さらに一歩、拓也は少年に近づいた。

「心配ごとでもあるのかな」

「べつに」

と、麻堵は首を振る。拓也はその顔を見すえて、

「何か云いたいこと、あるみたいだねえ」

「…………」

「ま、いいけどさ」

拓也は軽く肩をすくめ、胸ポケットから煙草を取り出した。それを見て、

「あっ、この前の魔法？」

麻堵が声をはずませた。

「え？　——ああ、いや」

拓也は微笑んだ。

「違うよ。吸うだけ」

「魔法、見せてよ」

「この前のはできないな。百円玉がないからね」

云いながら、拓也はくわえかけていた煙草を右手に持ち直した。

「でもね、ほら」

と、簡単な「煙草の消失と出現」の手順を始める。普通よりも大袈裟なジェスチャーを加えて、いかにも「魔法」らしく見せてやった。

麻堵の驚きようは、相変わらず無邪気そのものだった。「わあ、すごい」と歓声を上げ、きれいな褐色の瞳をきらきらと輝かせる。

「……ね、あのね、おにいさん」

拓也が煙草をくわえて火をつけると、麻堵は何やら真剣な声で云った。

「あのね、その魔法、『いい魔法』なんだよね」

「いい魔法？」

「『悪い魔法』じゃないよね」

「そりゃあ……うん、もちろん悪いことには使わないさ」

「そうだよね」

麻堵は満足そうに頷いた。それから、また少しのあいだ黙っていたかと思うと、

「ニンギョのこと、知ってる？」

唐突にそんな質問をしてきた。

「にんぎょ？」

拓也はきょとんとして、

「人魚がどうかしたのかい」

「この湖にいるかなあ」

と、麻堵は至って真面目な口ぶりである。

「人魚はね、海に棲んでるものだよ」

拓也もつい、真面目な調子で答えた。

「『人魚姫』の話、知ってるだろう」

「あ……うん」

少年の思考回路が、拓也にはどうにも読めなかった。「魔法」「人魚」……いったい、この子は何を

（ヒトツハ……）

考えているのだろう。

「あっちゃんのこと、なんだけどね」

今度は拓也のほうから、麻堵に質問してみた。

「きみたちが遊んでいるあっちゃんってね、アキっていう名前なんだろう？」

「えっ」

麻堵はびっくりした顔で、

「何で知ってるの」

「きみたちのお兄さんなんだよね、あっちゃんって」

拓也はやんわりと云った。麻堵は唇を結んだまま、肯定とも否定ともつかぬ首の動かし方をした。

「いつも何をして遊んでるんだい」

「——いろいろ」

「きょうは一緒に遊ばないの？」

「………」

「あの家の、屋根裏部屋にいるんだよね」

「………」

「やっぱり秘密なのかい」

「——うん」

麻堵は大きく頷いた。

「云っちゃだめなんだ」

「僕だけにならいいだろ？」

「…………」

「実矢くんに怒られるの？」

「——まだ、だめなの」

「い、まだ？」

どういう意味だろう、と拓也は思った。

「いつか教えてくれるってことかな」

麻堵は曖昧にまた首を動かした。

「ね、麻堵く……」

「またね、おにいさん」

とつぜん云って、少年はくるっと身をひるがえした。

「あ、ちょっと待ってよ」

何歩か岸辺を駆けたところで、麻堵は一度こちらを振り返り、

「あっちゃんのこと、誰にも喋らないでね」

切実なまなざしを投げかけて云った。

「絶対だよ。約束だよ！」

4

「……克之さあん」

ときどき思い出したように声を張り上げる佐竹邦江のあとに従って、遙佳は森の中を歩いていた。

自分も一緒に声を発する気には、とてもなれなかった。かといって、ここで邦江に対して本心を曝(さら)け出してしまうこともできない。

三時過ぎにまた拓也に電話をする、と約束していた。なのに、時刻はもう四時をまわっている。

約束の時間に電話をかけようとはしたのだ。ところがちょうどそのとき、安達雅代が電話を使っていたのだった。相手は兄の円城寺隼雄らしく、雅代は克之の件をぐち

ぐちと訴えていた。

その電話が終わるなり、雅代は佐竹周三と邦江、遙佳を呼び集めた。そして、みんなで克之を探しにいけ、と云いだしたのだ（さすがに高齢のハツ子まで駆り出そうとはしなかった）。

雅代自身はもう一度、家の周辺を見てまわる。佐竹は湖のほうを、邦江と遙佳は反対方向の森の中を探すように。――あっというまにそう決められてしまった。

いやだとは云えなかった。どうせなら自分も湖のほうを、と思ったのだけれど、それも云えなかった。けっきょく拓也に電話をする暇もなく外へ出され、この森にやってきたわけだが……。

「……克之さあん」

本音を云えば邦江も、気が進まないのだと思う。もう二十歳になろうかという男が半日ほど姿を見せないからといってこんな苦労を強いられるのは、昨夜の〝事件〟を知らない彼女にしてみれば、単に迷惑な話だろう。口に出しこそしないが、そういった不満が態度の端々に窺われる。

「あのう、邦江さん」

遙佳が声をかけた。

「こっちは確か、四月に例の事故があったっていう」

「はい？」

邦江は足を止め、遙佳を振り返った。

「あの、朝倉かおりさんが亡くなった……」

「朝倉さん……ああ、はい。前の家庭教師の」

「ええ。確かこっちの森の奥で」

「そう。そうでしたね」

この森には一度、烏裂野にやってきた次の日に足を踏み入れたことがあった。かおりが落命した現場を見てみたいと思い、邦江にそれとなく場所を尋ねて……だったのだが、知らない森の奥へ一人で入っていくのが怖くて、そのときは結局、教えられた道を少し進んだだけで引き返してしまったのだった。

「実は彼女、同じ学校の友だちだったんです」

遙佳が云うと、邦江はさほど驚いたふうでもなく、

「同じ学校へ行ってらっしゃるというのは、旦那さまからお聞きしております」

「あ、そうなんですか。——どんな感じでしたか、彼女」

「と云いますと？」

「こちらでの様子です。子供たちとは、うまくやってましたか」

「ええ、まあ」

こんな会話をしている場合ではない、と焦る気持ちが、心の一方にはある。けれども、遙佳は問いを重ねずにはいられなかった。

「彼女、この森へはよく散歩に？」

「さあ」

「この道、ずっと行くとどこに出るんでしょうか」

「礼拝堂があるんですよ」

ゆっくりと歩きだしながら、邦江はそう答えた。

「礼拝堂？」

「はい。崩れかけていて、危ないんですけれど。近寄らないほうがいい場所です」

「どうしてそんなものが」

「あの家をむかし建てた方が、一緒に。当時はこのあたりの土地全部が、その方のものだったそうで……」

あの洋館を建てたのはどこかの国の宣教師で、という話は聞いていた。しかし、そんな礼拝堂が森の中に残っているとは知らなかった。

「……あら」

しばらく進んだところで突然、邦江が短く声を上げた。ずんぐりとした彼女の肩越しに、明るい緑色の服を着た人影が見えた。

「あれは実矢くんじゃあ？」

「はあ、そうですね。——ぼっちゃま！」

邦江が投げた声に、こちらへ向かってくる人影の動きが一瞬、止まった。

「ぼっちゃま？」

邦江が小走りに歩を進める。

「どうなさったんですか。こちらの森は、あまり良くない場所だと云われてますでしょう」

良くない場所？　四月に朝倉かおりの事故があったからだろうか。それとも、その崩れかけた礼拝堂があるから？

「まさか、あの建物に近づいたりはしていないでしょうね。あそこは危のうございますからね」

「違うよ」

少年は邦江の顔をまっすぐに見て、

「違うよ、クニさん。だってほら、あいつがいないって、叔母さんが騒いでるでしょ。だからね、ぼくも探しにきてあげたんだ」

「まあ……」

「あっちにはいなかったよ」

「麻堵くんは？」

気になって、遙佳が訊いた。

「一緒じゃないの？」

（あっちゃんは？　一緒じゃないの？）

「麻堵はね」

と、実矢は遙佳の顔へ視線を移し、

「湖のほう、見にいったんです」

「湖」と聞いて、思わず緊張が走った。――拓也が昨夜の現場を確認しにいった結果は、どうだったのだろう。あちらへ克之を探しにいった佐竹周三は、何か見つけただろうか。

「こっちにはいないよ、あいつ」

と云って、実矢は背後をちらっと振り返る。

「ぼく、行くね」

遙佳と邦江の横をするりと抜けて、森の小道を走り去っていった。

このあと遙佳は、ふと気になって邦江に尋ねてみた。実矢の額にある古い傷痕について、である。

いつ、どうしてあんな傷を負ったのか？　という質問に邦江は、

「ぼっちゃまが五歳のとき、でしたか」

とだけ答えた。負傷の原因については、知っているのか知らないのか、微妙に表情を曇らせて首を横に振るばかりだった。

5

「どうした、浮かない声だな。せっかくはやばやと報告してやろうっていうのに、もっと嬉しそうな返事をせんか」

伯父から電話がかかってきたのは午後七時過ぎのことである。

「あ、すみません」

拓也はてっきり遙佳からだと思って、受話器を取ったのだ。それでつい、「何だ、

伯父さんですか」と云ってしまったのが癇に障ったらしい。

三時を過ぎても、彼女から連絡がなかった。きっとうまい機会が見つからないのだろうとは思ったが、五時になり、六時をまわってもかかってこない。いいかげん心配になってきて、こちらから電話してみようかと考えていた矢先だった。

「すみません、ちょっと……」

と、拓也は言葉を濁し、

「もう調べてくれたんですか」

「まあな」

「さすが、頼りになるな」

「褒めるのは話を聞いてからにしろ」

そう云うと、伯父はわざとらしい咳払いを一つして、「報告」を始めた。

「まずだ、円城寺家にアキという名前の長男がいたことに間違いはなかった。とりあえず、役所方面に当たって確かめた」

「やっぱり……」

「円城寺亜希。亜愛一郎の『亜』に希望の『希』と書く」

「何ですか、そのアアイイチロウっていうのは」

「手品好きのくせに知らんのか。ま、どうでもいい。亜熱帯とか亜流とかの亜だ」

「はあ」

「問題はその亜希が現在どこにいるのか、だな。該当する学区の公立中学にまず問い合わせてみたんだが、円城寺亜希という生徒は在学していなかった。入学の記録も転校の記録もない。従って亜希は、私立の学校へ行っている、あるいは行っていた可能性が高い」

「そうですね。現に、実矢と麻堵は私立小学校に行ってるらしいし」

「ふん。――で、ちょっと羽根木まで出かけてきた」

「円城寺家を訪ねたんですか」

「いや、そこまでは。たいそう立派な屋敷だったが、その前は素通りした」

「じゃあ？」

「近所で少々、聞き込みをしてみたわけだ。何軒めかの家で話し好きのご婦人が見つかってな、うまくおだてあげて、あれこれ情報は仕入れられたんだが――」

もったいをつけるようにやや間をおいて、伯父は告げた。

「結論から云おう。円城寺亜希は現在行方不明、だ」

「行方不明？　するとつまり……」

「おいおい。ここは黙って話を聞け」

「あ、はい」

「亜希が行方不明になったのは去年の七月なんだが、そうだな、その前に亜希がどんな子供だったか、分かったところを話しておいたほうがいいだろうな」

円城寺亜希は円城寺隼雄・香澄夫妻の長男として、今から十四年前に生まれた。色白で小柄なおとなしい少年で、学校は小学校も中学校も、のちに実矢と麻堵が入学したのと同じ私立某校に通っていた。

自分の子供たちに対する円城寺隼雄の態度が異様に厳格であることは、近所でも有名らしい。実矢や麻堵だけでなく、この亜希に対しても彼は、大変に厳しい父親だったという。

「ところがだな、円城寺氏のそんな態度には、実はある理由、というか、きっかけとなる出来事があったと云うんだな、そのご婦人は。——今から十年足らず前、亜希が五歳のころに起きた〝事件〟らしい。家に来ていた親戚の赤ん坊を、亜希が死なせてしまったんだ」

「赤ん坊を？　死なせた？」

拓也は驚いて、

「どういうことですか」

「どんな状況だったのかははっきりしない。単に『事故があって』としか伝えられていないんだが、亜希が勝手に赤ん坊を抱いていて階段から落としてしまったとか、いや、落としたのは二階のヴェランダからだったんだとか……近所の噂は無責任なもので、いくつも説があるそうだ。あれは事故じゃなくて、亜希が発作的に赤ん坊を殺したんじゃないか、とかな。それでなくても亜希は、普通の子供とは少し違う、というふうに見られていたらしいが」

「少し違う？　どういう意味ですか、それ」

「髪の色が変わっているとか、子供らしい愛嬌がないとか、おおもとはそんなところだったんだろうな。そこから始まって、エスカレートしていった。『少し違う』というのはまだしも婉曲な表現で、翻訳すれば『あの子は異常だ』『頭がおかしい』となるのかもしれない」

伯父は憮然とした声で続けた。

「亜希については、ほかにもいろいろと噂がある。たいがいが、あまり家の者に面と向かっては云えないような、悪意を含んだ陰口だな。——いわく、笑っているのを見たことがない。学校では〝問題児童〟らしい。嘘つきで、友だちが一人もいない。何を考えているのか分からない、不気味な子供。いくら金持ちでも、子供があれでは不幸だろう。うんぬんかんぬん」

「何だかひどい噂だなあ」

「そうだな。世間ではありがちなこととも云えるが」

「にしても……」

「ともあれ、その赤ん坊の死亡事件がきっかけで、父親の亜希に対する態度が異様に厳しくなったというのは、いちおう頷ける話だろうが？」

「ええ、まあ」

「さて、それでだ、そんな亜希が去年、行方不明になった経緯だが……」

夏休みの林間学校で起きた事件だった、という。行事の一つとして実施された登山の途中で、亜希を含む四人の生徒が本隊からはぐれてしまったのである。そしてその後、彼らの惨殺死体が山奥で発見された。

「これについては、新聞社の知り合いに問い合わせて確認したばかりだ。俺もその事件のことは憶えていたがな」

そう云われてみれば確かに、そんな事件が去年の夏、あった。「謎の猟奇殺人」などとずいぶん騒がれていたのを、拓也も憶えていた。

「それって確か、双葉山(ふたばさん)っていう山で起きた事件でしたよね」

「そうだ。四人がはぐれたと分かって、すぐに捜索されたが、まる一日以上かかってやっと見つかったのは、何者かに惨殺された死体だった。犯人は不明のままだ。熊か何かに襲われたんじゃないか、という説もあったようだが」

「亜希が行方不明っていうのは？」

「亜希の死体だけが、現場から見つからなかったんだな。ほかの三人の死体は、それはもうひどいありさまだった。腕を切断されていたり、腹を裂かれていたり。頭部が切り落とされていて、とうとうそれが発見されなかった者もいた」

「そこまで残虐な事件だったんですか」

「ああ。血に飢えた殺人鬼が山の中をうろうろしている、とでも考えるしかないらしい。例のジェイソンみたいなやつがいるんだ、とな」

有名なB級ホラー映画の主人公（？）の名を、伯父は真面目に引き合いに出した。

「いくら捜索しても、亜希は見つからなかった。ほかの三人と同じように殺されたのだろう、というのが捜査当局の見解だ。——そんなわけで、亜希はそれからずっと行方不明のまま。いまだに死体も発見されていない」

「なるほど」

頷いて拓也は、頭に浮かんだ惨殺現場のイメージから逃れようとする。受話器を持ったまま煙草をくわえ、火をつけた。

「半日の努力で得られた情報はまあ、こんなところだ」

伯父は云った。

「これよりも突っ込んだ話となると、すぐには無理だぞ」

「ああ、はい。――そうでしょうね」

拓也は吸い込んだ煙をゆっくりと吐いて、

「ありがとうございました。当面、ここまで分かれば充分です」

「そうかな」

「ええ。いちおう……うん、これで筋が通ってくるように思うんですよ。こっちで関係してる問題にもね」

「ほう。おまえの推理を聞いてみたいな」

「推理なんて立派なものじゃありませんよ。ただ、こう考えれば辻褄(つじつま)が合うんじゃないか、という」

「いいから説明してみろ」

「つまりですね、こういうことじゃないでしょうか。去年の七月、そのようにして行方不明になった亜希が、その後ふらりと家に帰ってきた」

「ほほう」

「生きて、一人で帰ってきたんです。どういう経緯があったのかは謎だけれど、とにかく彼は無事に戻ってきた。山から降りてきたのを誰かに見咎められることもなく、ひそかに帰ってきて、家のドアを叩いた。だいぶ無理があるかもしれませんが、とにかくそう仮定してしまいます。すると――。

　そのとき円城寺氏はどのように考えたか？　ですね。わが子の生還を喜び、みんなに知らせる。そんな行動が、果たして彼には取れただろうか」

「取れなかった――と、おまえは思うわけだ」

「そうです」

　拓也は重苦しい気分で頷いた。

「喜ぶよりも前に彼は、恐れを抱いたに違いない。一緒にいた生徒三人がそんな殺され方をしたのに、なぜ亜希だけは無事だったのか。なぜ亜希は、誰にも知られないようにこっそりと家に戻ってきたのか」

「亜希こそが事件の犯人なのではないか、と？」

「そういうことです。惨殺事件の真相や真犯人については、ここでは措くとしてですね、少なくとも円城寺氏は亜希を疑ったに違いない。彼が以前からずっと、亜希を〝問題のある〟子供として意識してきたのであれば、そのぶんなおさら疑いは強くならざるをえなかった。

　そこで円城寺氏は、惨殺事件の犯人かもしれないこの息子を、公に認められている『行方不明』という事実の中に葬り去ってしまおうと決めた。亜希は彼にとっても、何を考えているのか分からない、何をしでかすかも分からない、不気味な子供だったんです。理解できない非常に危険な存在として、彼は亜希を恐れ、忌み嫌い……この機会にいっそ、世間の目から完全に隠してしまおうとしたんじゃないか。きっと彼自身の、あるいは円城寺家の名誉、なんていう要素も関係してるんでしょうね」

「しかしだな、何がどうあれ、自分の血を分けた子供だぞ。それを……」

「血がつながっているからこそ、彼にはそんな息子の存在が許せなかったんです」

「なるほどな。――ううむ」

　伯父は低く唸った。

「大した想像力だ。学者はやめて作家にならんか」

「からかわないでください」

「――で、円城寺隼雄がそれ以来、亜希を世間から隠しておくのに使っているのが、烏裂野のあの別荘ってわけか」

「ということになりますね。あの洋館の屋根裏部屋に、やっぱり亜希は幽閉されているんですよ」

「何ともおどろおどろしい話だな」

と云って、伯父はまた低く唸った。

「そこまで推理を進めて、これからどうするつもりなんだ、拓也」

「それは……」

「とにかくまず知りたかった、か？　その気持ちは分かるが。これ以上は、おまえ一人ではどうしようもあるまい」

「――ですね」

「閉じ込められている亜希を救い出そう、なんて考えちゃいないだろうな」

「……………」

「いいか、拓也。円城寺隼雄というあの男、いろいろな意味で相当な力を持つ人物らしい。不用意に首を突っ込むと、おまえのほうが深く傷つくことにもなりかねない。その辺、慎重にな」

「ご忠告、ありがとうございます」

「俺のほうで、もう少し詳しい調査ができなくもないが」

「いえ。それには及びませんよ」

そう応えたのは拓也の本心だった。

「亜希の件については当面、こっちからは動かないようにします。だから、心配もしないでください」

「何かあったら、いつでも相談してくれ。いいな」

「ありがとう、伯父さん。恩に着ます」

「ん。それじゃあ、またな。あまり長話になっても都合が悪かろう」

その言葉の意味を察するまもなく、伯父はくくっ、と笑って、

「彼女からの電話、待ってたんじゃないのか」

すべてお見通しだぞ、とばかりに云った。

6

午後五時過ぎになって、遙佳と邦江は〝捜索〟から戻った。

当然ながら(——と遙佳は思う)、あちらの森で克之は見つからなかった。少し遅

れて戻ってきた佐竹周三も、湖に沿って探しまわってみたが見つからない、と報告した。——ということは、ゆうべ拓也と二人で確認したとおり、湖岸のあの場所に克之の死体はなかったのだ。

胸を撫で下ろす一方で遙佳は、強い不審を覚えざるをえなかった。

(あの人はいったい、どこに消えてしまったんだろう)

安達雅代はいよいよ心配げな——というよりも、ほとんどヒステリーを起こしたような声で、ちゃんと探したのか、どこまで探しにいったのか、と三人に喰ってかかった。おまえたちの探し方がいけないのだ、とでも非難したそうな剣幕だった。

「警察を呼んで探してもらわなきゃ……」

やがてそう云いだしたかと思うと、「ああ、もう」と独り首を振り、

「警察は待てってって、そんな……あの子にもしものことがあったら、どうしてくれるっていうのよ」

ぶつくさと吐き落とす。

「この家に警察が来るのがいやなんだわ、お兄さまは。ああ、ほんとにもう……」

円城寺隼雄のことをなじっているのだった。どうやら先ほど隼雄にかけた電話で、「もうしばらく様子を見ろ」とでも云われたらしい。

そんな状態がホールでえんえんと続いたものだから、拓也に電話する機会がまったくなかった。彼は気を揉んでいるかもしれないが、あちらから連絡が来た様子もない。一刻を争うような発見が彼のほうであったわけでもない、ということか。

夕食の席は、どうにも気まずい雰囲気だった。

ビールを何杯も飲みながら、雅代一人がぐちぐちと繰り言を続ける。兄をなじり、邦江や遙佳をなじり、そのうち実矢と麻堵にまで矛先を向けた。

「まさか、あんたたちが何か悪さをしたんじゃないだろうね」

「これこれ、雅代さん」

おっとりとした声で、ハツ子がたしなめた。何が起こったのか、理解はしているらしい。

「そんな、隼雄みたいに子供たちを怒鳴りつけないでおくれよねえ」

「でもね、お母さま、克之が……」

「やんちゃな子だからねえ、克之は。ほ、ほ、ほ」

「でもね、この子たちは……」

「知らないよ、ぼくたち」

と云って、実矢が席を立った。

「知らない」

と、麻堵。

「ふん、どうだか。だいたいね、あんたたち」

あたしは好かないね——と、雅代は吐き捨てるように云うのだった。

「お兄さまだってあんたたちのこと、いい？　好いちゃいないのよ。怖がってるんだわ。だからあんなに厳しく当たるんじゃない」

二人は何も反論しようとしない。酒に酔った叔母の様子を眺める目には、冷たい軽蔑のような色さえ浮かんでいた。

「可愛い顔して、おつむの中はどうなってることやら」

どぎつい赤のマニキュアを塗った長い爪で、雅代は苛立たしげにテーブルの縁をはじいて、

「だいたいね、あんたたちのにい……」

はっ、と口をつぐむ。そうして彼女が睨みつけたのは、遙佳の顔だった。

(あんたたちのにい……兄さん、って？)

遙佳は思わず、食堂の高い天井に目を向けた。

(アキ……あっちゃん？)

「あ、お待ちなさい、二人とも。逃げる気？　都合の悪い話になったからってね、あんたたち……」

さらに絡んでくる雅代の声を無視して、少年たちは香澄が坐っている椅子に駆け寄った。

「ママ、上へ行こ」

「行こうよ、ママ。ほら、ひっぱってってあげるから」

＊

酔ってふらふらの足で雅代が二階へ上がっていったのが、午後七時半ごろ。食堂の後片づけを少し手伝ったあと、やっと遙佳は一人で電話台の前に立つことができた。

時刻はもう八時になろうとしていた。

近づいてくる足音がないか、まるで空き巣狙いにでも入ったような気分で耳を澄ます。そっと受話器を取り、すでに何度も心の中で復唱して憶えてしまっていた番号をまわした。

7

伯父との通話が切れたのとほとんど同時に、リンと電話のベルが鳴りだした。その一度めのコールが終わらないうちに、拓也は受話器を取り上げた。

「はい。——滝川さん？」

「ごめんなさい」

と、遙佳の声が聞こえてきた。拓也はほっとして、

「良かった。心配してたんです」

「なかなかうまく一人になれなくて。雅代さんに云われて、あの人を探しにいかされたり……」

「まさか、見つかったとか？」

「いいえ」

「警察に相談しようという話は？」

「それも、まだ。でも、きっとあしたにでも連絡して、捜索願いか何か、出すんじゃないでしょうか」

「――そうか」

「そっちはどうでしたか」

遙佳が訊いた。

「湖のほう、佐竹さんが見にいったんですけど、何もなかったみたいで」

「何もない……うん、確かにそうでしたよ」

拓也はできるだけ落ち着いた声で答えた。

「まず、ゆうべ僕らが見にいったあのあたりには、やっぱり死体はなかった。それは間違いのないことです」

「でも」

「ただね、崖から人が落ちたような形跡は残っていた。それから、岸辺の岩に血の痕らしきものも」

「血！」

遙佳は小さく悲鳴のような声を洩らした。

「ああ、じゃあ……」

「克之が崖から落ちて、何らかの怪我をしたのは事実のようです。ところがね、滝川さん、妙なものをあの岸辺で見つけたんですよ」

「妙なもの？」

「ええ」

それはきょう、麻堵があの場を去ったあとに発見したものだった。例の岩から一メートル余り離れたところに、血のこびりついた石ころが一個、草に埋もれるようにして転がっていたのである。

「これは妙でしょう？　拳を二つ並べたくらいの大きさでね、飛び散った血がかかったっていう感じじゃなくて、もっとたくさん、べったりと付着していたんです」

「…………」

「それからね、岩に残っていた血の痕にしても、崖から落ちて頭をぶつけただけにしては、どうも量が多すぎるような気がするんです」

「でも……それじゃあ、いったい？」

「その石ころと岩の血がどちらも克之のものだとすると、こいつは極端な想像ですけどね、誰かが故意に、倒れていた克之の頭を殴ったんじゃないか、と」

「えっ。——まさか」

「そう考えればしっくりくるというか、辻褄が合うんですよ。昨夜、きみがあの場所を立ち去ったあとで誰かが、崖の下で気を失っていた克之の息の根を止めた。そしてその死体を、どこかに隠してしまったんじゃないか。——どうです？」

「まさか……」

「僕もまさかとは思う。けれども」

と、そこで拓也は言葉を切った。

今の仮説が正しいとして、では、誰がそんなことをしたのか。誰が克之を殺し、死体を隠したのか。

その疑問に対する答えが一つ、あるように思う。何も証拠があるわけではない。しかし……。

（……亜希）

さっきの伯父の「報告」が、その答えを補強する材料となる。

（もしも亜希が、本当に頭がおかしい……危険な異常性を持つ少年だったとしたら）

「とにかくですね」

慄然とするものを背筋に感じながら、拓也は云った。

「もうひと晩、待ってみて、それでも克之が帰ってこなかったら、どのみち警察には知らせなきゃならないと思います」

「——はい」

「大丈夫。そうなったら、きみはありのままを話せばいい。僕が証人になるから」

「………………」

「それで――」

押し黙る遙佳の心中を気づかいつつ、拓也は続けた。

「実はさっき、伯父から電話があったんです。それどころじゃない気分かもしれないけど、聞いてください。もしかしたら、ゆうべの事件に重要な関わりがあるかもしれない。いいですか」

「――ええ」

「亜希の件です。円城寺亜希という少年は実在する。彼は去年の七月から行方不明になっていて、どうもやはり、その家の屋根裏に」

「あっ」

拓也の言葉を叩き切って、とつぜん遙佳が声を上げた。

「どうしたんですか」

「い、今……聞こえませんでしたか。何だか人の悲鳴みたいな」

「ええっ」

「何かあったみたいなんです」

うろたえる遙佳の声に重なるようにしてそのとき、何かしら異様な、人間のものとは思えぬような甲高い叫びが、拓也の耳にも届いた。

8

「あいつは死んだよ」

少年は云った。

「もう帰ってこないよ」

「な、何だい」

女の顔が引きつった。暗いバルコニーの上——夜空から降る星明りの中で、瘦せた女の顔はひどく歪んで醜く見えた。

「いきなり、何を」

少年の冷たいまなざしに気圧(けお)されるように、女はじりじりとあとじさった。ずいぶん酒に酔っているため、足がもつれて不安定に肩が揺れる。

「叔母さん、いつもママをいじめてばかりだね」

少年はさっき、聞いていたのだ。この部屋にずかずかと踏み込んできたこの女が、物云わぬ母に対して心ない言葉を投げつけるのを。

前々から、彼女は母につらく当たっていた。父の前ではあからさまな態度は見せないけれど、陰ではいつも。

――あんな子供を産んじまって……。

――見かけじゃあ分からないけど、絶対にあの子はちょっと異常だよねえ。

――下の二人にしても、どうだかね。

――お兄さまも可哀想に。自分の子供のことを、あんなに怖がって。ええ、そう。怖いんだって、あたしには云ってたわよ。

――まあね、あんたのせいだとは云わないけど、それにしてもねえ……。

「ママのせいじゃないんだよ。実矢も麻堵も、悪い子じゃない。ぼくだってそうさ」

「おまえ……」

「おまえ、どうして」

女はごしごしと目をこすった。

「克之のほうが、ずっと悪いやつじゃないか。どうして叔母さんは……パパもだ、あいつのことは叱らないいんだい」

「な、何を……」

「赤ちゃんを殺したのだって、あいつだったんじゃないか」

「いいかげんにおし」

と云い返しながらも、女はさらに顔を引きつらせた。しきりに目をこすりながら、

「まさか、おまえ」

じりっ、とまたあとじさる。バルコニーの手すりが、腰に触れた。

「ま、まさか……」

「い、い、生きてるよ」

と、少年は云った。部屋の明りを背にしていたので、女の立つ位置からでは表情は分からなかっただろう。

「生きてるんだよ、ぼく。実矢も麻堵も、知っているよ。けどね……」

「……そんな！」

裂けそうなほど大きく開いた口に両手を当てて、女は手すりに腰を押しつけた。とたん——。

ばりばりっ、と木の折れる音がした。同時に女の身体がぐらりと後ろへ傾ぎ、

「ひい！」

肺を押し潰されたような悲鳴を発して、闇の中へ倒れていく。

「ひいぃ！」

ほとんど一瞬で、その悲鳴は途切れた。

バルコニーの縁に駆け寄り、少年は下を覗き込んだ。暗い裏庭の地面に、不自然な角度で四肢を投げ出したまま動かない女の姿があった。

少年が踵を返すや否や、今度は部屋の中で異様な声がした。

「……あ……あああ」

円城寺香澄——母が、開いたバルコニーの扉の向こうに立っていた。両手で頭を挟み込むようにして、じっとこちらに目を向けている。

「……ああ……うあああああ……」

始まりは小さく呻くような声だったのが、徐々に大きくなってきて、ついには甲高い叫び声に——。

少年は慌ててバルコニーから室内に戻り、叫びつづける彼女を残して部屋から逃げ出した。

9

最初に聞こえたのは、短い、悲鳴のような声だった。どこで誰が叫んだのかは分からない。薄暗いホールの空気を少し震わせただけで、すぐにやんだ。

「あっ」

と、思わず遙佳は声を上げた。

「どうしたんですか」

と、拓也が驚いた声で訊いた。

「い、今……聞こえませんでしたか」

電話台の前で、遙佳はおろおろと周囲を見まわした。

「何だか人の悲鳴みたいな」

「ええっ」

どこから聞こえてきたのだろう。誰の声だろう。

近くではない。どこか離れた場所……けれども確かに、この洋館の中から。

遙佳は恐る恐る視線を上方へ向けながら、

「何かあったみたいなんです」

そう云ったのと同時にまた、今度はさっきよりも大きく長く、異様な叫び声が聞こえてきた。

「何ですか。何があったんですか」

「分からない。でも、二階のようで……あっ」

ぱたぱたぱたぱた……と、細かな足音が頭上で響いた。誰かが二階の廊下を走ってくる──と思ううち、音はそのまま階段に移った。

「どうしたんですか」

「あの、誰かが……」

遙佳は受話器を握ったまま、階段のほうへ視線を投げた。この位置からではしかし、表側が見えない。誰が降りてくるのか分からない。

二階の叫び声はまだ続いている。次第に大きさと勢いを弱めつつあるが、あれは明らかに、何か異常な事態の発生を告げるものだ。

「わたし、見てきます」

あとですぐにかけなおす、と云い置いて、遙佳は電話から離れた。だが、そうして彼女が階段の前へ飛び出したときにはもう、二階から降りてきた者の姿は見当たらなかった。

降りてきたのは何者で、どこへ走り去ったのか。——考える余裕もなく、遥佳は二階へと駆けだした。

階段を中ほどまで昇ったところで、叫び声が聞こえてくる方向を確信した。向かって左手——ということは、雅代の、あるいは香澄の部屋から？

「先生」

と、そのとき呼びかけられた。下からだった。見ると、佐竹邦江が食堂のほうからホールに駆け込んでくる。

「何ですか、あの声は」

「今から見にいくんです！」

二階の階段ホールから廊下を左へ進む。いちばん奥に一枚、開けっぱなしのドアが見えた。あれは香澄の部屋だ。

（じゃあ——）

遥佳は廊下を駆けた。

（じゃあ、この声は）

香澄の声、なのだろうか。この一年間、ひと言も喋らないでいるという彼女が、この異様な叫びを発しているのだろうか。

遙佳が部屋に飛び込んだとき、香澄はいつもの窓辺の椅子にはいなかった。開いているのをほとんど見たことがないバルコニーの扉が、このときは開いていて、その前に独り立っていた。

「奥さま」

両手の掌をみずからの頰に押し当てている。遙佳が呼びかけても、バルコニーのほうを向いたまま振り返らない。外から吹き込む夜風が、白いネグリジェの裾と長い髪をなびかせている。——そんな彼女の口から、確かにその声は発せられていた。

「どうなさったんですか、奥さま」

声はもう叫びではなく、呻きともあえぎとも表現可能な、低い断続的な音になっていた。

「ね、奥さま。いったい何が」

重ねて問いかけても、香澄は答えない。

遙佳は香澄に駆け寄り、「何があったんですか」とさらに問いかけた。一直線にバルコニーのほうへ目を向けたまま、それでも彼女は答えないし、動こうともしない。加えてその顔には、激しい驚愕（あるいは恐怖？）の表情が……。

遅れて駆けつけた邦江に香澄を任せて、遙佳はバルコニーに向かった。

どうしてこの扉が開いているのだろう。香澄が自分で開けたはずはない。——とすると?

いつもの窓辺ではなく、このバルコニーの前にいた香澄。あの表情。あの声。そして——そして、さっき階下で聞いたあの足音。……

外へ出てみてすぐ、遙佳は異状に気づいた。

正面の手すりが壊れている。

誰かがここから落ちたのだ——と、それで悟った。

そうだ。香澄は室内からその光景を見ていて、だから……。

まっすぐ足を進める。

無惨に折れてしまった木製の手すり越しに、そろりと下を見た。ゆうべあの崖の下を覗き込んだときの記憶が、いやおうなく蘇ってくる。

「ああ……」

眼下の地面には予想したとおり、ここから転落したと思われる人間の姿があった。

あれは安達雅代ではないか——と、夜目にも鮮やかな服の色で分かった。

遙佳は額に手を当て、よろりと後ろへ退いた。

「邦江さん。大変……」

「大変、大変」

と声が返ってきて、ぎょっとした。邦江ではない。いつのまにやってきたのか、円城寺ハツ子が扉の向こうに立っていたのである。

「大変大変……はて、何かあったのかねえ」

「あ、だめです」

止めようとする遙佳の手をふらりとよけて、老婆はバルコニーの端まで進み出た。どれどれ、とでも云うように首を突き出す。

「だめです。危ないですから。手すりが壊れてるんですよ。――邦江さん！　大変なんです。雅代さんが下に落ちて……」

そんな遙佳の言葉に耳を貸そうともせず、ハツ子はじっと下を見つめていた。何が起こったのか、状況を正しく理解できないのだろうか。そう思いながら、老婆の腕を掴んで引き戻そうとしたとき。

「……あ……き」

ハツ子の口から洩れた、かすかな呟き。

「……あ、き」

それは確かに「アキ」と聞こえた。

「危ないから、さあ、こっちへ」

遙佳が強く腕をひっぱっても、ハツ子は動こうとしない。

「あ、き……う……ううう……」

呟きはやがて咽び泣きに変わり、さらに——。

「うお……おお……おおおおお……」

その場に腰を落とし、這いつくばり、老婆は気でも触れたかのように喚きはじめるのだった。

第7章　怯えの渦

叔母さん、ほんとに死んじゃったの？　実矢

――うん

ぼくらのせいじゃ、ないよね

そうだよ。――あっちゃんが悪いんでもないんだ。そうだよね、あっちゃん

……そうさ

叔母さん、勝手に落ちたんでしょ

そうさ。勝手に落ちたんだ。それに、前にも云ってたじゃないか。あの女はマジョ

みたいだって

そうだよね

そうだろう？　麻堵

う、うん
だから……

1

喚きつづけるハツ子をやっとの思いで室内へ引きずり戻すと、彼女がまたバルコニーへ出てしまわないように扉を閉め、掛金を下ろした。真っ青な顔でおろおろしている邦江に、ハツ子と香澄の世話を頼んで、遙佳は大急ぎで階下(した)へ向かった。ホールに駆け降りると、とにかくまず拓也に電話した。

雅代が二階から転落した。すぐに来てくれないか。——と告げた。詳しい状況を説明している余裕はなかった。

玄関から外へ飛び出した。

暗い庭を駆け、問題のバルコニーの下に到着したとき、雅代の身体はさっき上から見たのと同じ状態で、乾いた芝生の上に転がっていた。

「雅代さん!」

すでに彼女が息絶えていることは、その不自然な恰好からして一目瞭然だった。

「雅代さん……」

あおむけに倒れている。側頭部を右の肩にめりこませたような角度で、いびつに首が曲がっている。両手両足をでたらめな方向へ広げたまま、ひくりとも動かない。派手な黄緑色のワンピースを着た彼女のそんな姿は、路面に叩きつけられたトノサマガエルの死骸を連想させた。

何とか冷静さを保つように努めつつ遙佳は、力なく投げ出された雅代の右腕に手を伸ばした。脈を探る。心搏と呼吸も調べてみたが、もはやどう手を尽くしても仕方のない状態だった。

混乱する心の隅で、昨夜の光景がまたちらつく。

あのときも、まずどうにかして湖岸に降りてみるべきだったのだ。冷静にそんな行動を起こせる心理状態では、とうていなかった。けれど、あそこでちゃんと、あの男がどうなったのか——死んでしまったのか気を失っているだけだったのか——を確認していれば……。

さっき電話で聞いた拓也の報告を思い出す。

岩に残っていた血痕。血で汚れた石ころ。誰かがあのあと、まだ生きていた克之を殴り殺したのかもしれない？

何がどうなっているのか、遙佳にはわけが分からなかった。

円城寺家にはやはり、「アキ」という名のもう一人の子供がいるという。一年前から行方不明になっている、と拓也は云っていた。この洋館の、あの屋根裏の部屋に、では本当にその少年は……。

ほどなく、佐竹周三がやってきた。いつも仏頂面で、あまり感情らしきものを表に出さない彼も、さすがに動転しているようだった。

「ああ、何てこった」

足をもつれさせながら駆け寄ると、雅代を抱き起こそうとする。

「う……こりゃあ、だめだ」

「首の骨が折れてるようです」

遙佳が云った。

「でもあの、救急車を呼んだほうがいいと」

「しかし……」

佐竹は雅代の身体から手を離し、遙佳のほうを見た。

「まだ助かるかもしれんのですか」

「………」

「あんた、看護婦なんだろう。助かるのか、助からんのか」

「手遅れだと思います。でも……」

佐竹は「うう」と短く唸って、

「旦那さまに訊いてみんと」

と云った。

「でもね、佐竹さん」

警察も呼ばなければならないだろう——と、遥佳は思う。こんな死に方である以上は、やはり。

「あの、警察は……」

「旦那さまに訊いてみんと」

遥佳の言葉を無視するように、佐竹はそう繰り返した。

「でも、円城寺さんは東京に」

「勝手に警察を呼ぶのは、いかん」

「どうして……」

そういえば、雅代も云っていた。克之の捜索に警察を呼ぶのは待て、と隼雄に命じられたというふうに。彼はこの家に警察が来るのをいやがっているのだと、そんなふうにも彼女は洩らしていた。

遙佳は言葉を詰まらせ、暗がりの中にぬっと佇む佐竹の顔を見上げた。

「旦那さまに訊いてみんと」

さらに繰り返す彼の顔には、淡々として聞こえるその声とは裏腹に、強い狼狽と怯えの色があった。

「あっ、だめ！」

前庭のほうから小さな二つの人影が近づいてくるのが、そのとき見えた。

遙佳は声を上げ、そちらに足を向けた。

「だめよ、二人とも。来ちゃだめ」

実矢と麻堵である。騒ぎに気づいて、外の様子を見にきたのだろう。

「叔母さんがね、二階から落ちたの。あなたたちは見ちゃだめ」

二人の目から死体を隠すように、遙佳は大きく両腕を広げた。

「けど、先生」

「叔母さん、死んじゃったの？」

「心配しないで」

遥佳は腕を広げたまま二人の前へ進み、

「ね。おとなしく部屋に戻って、もうお休みなさい」

「けど……」

「どうして見ちゃだめなの？」

「子供が見るものじゃないの。いい子だから、ね、二人とも」

少年たちの背後に新たな一つの人影が見えて、遥佳ははっと声を止めた。背恰好とおぼつかないその足取りで、ハツ子が二階から降りてきたのだと分かった。

「……あああ……あきや……」

嗄れた声が、途切れ途切れに聞こえてくる。

「可哀想にねえ。可哀想に……」

「あっ、おばあちゃん」

「おばあちゃん」

同時に振り返る、色違いのパジャマを着た少年たち。

ハツ子は孫たちの声に反応することもなく、嗚咽（おえつ）まじりの呟きを繰り返しながらゆっくりと歩いてくる。

「いけませんよ。戻ってください。ここは任せて、ね、子供たちと一緒に」

遙佳が云っても、老婆は止まろうとしない。乱れた和服姿で、足には何も履きものを履いていなかった。

「あき……あきが、死んでしもうた」

「違うよ、おばあちゃん！」

麻堵が叫ぶように云った。

「雅代叔母さんが死んだんだよ」

「……ああ……あきが……」

「違うってば！ ねえ実矢」

「そうだよ。叔母さんが死んだんだ」

ハツ子は足を止め、虚ろな顔で少年たちを見た。

「あ……実矢？ 麻堵かね？ ああ、おまえたちも可哀想にねえ」

「おばあちゃん」

「おばあ……」

「ひっ！」

ハツ子が突然、掠（かす）れた悲鳴を上げた。

「ああ、ああ……ほら、あそこだよぉ」

と、ハツ子はバルコニーの下を指さす。少年たちと遙佳――三人のあいだをすりぬけて、雅代の死体に向かっていく。

「ああ、あああ……」

「だめです、大奥さま」

制止する佐竹の手を払いのけて、老婆は死体にすがりついた。

「あきや……可哀想にねえ。こんなになってしもうて」

「大奥さま」

佐竹がハツ子の肩に手をかけた。

「だめです。どうぞお戻りください」

「行こ、麻堵」

実矢が云って、踵を返した。

「おばあちゃん、頭が変になってるんだ」

「う、うん」

「叔母さんのこと、あっちゃんと間違えてる」

「そうだね」

少年たちが去ったあとも、ハツ子の狂態は続いた。

佐竹と遙佳が、二人がかりで彼女を死体から引き離した。何とか気を落ち着かせて中へ連れ戻そうとしたとき、家の前から聞こえてきた独特のエンジン音が、拓也の到着を知らせた。

2

誰の姿もないことを確かめると、少年は足音を忍ばせ、裏庭のその場所に近づいていった。

二階のバルコニーの下――。

頭を捩(ね)じ曲げ、両手足を広げ、あおむけに転がった女の身体。いつもあれほど騒々しかったのが、今はこそとも音を立てない。動かない。――死んでいる。

早くしなければ――と、少年は思った。

誰かがまたやってくる前に、早く。

死体のそばに屈み込む。持ってきたペンチを右手に握り直す。そして少年は、地面にへばりついた女の片方の手を、左手で持ち上げた。

(ヒトツハ――)

痩せた、骨張った女の手――その指先。爪に塗られた赤いマニキュアの色は、暗がりの中、ゆうべの男の頭から流れた血の色よりもどす黒く見えた。

どの指にしようか、ちょっと迷った。

指定はなかったはずだ。けれど、小指や親指は何となく違う気がする。

（ヒトツハ――）

結局、中指に決めた。長く伸ばしたその爪の形が、いちばんそれにふさわしく思えたからだ。

（マジョノツメ、ヲ）

3

悠木拓也が車で駆けつけて、そのあとようやく、円城寺家の洋館はいくらかの静けさと落ち着きを取り戻した。

香澄はまたもとの物云わぬ状態に戻り、邦江によって違う部屋のベッドに寝かしつけられた。ハツ子はいくら説得しても頑として自分の部屋に引き揚げようとせず、かといってもう泣いたり喚いたりもしなくなり、食堂の椅子の一つに放心の体（てい）で坐り込んでしまった。邦江はそんなハツ子のためにブランデー入りの紅茶を作り、夫の佐竹は円城寺隼雄に連絡を取るべくホールの電話に向かった。

拓也は一階の応接室に通された。そこで遙佳からひととおりの説明を聞きおえたのが、午後十時過ぎのこと——。

＊

「足音、か」

鋭く眉根を寄せながら、拓也は呟いた。

「二階の廊下から階段を降りてきた。——姿は見えなかったんですね」

「ええ」

遙佳は頷いた。

「電話台は、ちょうど階段の裏にあるので」

「降りてきて、どの方向へ行ったのかも分からないんですか」

「二階の叫び声のほうが気になっていて……でも」

ゆっくりと瞬きをしながら、遙佳は云った。

「わたしからは見えない方向へ行ったんだから、まっすぐ玄関ホールに出たか、あっちの廊下——玄関から見て左側の廊下か」

「佐竹夫人は、どこから？」

「食堂のほうから、だったと思います」

というと、玄関から見て右側か。

「いずれにせよ、その足音の主が誰だったのかは分からないわけだ。走り方や何かに特徴はなかったんですか」

「さあ……」

「さっき、『ぱたぱた、っていう音』と云いましたよね。子供が走る足音のような感じがしますけど」

「分かりません」

溜息をつくように云って、遙佳は緩く左右に首を振る。

「そんな気もするけれど、違うかもしれない」

「うーん」

「ね、悠木さん。いったい……」

「分かりませんよ、僕にも」

拓也も同じように首を振った。

「だけど、仮にですね、雅代さんの転落がただの事故じゃなかったんだとしたら、きみが聞いたその足音が重要な意味を持つことになる」

「事故じゃない、と？」

「確言はできないけど……でも、いま状況を聞いた限りでは、そう思えます」

「誰かが――」

遥佳は声を詰まらせた。

「誰かが、雅代さんを？」

「その可能性もある」

拓也は慎重に答えた。

「もちろん単なる事故だったのかもしれません。雅代さんはかなり酔ってたっていうし。――バルコニーの手すりは、前からそんな、壊れてしまいかねないような状態だったんですか」

「いつも扉が閉まってたからわたし、あそこに出てみたことはなくて。でも、この建物自体がもうずいぶん古いものだから……」

「そうですか。しかし一方で、香澄さんがあんな声を上げたのは、よほどショッキングな場面を目撃したせいだ、と考えられますよね。たとえば――」

テーブルに灰皿がないと気づいて、拓也は煙草を探ろうとした手を止めた。

「自分の知っている、しかも思いがけない人物が、雅代さんをバルコニーから突き落とした、とか」

「思いがけない？」

拓也の口もとに向けられていた遙佳の視線が、怯えるように揺れた。

「悠木さん、それって」

「さっき電話で話そうとしたことです。まだ確かにそうだと決まったわけじゃないけど、もしかしたら……」

拓也が云いかけたとき、「失礼します」と声がしてドアが開いた。入ってきたのはエプロン姿の佐竹邦江だった。

「あのう、佐竹が、男手を借りたいと申しております」

上目づかいに拓也を見ながら、彼女はそう云った。

「男手？」

拓也は首を傾げた。

「どういう意味でしょうか」

「雅代さまを家の中に運ぶのを、手伝っていただきたいと」

「死体を運ぶんですか」

現場保存、という言葉が頭を掠める。

「円城寺さんに連絡はついたんですか」

「それが、まだ」

邦江は力なくかぶりを振った。

「ご自宅にはまだ、帰っておられないそうで。あちこち当たってみたようですが、どうしてもつかまらない、と」

「警察を呼んじゃいけないんですか」

「――はあ」

邦江は今にも泣きだしそうな顔で、怯えきったかぼそい声で、

「旦那さまが……」

「どうして円城寺さんは、そんなに警察をいやがるんです？」

拓也は思いきって斬り込んでみた。

「何か公になるとまずいような事情が、この家にはあるんでしょうか」

「そ、それは……」

邦江の顔色が、さっと蒼ざめた。

「さっきハツ子さんが、雅代さんの遺体に向かって『あき』と呼びかけていたそうですね。人の名前ですよね？　誰の名前なのか、あなたやご主人はもちろんご存じなんでしょう？」

「…………」

「実矢くんと麻堵くんが、ときどき一緒に遊んでいるのを知ってますか。そのアキという少年とです。二人は『あっちゃん』って呼んでますけどね」

「そんな……私は存じません、そんなこと」

「円城寺亜希。亜熱帯の亜に希望の希。いま十四歳の、円城寺家の長男」

「…………」

「去年の夏から行方不明になっている。例の、双葉山山中で起こった惨殺事件に巻き込まれて。一緒にいた生徒三人の死体は見つかったけれども、亜希のだけは発見されなかった。——違いますか」

「何で、それを」

問い返そうとした言葉をはっと止め、邦江はおろおろと顔を伏せた。

「どうしても気にかかるので、ちょっと調べさせてもらったんです」

驚いて目を見張っている遙佳のほうをちらと窺ってから、拓也は云った。

「悪気があってのことじゃありません。秘密を暴いて、それでどうこうしようっていうつもりもない。けどね、今夜の事件にしても、それに、昨夜から姿が見えない克之さんの件にしてもです、僕にはどうも、すべてはその、円城寺亜希を巡るこの家の秘密に関係してるんじゃないかと思えるんですよ。だから……」

「勘弁してください」

ゆるゆると首を振りながら、邦江は悲痛な声を絞り出した。

「亜希ぼっちゃまのことは、私の口からは申せません。ああ……どうかもう、勘弁してくださいまし」

4

逃げるように部屋から立ち去った邦江と入れ違いに、佐竹周三が入ってきた。

今のやりとりを聞いていたのかどうか、分からない。ただ、彼も妻と同様、たいそう怯えているふうだった。髭もじゃの風貌や無愛想な物腰に似合わず、実はあんがい気の弱い男なのかもしれない、と拓也は思った。

とにかく雅代の遺体を家の中に運びたい。手伝ってほしい。——と、佐竹は拓也に要請した。

円城寺隼雄の指示を仰ぐまで、事件を警察沙汰にするわけにはいかない。だからといって、遺体をこのままずっと夜露に晒しておくのも忍びない。一人で運んで、遺体に傷でもつけたら大ごとだし……と云うのである。

あえてそれに異論は唱えず、拓也は要請に応じて部屋を出た。「わたしも一緒に」と云って、遙佳もついてくる。

ここはひとまず彼らに従うほうがいい、と拓也は考えた。

今度はこの男を相手に、さっきのような率直な質問を繰り出してみたところで、埒が明かない気がする。それに拓也は、雅代の死体と転落の現場をまだ見ていなかった。見たい——というよりも、これは今、この機会に見ておいたほうがいい。そう思ったのだ。

死体のそばまで先に立って進むと、佐竹は拓也を振り返り、

「足を持ってくれますか」

と、ぶっきらぼうに云った。白毛まじりの髭面に窺えるのはしかし、実に素朴な恐れの表情である。

拓也は頷いて、死体の足のほうに歩み寄った。

何の恥じらいもなく、大きく股を開いて投げ出された二本の足。ワンピースの裾がめくれあがり、痩せた脛が露わになっている。

両手を伸ばして、足首を摑む。

予想したような冷たさも、硬さもなかった。死後およそ二時間半——と、腕時計を見て計算しながら、その生温かい、ぐにゃりとした感触に怖気をふるった。

思わず手を離し、いったん上体を起こした。深く息をつきながら、ぐるりとあたりを見まわす。

白く塗られた建物の壁。手すりの折れたバルコニー。明りの消えたその奥の窓。真っ黒な森の影。そして、空の低い位置に浮かんだ蒼白い月。

「——ん？」

暗い風景の中にふと奇妙な形を見つけて、拓也は声を洩らした。

「何か？」

と、遙佳が訊いた。

「あれ——」

拓也は広い庭の奥を指さした。

「あの白いのは何ですか」

洋館の裏手に広がる森の手前、だった。そのあたりに植えられた蔓草(つるくさ)——薔薇だろうか——の中に、何か白いものがうずくまっている。人間ではない。何か見慣れない動物のような……。

「ああ。あれは鹿です」

と、遙佳は答えた。

「鹿？」

「どうでもいいでしょうが、そんなことは」

佐竹が口を挟んだ。いやに慌てたような口ぶりが気になった。

「ありゃあ飾りものだ」

「陶器の、鹿の像なんです」

と、遙佳が説明する。

「いいですかね、悠木さん」

佐竹がせっつくように云った。いびつな角度に捩じ曲がった死体の頭部。そのそばに屈み込み、肩に手をかける。

二人がかりで死体を持ち上げた。痩せぎすであるにもかかわらず、みずからの意思を失った雅代の身体はずっしりと重かった。

そうして死体を家の中へ運び込むまでのあいだ、佐竹も拓也も遙佳も、全員が押し黙っていた。重苦しい沈黙だった。今にも、もう決して動くはずのない雅代の口が勝手に動きだして、この沈黙を破ってしまうのではないか——と、そんな気さえした。

玄関ホールに入り、どこへ運ぶのか、と佐竹に訊こうとしたとき、

(おや？)

シャンデリアの明るい光の下で、拓也は初めてそれに気がついた。

「ちょっと待ってください」

と、拓也は佐竹に声をかけた。

「ん？　どうかしましたかね」

「それ……その手」

拓也が目で示したのは、死体の右手の先だった。

床すれすれまで垂れ下がっている。こわばった五本の指の、長く伸ばした赤い爪。

その、真ん中の一つ。

「爪が、ない」

「んん？」

「ほら。その指の……」

中指の爪がまるまる一枚、剝がれているのである。指先にマニキュアの赤はない。ピンクがかった真皮に赤黒い血がこびりついている。

「落ちたときに剝がれたんだろう」

顔をしかめて、佐竹はそう応えた。

もっともな意見ではあった。転落したときどこかにひっかけて、根もとから剝がれ落ちてしまったのだとしても、べつに不思議はない。――のだが。

「変です」

と、このとき遙佳が声を上げた。

「えっ？」

「だって、わたしがバルコニーの下に駆けつけて、脈を取ってみたときは……」

「こんなじゃなかった、と？」

「ええ」

いったん頷いたものの、遙佳はちょっと心もとなげに首を傾げて、

「暗かったし……ううん、でもこんな状態なら、気がつかなかったはずはないから」

（爪が、剝がれている）

拓也の心の中で、何かが

（ヒトツハ……）

膨れ上がろうとして、すっと消えた。一瞬だけれども、確かにその存在が見えたような気がした。――何かとても大事なもの。思い出さねばならないもの。

（剝がれた爪……）

移動を再開する佐竹に従いながら拓也は、息苦しさにあえぐ気分で、声には出さずにその言葉を繰り返す。

（……剝がされた、爪）

（ヒトツハ……）

やがて、それに呼応するようにして頭に浮かんできたのは、三日前に遙佳の口から語られた一つの〝謎〟だった。四月に森で起きた例の死亡事故で、どういうわけか死体の髪が

短くなっていたという、あの……。

5

午後十一時十分。

雅代の死体は、彼女が使っていたという二階の一室に運び込んだ。そのあと佐竹はふたたびホールの電話に向かい、拓也は遙佳を促して、さっきの応接室の前を通り過ぎて食堂へ向かった。

食堂にはハツ子が、まだ居坐っていた。邦江の姿もあった。

和服姿の老婆は広いテーブルの隅で背を丸め、聞き取れないほどの低い声でぼそぼそと何か独り言を呟いていた。魂を抜かれてしまったような顔つきで、テーブルの一点をぼんやりと見ている。拓也たちが来たのにも気づかないふうだった。

「済みましたよ」

ハツ子のそばに立っていた邦江に、拓也は云った。

「佐竹さんはまた電話をかけています」

邦江はわずかに頷いただけで、無言で二人から目をそらした。さっきの拓也の追及が、相当に応えたらしい。

自分の口からは話せない——と、さっき邦江は云っていた。勘弁してくれ、と怯えきった声で哀願していた。

以前から彼女は、ずっと怯えつづけてきたのだろう。——なぜ？　何に対して？

この家の秘密——亜希を屋根裏部屋に閉じ込めている（これはもう、ほぼ間違いのないことだと拓也は思う）という、そんな自分たちの行為。その罪悪感ゆえの怯え、だろうか。それとも、そんな仕打ちを受けるほどに父から忌み嫌われ、恐れられている、亜希という少年そのものに対する怯えなのだろうか。

「お茶、淹れましょうか」

遙佳が云って、奥へ足を進めた。

「邦江さんも、いかがですか」

初老の使用人は黙ったまま、かすかに首を振る。テーブルの隅にいる老婆の呟き声が、ふいに少し高くなる。

「ああ……あき、が。あきが……」

その言葉を聞き取ったからだろうか、ぴくっと肩を震わせ、

「大奥さま」

と、邦江が声をかけた。

「いいかげん、お部屋に戻られないと」

ハツ子の背に手を置くが、彼女は動こうとしない。虚ろな顔の表情とは逆に、全身を硬くこわばらせているように見えた。

やがて遙佳が、二人ぶんの紅茶を用意してきた。拓也はテーブルの一席に腰を下ろ

しながら、

「あなたもお坐りになったらどうですか」

と、邦江に向かって云った。邦江は目を伏せたまま、何も答えない。

「ここで話してしまうわけには、やはりいかないんでしょうか」

「…………」

「いいでしょう。それじゃあ……」

拓也が云いかけたとき、佐竹が入ってきた。主人への連絡はまだ取れない――と、彼は告げた。

「仕事から家に帰られるのは普段、何時ごろなんですか」

拓也が尋ねると、佐竹は途方に暮れたような溜息をついて、

「夜中、もっと遅くに」

「出先は分からないんですか」

「――分からん」

「誰かに伝言を頼むことは？」

「向こうのお手伝いさんに、いちおう」

「待つしかない、か」

拓也は熱いカップにちょっと口をつけてから、

「それじゃあ」

と、云いかけた言葉の先を続けた。

「佐竹さん、あなたも、そして邦江さんも、聞いてください。いいですか」

「いったい何を」

佐竹は少々たじろいだように目を剝いた。

「僕が考えてることをお話しします」

「…………」

「大事なことなんですよ。あなたもさっき、見たでしょう？　雅代さんの爪が剝がされていたのを」

「ああ。あれは……」

「まったくの部外者が何を云いだすか、と思われるかもしれませんけど」

拓也は声を鋭くした。

「でも、僕は僕なりに、滝川さんからいろいろ相談を受けたりしてね、何がここで起こったのか、起こっているのか、考えてみたんです」

「…………」

「克之さんという人が、今朝から行方不明なんですよね。僕はきょう、あっちの湖の岸辺で、彼のものらしき血痕を見つけました。石で頭を殴られたような」

「何だって？」

佐竹はさらに目を剝いて、頰の鬚を撫でた。

「本当ですかね、そりゃあ」

「嘘じゃありません」

拓也はきっぱりと云った。

「それから、四月にあった事件のこと。もちろん憶えておられますよね。朝倉さんという滝川さんの前の家庭教師が、森の中で亡くなった事件です」

「ありゃあ、事故だった」

「分かってます。事故と断定された。けれども一つ、不思議な点があった。憶えていませんか」

あっ、という遙佳の声が聞こえた。

「死体の髪が短くなっていたんでしょう？　まるで、誰かが鋏で切り取っていったみたいに」

「あ、ああ」

佐竹の表情に驚きと戸惑いが見えた。

「そういえば、そんな……」

「切られた髪の毛と剝がされた爪。妙な共通点ですよね」

そこには何かしら、一貫した意志のようなものが感じられはしまいか——と、拓也は思うのである。

論理的な根拠は何もない。だが、確かにそこには何かが存在する。——髪と爪。奇妙な類似。意味不明の……いや、意味があるのだ。さっき雅代の死体の異状に気づいたとき一瞬、心の中で

（ヒトツハ……）


膨れ上がろうとしたもの。——あれだ。

あれはいったい何だったのだろう。

「わけが分からん」

強くかぶりを振りながら吐き出した佐竹の言葉は、少なくとも半分は本音だったに違いない。

「あんたは、何を」

「率直に云ってしまいます」

拓也は佐竹から邦江、遙佳へと視線を巡らせた。

「今夜、雅代さんがバルコニーから転落したのは、単なる事故ではない。誰かが彼女を突き落としたんじゃないか、という疑いがある。叫び声が聞こえた直後に滝川さんが、二階から駆け降りてくる何者かの足音を聞いてるんです。そして、思うに――。バルコニーの下へ駆けつけた滝川さんとあなたが、ハツ子さんを連れて家の中に戻ったあと、その人物はこっそりとあの現場へ行って、死体の爪を剝がした」

「――まさか」

「四月の事件のとき朝倉さんの髪を切ったのも、同じ人物の仕業ではないかと思います。行方不明の克之さんも、おそらくその人物によってすでに殺されている」

遙佳が克之に襲われた件については、ここで話すつもりはなかった。

「どう思われますか、佐竹さん」

「まさか、そんなことが」

「あるはずはない、と？」

佐竹が引きつった顔でやっと頷くのを見て、

「だったら、一つお願いがあります」

拓也はさらに声を鋭くして、云った。

「この家の屋根裏部屋を、僕たちに見せてくれませんか」

6

「どうして、そんな……」

佐竹の動揺は明らかだった。拓也の視線から顔をそむけ、喉を詰まらせるようにして、

「それがいったい、何の関係があると」

「さっきあっちの応接室で、邦江さんに云ったんですけどね。聞いておられなかったんですか」

「何を？」

佐竹は妻のほうを見た。

「おまえ、何か喋ったのか」

「彼女はこう云いましたよ」

おろおろしている邦江の様子を横目で捉えながら、拓也は云った。

「円城寺亜希のことは、自分の口からは話せない。勘弁してくれ、とね」

「…………」

「知ってるんですよ、僕も滝川さんも。円城寺家には去年の七月、双葉山の惨殺事件に巻き込まれて行方不明になった、亜希という名の長男がいるっていうこと。——亜希は、実は生きて山から戻ってきていた。それを円城寺さんの命令で、この別荘の屋根裏部屋に隠している。閉じ込めている。そうじゃないんですか」

「そ、それは」

「ハツ子さんが——」

と、拓也はテーブルの老婆に目を向ける。彼女は相変わらず放心の体で、周囲の会話などまるで耳に入っていないかのようだった。

「その亜希に会うため、夜中に屋根裏部屋へ行くところを、滝川さんが目撃してるんですよ。それにね、いいですか？　亜希はときどきその部屋から抜け出して、実矢くんたちと会っているんです。知ってますか」

「な、何を……まさか」

「誰にも秘密なんだ、と実矢くんたちは云っていた。あなたたちの目を盗んで、亜希は部屋を抜け出してるんですよ」

「まさか」

「要するにですね、この一連の事件は全部、亜希の仕業なんじゃないかと」

拓也が云った、そのときである。

ハツ子が突然、彷徨わせていた視線を上げた。大きなシャンデリアの吊り下がった高い天井を振り仰ぎ、そのままふらりと椅子から立ち上がる。

「大奥さま。どうなさいました」

邦江が慌てて問いかける。答えて老婆は、

「亜希に——」

ぼそりと云った。

「亜希にちゃんと、ごはんを持ってってやりかい」

「大奥さま!」

「おなかを空かせてるんじゃないかねえ」

「ああ……」

「可哀想な子だねえ。みんなに寄ってたかって、悪者扱いされて。あんまりじゃないかい。あたしなんかがいくら云うても、隼雄は聞いちゃくれないがねえ」

歩きだそうとするハツ子の肩を押さえ、

「大奥さま」

邦江はぶるぶると首を振った。

「しっかりしてくださいまし。亜希ぼっちゃまは……」

「あんたらも、隼雄とおんなじだよぉ。あの子のこと、そんなに恐ろしがって」

はあぁ……と長い溜息をついて、老婆は椅子に腰を戻した。

「不憫な子だねえ。あたしにゃ、何もしてやれないんだよぉ」

ぼそぼそと呟きながら、ふたたび視線を彷徨わせはじめる。

「あんたたち」

と、佐竹が云った。その声にも口調にも顔の表情にも、ますます強い戸惑いと怯えが見えた。

「あの子らが亜希ぼっちゃんと一緒に遊んでると云ったのは、そりゃあ本当のことですかね」

「ええ」

拓也は頷いた。

「本当ですよ。このあいだ僕が二人を車で送ってきたときも、彼らはそれまで森の中で、あっちゃん——亜希と遊んでいたんだといいます」

「あ、あんたぁ」

邦江が消え入りそうな声を洩らし、怯えきった目を夫に向けた。

「あんたぁ、やっぱり、ぼっちゃまは」

「分からん」

佐竹はぶるりと頭を振って、

「俺にも分からん」

「でも、私は恐ろしいよぉ」

わなわなと身を震わせながら、邦江は夫に歩み寄る。

「いっそもう、ぜんぶ話したほうが……」

「佐竹さん」

拓也は詰め寄った。

「屋根裏部屋へ案内してくれますね」

佐竹は「ぐうぅ」と苦しげに唸って、ゆっくりと天井を仰いだ。髭に囲まれた分厚い唇が、心なしか色を失っているように見えた。

「ねえ、佐竹さん」

拓也の呼びかけに応えもせず、彼はその姿勢のまましばらく沈黙を続けた。が、やがて――。

大きく肩で息をすると佐竹は、力尽きたような目を拓也と遥佳にくれた。そして、「ついてこい」と云うように、のそりと身体の向きを変えた。

第8章　凍えの部屋

おにいさんがね、ニンギョはここの湖にはいないって
莫迦だなあ。そんなの、当たり前じゃないか
「人魚姫」のお話、知ってるだろって
まさか、もうおにいさんに云っちゃったのかい？
ううん、云ってないよ。でもね、あっちゃんのこと、よく知ってた
…………
…………
……王子さまに恋をした人魚姫は、魔法の力で人間になったんだ。魚みたいな尻尾の代わりに、ちゃんと二本の足が生えて
うん。でも、その代わりに声を取られちゃったんだよね

そうさ

……だから、分かっただろ？　麻堵

あ、そっか。あっちゃんは、前から分かってたの？

もちろんさ

1

二階の階段ホールから、長く薄暗い廊下をずっと右へ——。

開かれた黒いドアの向こうには、遙佳から聞いていたとおり、上階へ向かう狭い階段があった。

電灯をつけ、佐竹が無言で先に立つ。そのあとを拓也と遙佳が、一列になって続いた。さらに後ろからは、邦江とハツ子がついてくる。

大勢の体重を受けて、古い木の階段はひどく軋んだ。茶色い板張りの壁に映る五人の影が、その音に合わせて次々と大きく伸び縮みする。

階段を昇りきったところには畳一畳ぶんくらいのスペースがあり、左手に焦茶色のドアが見えた。頑丈そうな木製のドアである。大人の目の高さよりも少し低い位置に、小さな長方形の覗き窓がある。ガラスは入っていない。

まるで監獄のようだ、と拓也は思った。亜希を閉じ込めるにあたって、わざわざこういったドアがあつらえられたのだろうか。

佐竹が、大きな鍵束から一本の鍵をつまみだす。この鍵束は、食堂の隅にある棚の抽斗(ひきだし)にしまわれていた。

つまり——と、拓也は考える。亜希をこの部屋から抜け出させるため、実矢と麻堵がこれを持ち出すことも充分に可能だったわけだ。

鍵の外れる音がして、佐竹がノブに手をかけた。無言でドアを押し開ける。

部屋の中は真っ暗だった。

「さあ」

明りをつけながら、佐竹が云った。

「このとおりだよ」

広い部屋だった。

何も敷かれていない板張りの床。屋根の勾配に沿って傾いた天井。剝き出しの梁(はり)と柱。机と椅子。本棚。簞笥(たんす)。白いカバーが掛けられたベッド。……ひととおりの家具がまばらに並んでいる。

それは、拓也が漠然と想像していたとおりの（人間を一人、ひそかに閉じ込めておくための部屋……）光景だった。

しかし――。

今、部屋のどこにも亜希の姿は見当たらない。それどころか、誰かが現在ここで暮らしている様子すらないのだ。――床や家具の上に積もった埃。あちこちに張られた大きな蜘蛛の巣。

「これは……」

室内に一歩、踏み込んだ拓也の足もとで、ばりっ、と乾いた音が鳴った。見ると、ドアの内側の床に、チョコレートやクッキーの包みが散乱している。甘ったるいような黴臭いようなにおいが、ぷんと鼻を突いた。

奥に一枚、別のドアがあった。

「あのドアは？」

拓也が訊くと、

「納戸だよ」

と、佐竹は答えた。怯えたような低い声だったが、今ここに誰の姿もない、そのことに驚いているふうではない。

「調べなきゃあ、気が済まないかね」

「い、いえ。しかし――」

拓也はそろそろと部屋の中央へ進み出ながら、

「どういうことなんですか。これは……いったい、ここは」

「さっきあんたが云ったとおりだ。旦那さまは去年の夏、亜希ぼっちゃんをここに閉じ込めてしまわれた」

「しかし、この様子は」

「今は使ってないんだよ。去年の八月からずっと、誰もここには入ってない」

「去年の八月?」

拓也は眉を寄せた。

「亜希が行方不明になったのは、七月だったんでしょう? じゃあ……」

「ひと月だけだったんだ」

佐竹は震える声で云った。

「ひどいとは思ったが、俺らは旦那さまの命令に従うしかなかった」

「あき……亜希や……」

ハツ子が、ドアの外にいた邦江の後ろから出てきた。

「……亜希や。亜希……おや、亜希はどこだい。どこにいるんだい」

佐竹や遙佳の身体を押しのけると、老婆は床に散らばった菓子を踏み潰して部屋に入ってきた。きょときょとと室内を見まわしながら、佇む拓也の横を素通りし、奥の窓ぎわへと進んでいく。

「大奥さまはこのごろ、すっかり惚けてしまわれた」

佐竹が云った。

「春に来られたときはもう少し、しっかりしておられたのに。よく分かっていないんだ。だから、こんな――」

と、彼は床の菓子に目をやり、

「こんなことをしておられるとは、俺も知らんかった」

「……亜希……亜希や……」

「ねえ、佐竹さん」

どうにも解せぬ思いで、拓也はさらに訊いた。

「それじゃあ、亜希は今どこに？　この部屋が使われたのはひと月だけだと云いましたね。そのあと亜希は、どこに移されたんですか」

「そこから――」

と云って佐竹は、老婆が歩み寄っていく窓に向かって顎をしゃくった。

「その窓から、落ちてしまわれた。この部屋から抜け出そうとして」

「何ですって？」

ハツ子が唐突に「ひいっ！」と叫んだ。「亜希、亜希……」と口の中で繰り返しながら、白いカーテンが引かれたその窓に顔を近づける。

「まさかそれで、亜希は」

「――死んだ」

佐竹は呻くように云った。

「死んだもんだと、俺らは思ってた」

2

円城寺亜希は去年の八月に死んでいる？

拓也は佐竹の顔を見直し、それから、窓に額を押しつけながら気味の悪い声で泣きだした老婆のほうを見やった。

「だから、さっき——」

遙佳もまた老婆のほうを見やりながら、

「さっき、バルコニーから落ちた雅代さんを見て、あんな……」

亜希があの窓から落ちたときのことを思い出し、それと目の前の現実を混同してしまったわけか。

「香澄奥さまがあんなふうになってしまわれたのも、あのときのショックが原因なんだと思います」

それまで沈黙を守っていた邦江が、おもむろに口を開いた。

「奥さまは、ぼっちゃまをこんなところに閉じ込めてしまうのには反対していらっしゃいました。ですが、旦那さまのご命令にはどうしても逆らえなくて。——いつも奥さま、亜希ぼっちゃまの件では悩んでおられました。ですから、ぼっちゃまにあのようなご不幸が起こったのを間近に見て、それで……」

「しかし、亜希は」

と云いかけて、拓也はその先を質問に転じた。

「亜希の遺体はどうしたんですか。どこにあるんですか」

「——埋めた」

佐竹が答えた。

「旦那さまの云いつけで、箱に入れて、埋めたんだ」

「どこに埋めたんですか」

「ここの裏庭に」

「あっ」

遙佳が声を上げた。

「もしかしてそれ……その場所、あの鹿の像が置いてあるところじゃあ？」

「――そうだ」

「ああ。だから香澄さんはいつも、じっとあそこを見て……」

「しかしですね、佐竹さん」

拓也が云った。

「亜希がすでに死んでいるのだとしたら、実矢くんたちはいったい誰と遊んでるんです？『あっちゃん』という呼び名の、ほかの子供がいるんでしょうか」

「分からん」

佐竹は肩を震わせた。

「だから、俺らは恐ろしいんだ。だから――あんたがそんなことを云いだすから、こうしてここへ……」

「死んだものだと思っていた、というふうにさっき、云いましたね。あれは、亜希はやはり生きているのかもしれない、という意味なんですか」

「——分からん、俺らには」

「死体を埋めたっていうのは確かな話なんですか。実際には誰が埋めたんです？」

「——俺が。埋めたんだ、確かに。さっきの雅代さまの死体と違って、あのときのぼっちゃんはな、何と云うか、本当にきれいな……」

「きれい？」

「ああ。ここの窓から落ちたっていうのになあ、首が折れたりもしてなかった。血もほとんど出てなかったし」

「けど、死んでたんでしょう？」

「心臓は止まってた」

「医者には？」

「い、いや」

蒼ざめた顔を伏せたまま、佐竹は首を横に振った。

「それで、そのまま埋めてしまったわけですか」

「あのときは旦那さまが、ちょうどこっちにおられて、すぐに埋めてしまえと」

医者も呼ばず、葬儀も行なわず、自分の息子の死体を庭に土葬したというのか。

実矢と麻堵を叱りつけていた円城寺隼雄の顔を思い出しながら、拓也は暗い戦慄を覚えざるをえなかった。

「妙なことがあったんだ」

佐竹が続けて云った。

「ぼっちゃんをあそこに埋めた次の日、だった。目印に置いた、あの鹿の向きがなあ」

「鹿の向き？」

「何となく、変わってるような気がしたんだ。ちょっとずれてるような」

そして佐竹は、妻のほうに目を向けて、

「こいつにもその話はしたんだがな、気のせいに決まってると」

「だって、あんた」

「ずっと気になってたんだ、俺は」

「そりゃあ、私だって……」

「亜希が生き返ったんじゃないか、と疑っていたわけですか」

拓也の問いに、佐竹は小さく頷いた。

「昔、よく聞かされたもんだ。焼かずに埋めた死人は蘇ることがある、となあ。特に怨みを残して死んでいった者は、その怨みが忘れられずに蘇ってくる」

死者の蘇り？

〝幽霊〟と同じような意味で、この老夫婦はそれを恐れているのだろうか。あるいはもっと現実的な意味での、いわゆる〝早すぎた埋葬〟が、去年「死んだ」亜希の身に起こったかもしれない、と？

「あんたぁ」

邦江が云った。

「亜希ぼっちゃまはやっぱり生きてるんだよ。生き返って、それであんな真似を」

「あんな真似とは？」

拓也が問うと、邦江は怯えきった声で、

「さっき云ってたような……人を殺したり、死体の爪を剝がしたり」

「そう思うんですか」

「そんなことするのは、確かにあの子しか……」

「どうしてなんでしょうね」

なかば自問するように、拓也は云った。

「もしも亜希が生き返ったのだとして、どうしてそんなことをしたんだろう」

気が狂っている？　自分をひどい目に遭わせた者たちを憎んで、それで？

おそらくは安達雅代も一枚、嚙んでいたに違いない。亜希がここに閉じ込められ、死んだ事実を知っていて……そうだ、それをネタに兄の隼雄をゆすっていた可能性はないだろうか。克之についても同じように考えられる。彼もまた亜希の秘密を知っていた。母親が伯父から金をせしめているのも知っていた。だから、しばしば小づかいをせびりにきたのではないか。

仮にそうだとすると、亜希が雅代と克之を殺す動機はあることになる。だが、しかし……。

（……違う。そんなことじゃない）

拓也はのろのろと頭を振った。

（ヒトツハ……）

問題はもっと別のところにあるのだ。

それは——（ヒトツハ……）それは……。

「あっ。大丈夫ですか」

窓にへばりついていたハツ子が、倒れ伏すようにして床にうずくまってしまったのを見て、遙佳が駆け寄っていった。

「大丈夫ですか」

老婆は何も答えない。遙佳は彼女の肩を抱き、その顔を覗き込んだ。

「いけない」

と云って、遙佳は拓也を振り返った。

「身体が冷たくなってます。顔色も真っ青。部屋に連れ戻して、寝かしたほうがいいです」

3

五人が屋根裏部屋をあとにしたとき、時刻はすでに午前一時をまわっていた。

部屋に戻りましょうという遙佳の言葉に、ハツ子はもう喚いたり抵抗したりせず、素直に従った。考えてみれば、バルコニーから転落した雅代の死体を見て以来、彼女は老いた神経をずっと緊張させっぱなしだったのだ。疲れ果てていて当然だった。

遙佳と邦江が、ハツ子を一階の自室へ連れていった。

拓也は佐竹とともに食堂へ戻ろうとしたのだが、ホールからそちらの廊下に入ろうとしたところで、急に佐竹が踵を返した。

「どうしました」

円城寺隼雄に連絡しなければならないからか、と思ったのだが、佐竹は電話台には目もくれず、ずんずんとホールの奥へ進んでいく。

「佐竹さん？」

呼びかけても、何も応えない。

「佐竹さん！」

拓也は慌ててあとを追った。

佐竹はホールを出ると、まっすぐ家の裏口に向かった。ついてくる拓也を振り返りもせず、外へ出ていく。

彼が何をしようとしているのか、その時点で拓也は察知した。

まさか、とは思った。しかし――。

先ほどからの佐竹夫妻の怯えようは並大抵ではない。自分たちがその〝監禁〟と〝埋葬〟に関わった亜希が、実は生きているかもしれない。そして、一連の不可解な事件の陰に亜希がいるのかもしれない。そのことを彼らは心底、恐れている。

だからきっと、確かめてみずにはいられなくなったのだ。本当に亜希が死んでいるかどうか、裏庭に埋めたはずの死体がちゃんとあるのかどうか、を。

「掘ってみるんですか」

拓也が問いかけると、佐竹の足が一瞬、止まった。

「死体を埋めたところを、掘り返してみるんですか」

背中を向けたまま、彼は黙って頷いた。

家の裏手に設けられた物置から、スコップと懐中電灯を持ち出してくる。そうして佐竹は裏庭を横切り、例の白い鹿の像が置かれた場所へと向かった。

蒼く降り注ぐ月と星の光の下――。

絡みついた薔薇の蔓（つる）を手荒く払い、佐竹は像を動かした。中は空洞になっているのか、さほど重そうでもなかった。やがて佐竹は、その下の土を掘りはじめる。凍りついた表情で。がむしゃらな動きで。

それを止めるわけにもいかず、かといって手伝おうとも云いだせず、拓也はただ彼の作業を見守っているしかなかった。

4

「大変だ、麻堵。大変だよ」

となりの部屋に駆け込むと、実矢はベッドで眠っている弟の身体を揺すった。

「んん……なあに？」

麻堵は薄く目を開いて、

「どうしたの。もう起きる時間？」

「違うんだ」

実矢は声をひそめた。

「佐竹のおじさんが、あっちゃんのお墓を掘ってるんだ」

「ええっ。ほんと？」

麻堵はびっくりした顔で、裏庭に面した窓のほうを見た。

「バレちゃうよ、実矢」

「うん」

「バレちゃうよ、あっちゃんが生きてること」

「だから——だからね、麻堵、急がなくちゃ。雅代叔母さんのことで、きっとパパも来るから」

「じゃあ、も、もう？」

「うん。夜が明けて、明るくなってきたらすぐに」

「ママを連れてくの？」

「そうだよ。誰にも見つからないように。いいかい？　麻堵。起きられるかい」

「うん……」

5

遙佳と邦江がやってきた。拓也たちの姿が見えないので、ずいぶん慌てたようだった。庭を掘る音に気づいて、出てきたらしい。

「ああ、やっぱり」

黙々と作業を続けている佐竹を見て、邦江が口に手を当てた。遙佳は小さく悲鳴を上げて、

「悠木さん」

拓也のかたわらに身を寄せてきた。

「こんなこと……」

「彼が云いだしたんです」

拓也は小声で応えた。

「僕らは黙って見ているしかない」

「今、邦江さんが円城寺さんに電話を」

「連絡がついたんですか」

「それが……」

「あんた」

邦江が夫に声をかけた。

「伝言を聞いて、旦那さまはもうこっちに向かわれたそうです。そんなことをしていたら……」

佐竹が妻に目を向けたのは、しかしほんの一瞬だった。

「俺は、我慢できん」

荒い呼吸に肩を上下させながら、彼は云った。

「旦那さまがどう云われようと、俺はもう」

「ああ……」

邦江は両手で顔を覆い、その場にしゃがみこんでしまう。

「あのとき、せめてお坊さまをお呼びして、供養してもらうんだったねえ」

どうやら彼女の頭の中では、〝死体の蘇生(そせい)〟と〝浮かばれぬ霊〟——二つの異なる概念がごっちゃになっているようだった。が、どちらにしても、向けられた恐怖の対象が亜希という少年そのものであることには変わりがない。

(そんなに恐ろしい子供だったんだろうか)

自分で「一連の事件の元凶は亜希」と云いだしておきながら、拓也はふとそんな疑問に囚われた。

少なくとも実矢と麻堵は、亜希を恐れているふうではない。それに——。

十年前、この烏裂野の森で出会ったあの子供。——気の弱そうな、無口な男の子だった。激しい夕立に見舞われて、どこかで雨を凌(しの)いで……怯えていた。早く家に帰りたい、と云って今にも泣きだしそうだった。だから……。

(……だから)

(あのとき、僕は……)

三人が息を呑んで見守る中、しばらくして佐竹のスコップが鈍い音を立てた。地中の〝棺（ひつぎ）〟を探り当てたらしい。

「どんな箱に入れたんですか」

拓也が邦江に尋ねた。

「ちゃんとした棺桶（かんおけ）なんて、用意できなかったんでしょう？」

「物置に古い木箱がありました」

地面にしゃがみこんだまま、邦江は答えた。

「旦那さまはそのままでいいと——じかに埋めてしまえばいいとおっしゃったのですが、それではあんまりだと思って……」

佐竹がスコップを置き、掘った穴の縁に膝をついた。拓也は、腕にしがみついていた遙佳の手をそっとほどき、薔薇の蔓を踏み分けてそこに近づいていった。

穴はあまり深くなかった。掘り出された木箱の蓋まで、せいぜい二十センチくらいのものだろうか。蓋の大きさも、そんなに大きくはない。しかも棺桶のような長細い形ではなく、むしろ正方形に近いところを見ると、亜希がいくら小柄な少年だったにしても、この中には横たわった姿勢ではなく、膝を抱えたような恰好で入れられたことになる。屈葬——と云っていいのだろうか。

佐竹が穴の中に両腕を伸ばし、箱の蓋に手をかけた。蓋は釘（くぎ）づけにされてはいないらしい。

なるほど、こんな状態だったのなら、〝埋葬〟のあとで息を吹き返した亜希が、自力でここから脱出するのも可能だったんじゃないか。——拓也はそう思った。

蓋が持ち上げられた。

拓也は地面に置かれていた懐中電灯を取り上げ、開かれた箱に光を向けた。遙佳と邦江は、遠巻きにこちらを窺っている。

「ううっ」という声が、佐竹の口から洩れた。声を発したのは拓也も同じで、そのとたん、佐竹の手から蓋が滑り落ちた。

腰を抜かしてしまったような、ぎくしゃくとした動きで、初老の使用人は穴のそばから逃げ出した。拓也はやはりという気持ち半分、まさかという気持ち半分で、しばしその場に立ち尽くした。

木箱の中は空っぽだったのだ。

6

午前二時四十五分、食堂。

佐竹周三は汚れた服を着替えもせず、色を失った顔で椅子に坐り込んでいた。拓也が何を話しかけても、唇を凍りつかせたまま何も云おうとしない。邦江のほうも同様のありさまだったのだが、しばらくして遥佳が淹れたお茶を少し飲むと、

「亜希ぼっちゃまは――」

沈黙が耐えられなくなったかのように、顔を伏せたまま口を開いた。

「ぼっちゃまは昔から、ちょっと変わったお子さんでした。見かけは、実矢ぼっちゃまや麻堵ぼっちゃまと同じように、華奢で色白で、それはそれはきれいなお顔をされた方だったのですが……」

そうして彼女は語ってくれた。

円城寺亜希がいかに「変わった」子供だったか。どうして亜希が父・隼雄から忌み嫌われ、恐れられ……ついにはあの屋根裏部屋に幽閉されることになってしまったのか、を。

もともと無口な子供だったという。あまり笑わず、人にも懐かない。大人たちの理解を寄せつけぬような「普通ではない」様子が、幼いころから目立った。

その亜希が五歳のとき、羽根木の円城寺邸で親戚の赤ん坊を死なせてしまったとい

う話も、実際にあった出来事だった。亜希が赤ん坊を勝手に抱き上げていて起こった事故——とされているが、目撃者がいないため、それが完全な過失だったかどうかは分からない。過失ではなく故意だったのかもしれない、というのである。

「特に旦那さまは、ずいぶん悩んでおいででした。何があったのか、なぜ赤ちゃんがそんなことになってしまったのか、いくら問いただしても、亜希ぼっちゃまは何もお答えにならなかったそうです。ですから、もしかしたら」

言葉を切って目を閉じる邦江に、拓也は云った。

「たとえば、みんなが赤ん坊にちやほやするからやきもちを焼いて……とか？　そんな疑いを？」

「——そうです」

この〝事件〟ののち、円城寺隼雄が亜希に対して、傍目には行きすぎと映るほど厳しい態度を取るようになったというのも、拓也の伯父が羽根木まで出向いて聞き込んできた情報のとおりだった。母・香澄はいつも、それを嘆いていたという。だが隼雄の、五歳にして〝殺人者〟になってしまったわが子へのネガティヴな感情（不安。不信。失望。怒り。……恐れ）は変わりようがなかったのだ。

亜希は、ますます無口で内向的な子供になっていった。

何を考えているのか分からない、不気味な子供。——学校でも亜希は、周囲からそのように見られ、孤立しがちだったという。教師たちもまた、亜希を〝問題のある〟生徒と見なしていた。協調性の欠如。適応力の不足。孤独癖。夢想癖。時として示す大人(＝社会)への抵抗。共有されるべき価値観への無関心。……

隼雄の苛立ちはいよいよ募った。

そんな亜希のあとに生まれた実矢や麻堵に対する彼のしつけの厳しさも、そこに起因するものだった。亜希と同じように、この弟たちもまた〝問題のある〟子供になってしまうのではないか。彼はそう予感し、そして恐れたのだ。

「亜希と実矢くんたちの仲は、どうだったんですか」

拓也が問うと、

「よく一緒に遊んでおられました。とても仲良く遊んでいるように、私どもには見えました。ですが——」

ひどい隈のできてしまった目をしばたたかせながら、邦江は云った。

「実矢ぼっちゃまの、あのおでこの傷」

「あれが、どうか？」

「ぼっちゃまが五つのとき、亜希ぼっちゃまが、あの傷を」

「亜希が怪我をさせたんですか」

「はい。夏休みに、こちらの別荘で……庭で三人が遊んでいて、亜希ぼっちゃまが、木の棒か何かで乱暴を」

「実矢くんが五歳。亜希は十歳くらい、か」

「ほかにもいろいろとございます。たとえば——」

見えざる何者かの視線を恐れるように、邦江はおどおどと周囲に目を配った。

「こちらで飼っていた犬を、石で殴り殺してしまわれたり。旦那さまに叱られても、何でそんな真似をしたのかは、ひと言も」

「犬を石で、ですか」

拓也は思わず眉を寄せた。邦江は続けて、

「それから、亜希ぼっちゃまが描かれた絵のことも、私は忘れられません」

「絵？」

「はあ。部屋に一人で閉じこもって、本を読んだり絵を描いたりするのがお好きでした。ですが、ぼっちゃまが描かれる絵といったら、どれもこれも気味の悪いものばかりで」

「どんなふうに？」

「変てこな化物の絵とか。花や木の絵でも、建物の絵でも、何ですか、どれも不気味な顔が付いていたり」

「そういう絵は、いつごろ？」

「ずっとでございます」

「小学校の高学年や中学生になってからも、ですか」

「はい」

なるほど――と、そこで拓也は、亜希という少年が持つ特殊な一面を垣間見たような気がした。

邦江は承知していないようだが、幼い子供が描く絵には概して、そういった特徴が見られるものである。太陽に目や口が描き込まれていたり、花が顔の形をしていたりする。これは、いわゆる幼児期のアニミズム――自己と外界との未分化ゆえ、すべての事物に意識や生命があると信じる傾向――の表出と受け取れるわけだが、そのような傾向が中学に上がる年齢になっても続いていたというのは、やはり〝問題〟なのかもしれない。

「――で、邦江さん」

拓也は云った。

「去年の七月、亜希が行方不明になるに至った経緯については？　もちろん知っておられるんでしょう」

「それは……」

邦江は口ごもり、長い吐息とともに目を閉じた。

「亜希は林間学校に参加していたんですよね。そしてみんなで、双葉山という山に登った。亜希を含めた四人のグループが、その途中ではぐれてしまって、のちに亜希以外の三人が惨殺死体で見つかった」

「あのときは……ああ、本当に恐ろしゅうございました。まさか、あんな」

「以来『行方不明』とされている亜希が、実はさっきの屋根裏部屋に閉じ込められていた。そこまでには、どんないきさつが？」

「ご存じかどうか知りませんが、あの惨い事件があった場所は、この鳥裂野からさほど離れてはいないのです。山の中をずっと歩いてくれば、二日か三日で……」

そうか——と、拓也は心中で手を打った。

「じゃあ亜希は、双葉山の事件に遭遇したあと、直接ここに？」

「——はい」

邦江は腕を交差させ、震える自分の両肩を押さえつけた。

「それはもう、ひどいありさまで。あちこち傷だらけで、服はどろどろで、おなかを空かせて……」

「たった一人で山中を歩いて、ここまで？」

「そうとしか考えられません。何を尋ねても、歯を喰いしばったような恐ろしい顔をして、何もお答えにならず。——事件については私どもも存じておりましたから、すぐに旦那さまをお呼びしました」

「円城寺さんはそして、亜希をあの屋根裏部屋に閉じ込めてしまおうと決めた？」

「そうです」

「亜希が惨殺事件の犯人だ、と彼は判断したんですね」

「……………」

「本当にそうだったんですか？　亜希がそう云ったんですか」

「いえ。ぼっちゃまはひと言も。旦那さまがどんなに厳しく質問されても、何も」

邦江はゆっくりと頭を振りながら、

「ただ、ぼっちゃまのリュックサックの中から、首が出てきて……」

「首ぃ？」

拓也は驚いて聞き直した。

「何ですか、それは」

「人の首が、入っていたんです。亡くなったお友だちの首が」

昨年の七月、双葉山山中で発生した猟奇殺人。――伯父の話を思い出す。

惨殺された三人の、死体の状態。――凶暴な野獣に襲われでもしたかのように、ある者は腕を切断され、ある者は腹を裂かれ、またある者は頭部を切り落とされていた。けっきょく発見されなかった死体の部分（パーツ）もあったらしい。では、そのうちの一つを亜希が持ち帰ってきたわけか。

円城寺隼雄が亜希を〝殺人狂〟と見なし、その存在自体を世間から隠してしまおうと考えたのも、ならば無理からぬことなのかもしれない。

「なるほどね」

頷きながらもしかし、そんな残虐な、狂気じみた犯罪を行なった悪魔の姿を、十年前にこの地で出会ったあの子供の面影に重ね合わせることが、どうしても拓也にはできなかった。

「その首――頭部は？　処分してしまったんですか」

「旦那さまが、どこかに」

項垂れた邦江から、自分のとなりに坐っていた遙佳のほうへ、拓也はそろりと視線を移した。彼女もまた血の気の失せた顔で、表情を凍らせている。相当に大きなショックを受けた様子だった。

「悠木さん」

遙佳が云った。

「その亜希が、生きてるんでしょう？」

「そう。――そういうことです」

「今、どこに？」

「現在の問題はそれですね」

努めて冷静な口調を保ちつつ、拓也は答えた。

「森の中……いや、この家のどこかかもしれない」

「この家？」

「ありえない話じゃないと思う。これだけ広い家なんだ。――ねえ、邦江さん。使ってない部屋とか、ここにはたくさんありますよね。そこに亜希が隠れているとは考えられませんか」

「そんな――」

邦江は顔を上げ、怯えきったかぼそい声で、

「そんな、めっそうもない」

「今から家中の部屋を調べたほうがいい」

と、拓也は真剣に云った。

「それで見つからなければ……」

壁に掛けられていた大きな振子時計が、午前四時の鐘を打った。そのとき——。

家の外から、車のエンジンの音が聞こえてきた。

「旦那さまだ」

佐竹周三が声を上げ、妻と目を見合わせた。これまでとは異なる緊張が、二人の顔をこわばらせた。

7

「お引き取り願いましょう」

にべもなく、円城寺隼雄は云った。

「雅代の件も克之の件も、私がそれなりの取り計らいをします。つまらない心配はせず、帰って自分の勉強に専念すればよろしい」

玄関ホールにて——。

出迎えた者たちの中に拓也の姿を認めるなり、洋館の主人はそう云ったのだった。わずかな驚きも表に出さない。唇を冷たく引きしめ、射るような鋭い目つきで〝部外者〟を見すえる。

「あのですね、円城寺さん」

口を開く拓也から目をそらして彼は、並んで立つ佐竹夫妻に向かって、

「伝言を聞いて電話したんだが、誰も出なかったな。十二時ごろだったが」

咎めるような厳しい声で云った。

「あ……は、はい」

邦江がしどろもどろで頭を下げる。

「申しわけございません」

十二時といえば、皆が屋根裏部屋にいた時刻である。

「円城寺さん」

拓也は思いきって声を強くした。

「そのとき、僕たちは屋根裏部屋にいたんですよ。だから、電話の音が聞こえなかったんでしょう」

「なに？」

隼雄は眉を吊り上げた。拓也の顔に目を戻し、それから項垂れた使用人たちをねめつけて、

「どういうことなんだ、佐竹」

「――申しわけございません」

弱々しい声で、邦江が応じた。

「この方が、すべては亜希ぼっちゃまの仕業だと……そうおっしゃるものですから、私どもはもう、恐ろしくて」

「事情は聞きましたよ、円城寺さん」

拓也は云った。

「亜希くんの件です。行方不明になっている彼が、実はあの部屋に隠されていたと」

「何を云う」

内心の動揺は当然あっただろう。だが、隼雄はあくまでも冷然と切り返してきた。

「何の話だか、私にはさっぱり分からないね。亜希のことを知っているようだが、ふん、確かにあれは、去年の夏から行方不明になったままだ。ひどい事件に巻き込まれてね」

「佐竹さんたちが全部、話してくれたんですよ。しらばっくれるのは……」

「何かの間違いでしょう」

「べつに僕は、あなたが亜希にした仕打ちをどうこう云いたいわけじゃありません。刑事でも探偵でもありませんから。でもね、去年の八月、あの部屋の窓から落ちて死んだと思われている亜希が、実は生きているんですよ。ご存じないでしょう？」

　この言葉には、さすがに隼雄も顔色を変えた。拓也は続けて、

「さっき佐竹さんが、裏庭を掘ってみたんです。あの鹿の像の下を。掘り出された木箱の中には、亜希の死体がなかったんですよ」

「なにぃ？」

「亜希は生きている。い、い、いる。それが問題なんです。実矢くんと麻堵くんはそのことを知っている。亜希はどこかに身を隠していて、ときどき弟たちと会っている。さらに……」

　雅代の転落死事件における不審点や克之が行方をくらました状況などを、拓也は手短に説明した。

「すべては亜希の仕業かもしれないんです。もしも円城寺さん、あなたが判断したとおり、彼が精神(こころ)に何らかの悪(あ)しき異常を持っているんだとしたら、そして一連の事件に手を下しているんだとしたら、これは非常に危険な事態なんじゃないですか」

円城寺隼雄は秀でた額に深い皺を作り、しばらく黙って立ち尽くしていた。

佐竹夫妻の溜息が何度も落ち、重苦しい空気を震わせた。遙佳は拓也の背後に隠れるようにして、雇い主の反応を見守っていた。

「悠木くん」

やがて、円城寺家の主人は云った。

「やはりきみは、何か誤解していますね」

「円城寺さん」

「佐竹たちが何を喋ったか知らないが、そんな戯言を信じてもらっては困りますね。悪いが、今すぐお引き取り願いましょう」

「そんな……あなたはまだ、そんな」

「この家の主人は私だ。部外者のきみに、あれこれ云われる筋合いはない」

隼雄の声が、怒りを帯びたように高く険しくなった。

「さっききみが云ったようなことは、すべて根も葉もない作り話だ。帰って、二度ともうここには近づかないでいただきたい。はっきり云って、私は迷惑だ」

「しかし……」

「滝川さん」

と、隼雄は遙佳のほうを見やり、

「あなたもそうです。もしもあなたが、悠木くんの妄想を少しでも信じるのなら、申しわけないが、ここから出ていってもらいます」

「円城寺さん、でも……」

遙佳が云い返そうとするのを、拓也が手を挙げてさえぎった。

「あくまでも何もなかったことにしたいと、そうおっしゃるのですか」

「何もなかったことに？　――そう。何もありませんよ、この家にはね。それが事実なのです」

「雅代さんや克之くんの件は、どうするつもりなんですか。警察の捜査は免れませんよ。そのときに僕が……」

「穏やかな話じゃないな」

隼雄は肩をすくめ、子供に説いて聞かせるような調子で云った。

「しかしね、悠木くん、きみと私では社会的な立場が違う。持っている力も違う。あまりにも違うんだよ。そのあたりの問題を、もう少し賢明に考えてみるべきだろう」

「社会的立場？」

「これでも私は、けっこう各方面から信用されている人間なんですよ。その信用は、一介の学生の告発でそうやすやすと揺らぐものではない。どうかするとね、かえってきみのほうが傷つく結果になる」

　雅代の死も克之の行方不明も、彼の「社会的な立場」と「力」をもってすれば、波風の立たないよう処理することなど造作もない、と云いたいのか。たとえ拓也や遙佳が、自分たちの知った〝事実〟を警察に訴えたとしても、それを退けるくらいのことはやはり造作もない、と？

　拓也は返す言葉をなくし、佐竹夫妻のほうを見た。彼らはじっと顔を伏せたまま、何も云おうとしない。

　恐れている。

　先ほどまでは一連の事件と「生き返った亜希」に対して向けられていた恐れが、今は完全に、この主人に対する畏怖に取って代わられている。円城寺隼雄の態度と言葉には、それほどに圧倒的な強さと威厳があるのだった。

「佐竹」

　隼雄が云った。

「私の考えに間違いはあるかな」

　二人は揃って首を横に振った。

「よろしい」

隼雄は腕時計をちらりと見てから、

「さあ。お引き取りください」

有無を云わせぬ力を込めて、拓也に命令した。

「いいですね。さっき自分が云ったことは忘れなさい。そうするのが何よりも、きみのためなんだから」

第9章　祈りの朝

麻堵。麻堵

……あ、なあに？　どうしたの？

起きるんだよ。もう明るくなってきたんだ

眠いよ、ぼく

パパが来たんだよ、もう

ええっ

あっちゃんが待ってるよ。早く起きて。もう行かなきゃ

う、うん

パパは、佐竹のおじさんたちと話してるんだ。食堂にいるんだ

おにいさんは？

帰っちゃったみたい。だから、いいかい？　ぼくはこっそりママを連れ出していくから、麻堵はすぐにおにいさんのうちへ行くんだ

うん

何て云うかは分かってるね

――うん

よし。じゃあ、早く……

1

円城寺家の主人は厳しい拒絶の態度を崩さず、拓也は追い出されるようにして洋館から出た。遥佳に声をかけるいとまするなかった。

鼻先でばたんと閉められた玄関のドアの前で、しばし唇を噛んだ。口惜(くちお)しさ、疲労と脱力感、そして抑えがたい胸騒ぎ……それらが綯(な)い交(ま)ぜになった気分で、悄然(しょうぜん)と佇んでいた。

外はもう夜明けだった。

輝きを失いつつある月が、西の空の端にまだ浮かんでいる。東の空には、妖しい赤紫色の朝焼けが広がっていた。森をざわめかせる強い風に、朝焼けは天気が崩れる前兆、という子供のころからの知識が頭をもたげる。

拓也は仕方なく自分の車に乗り込んだ。

ここはいったん退散しよう。退散して、作戦を練ろう。

悔しまぎれにそう云い聞かせてみたものの、いったい何を目的として、どんな「作戦」を練れば良いのか。

部外者に首を突っ込まれる筋合いはない。迷惑このうえない。——円城寺隼雄がそう云うのは当然だろう。「社会的立場の違い」というのも、そんな言葉で切り捨てられるのは悔しいけれど、確かにある。たとえそこに何らかの犯罪的な行為が存在したとしても、彼にとって拓也は無力な「一介の学生」でしかない。

そんなことは最初から分かっていたのだ。伯父にも釘を刺されたではないか。

それでもなお、円城寺家の秘密に迫るため、あの臆病な使用人夫妻をあんなふうに問いつめたのは——あれは、いわゆる〝正義感〟が取らせた行動だったのではないように思う。といって、単なる好奇心だけで動いたのでもない。

自分は一連の出来事に対して、必ずしもまったくの部外者ではない。——拓也はそう感じていたのだ。

（だから……）

遙佳との関係とか、実矢と麻堵への関心とか、そのようなレベルの話ではなく……自分は関わっている、いや、関わってきたのだ、と。

（だから……）

すべての中心にいる、亜希という少年。彼との出会い。——そうだ。十年前の夏の、あのときから。

改めて、現在と過去のあいだを隔てた壁を見つめる。

（……どうしてだろう）

どうして——どのようにして、僕は関わってきたというのか。

別荘に帰り着くと、拓也はリビングのソファにぐったりと腰を落とし、立て続けに何本か煙草を吹かした。

これから僕はどうするべきか。遙佳はどうするのだろうか。

それなりの取り計らいをする——と、円城寺隼雄は云った。少なくともうわべは自信たっぷりの顔で、冷静な声で、そう云った。

しかし——と、拓也は思う。雅代と克之の事件をみずからの「力」で穏便に処理できたとしても、いったい彼は、亜希をどうするつもりなのだろう。亜希はどこかに身を隠している。それを見つけ出し、またあの屋根裏部屋に閉じ込めてしまうつもりだろうか。亜希の生存をずっと「秘密」にしつづけてきた実矢と麻堵は、そうしてどんな仕打ちを受けることになるのだろう。

亜希。——彼は今、どこにいるのか？

その疑問をふたたび思い浮かべてみて、拓也はふと不審を覚えた。

さっきは佐竹夫妻を相手に、亜希はこの近辺のどこかに隠れ住んでいるのだ、と云った。もしかするとあの家のどこかにひそんでいるのかもしれない、とも指摘した。けれども実際問題として、それはどうだろうか。

確かにあの家は広い。少年が一人、身を隠しつづけるのも容易だろう。だが、去年の八月に亜希がいったん〝埋葬〟されてからきょうまでの一年間、住み込みの佐竹夫妻にまったく気づかれないでいることが、果たして可能だっただろうか。

かといって、この近辺の、たとえば森の中にひそんで一年を過ごすのは、よりいっそう困難ではないか。

屈強な山男ならばともかく、亜希はまだ十四歳の少年なのだ。ある種の〝狂気〟が時として、想像を超えた力を人間にもたらすと考えるにしても、この場合は相当に無理があるように思える。

とすると――。

どこかに何か、隠れ家のようなものがあるのかもしれない。雨や風、寒さを凌げるような場所が。

「隠れ家、か」

呟いて、拓也はソファから立ち上がった。

亜希はこの一年、基本的にその「隠れ家」に住んでいた。そのうえで、佐竹夫妻の目を盗んでときどきあの洋館に忍び込み、食料その他の必要品を調達していた。

「ああ……そうだ」

心の奥のもやもやの中から、そのとき迫り出してきた記憶があった。

「確か、あの……」

拓也はふらふらと窓辺に向かう。湖を取り囲んだ森の緑に目を投げる。

十年前のあの日――。

あの森の中で出会った四歳の子供とともに拓也は、激しい雨から逃れて何か古い建物の中に入ったのだ。薄暗い空間。窓の外で轟く雷鳴。蒼白い稲光。天井の高い、何だか寒々とした……そんな場所が、そうだ、あったのだ。

朝靄のかかった姫乃湖。

風に波立つ動きとともに、鈍色の湖面が朝陽をきらきらと反射する。その光が眩しくて目の上に手をかざした、そのとき——。

ちょうど窓から見て真正面の、湖岸に近い水の中で、何か場違いな色が揺れているのに気づいた。

赤い色だった。

朝焼けを映した水の色ではない。もっと濃い色の、もっと形がはっきりした、あれは……。

拓也は窓を開けた。身を乗り出して、その色に目を凝らす。

赤い——あれは、服ではないか。

（赤い服!?）

心の中で叫ぶや、拓也は窓から直接、外へ飛び出した。

2

岸辺から一メートルばかり離れた水面に、それは浮かんでいた。

赤い色はやはり、服の色だった。赤い半袖のシャツである。

(――克之？)

拓也は身を凍らせた。

安達克之に会ったことはない。顔立ちも体格も知らないけれど、彼が一昨夜、赤いシャツを着ていたという話は、遙佳から聞いていた。

(克之の死体だ、あれは)

胸を弓なりに上へ反らしたような姿勢で、水の動きに合わせてゆらゆらと漂っている。水中に両腕と両足の影が見える。そして、その頭部……。

反射的に口を押さえた。おぞましさに低く喉を鳴らしながらも、拓也は岸辺で身を屈め、さらに目を凝らした。

頭はこちら側にある。

水中に没しているため、細部まではきちんと見て取れない。が、その顔面がどういう状態なのか、ある程度は窺い知れた。

赤い肉の色が見える。大きな傷口があるようだ。あれは額のあたり、だろうか。

ということは、克之はやはりあの崖の下で、あそこに落ちていたあの石によって殴り殺されたのだ。そうして犯人は、死体をこの湖に遺棄した。

その死体がこうしてここまで流されてきて、いま自分の目の前に浮かんでいる。そんな偶然を驚くよりも先に拓也は、澄んだ水を透して見える死体の顔面に、さらなる一つの特徴を発見した。

額の傷だけではない。もう一つ何か、赤い穴のような影が見えたのである。

深く肉を抉（えぐ）られたような、その穴。その位置は……。

「……目だ」

拓也はわれ知らず、声を落としていた。

「目が……」

正確な観察の結果ではない。直感と連想が、彼にそれを知らせた。

あの死体には、目がない。死体から片方の目が抉り取られているのだ、と。

拓也が認めた現在（ヒトツハ――）は、このときようやく、けれども一気にみずからの経験した過去と呼応し（ヒトオオカミノメダマ、ヲ）、直結した。

心がすうっ、と引かれていく。

過去へ。十年前の、あのときへ――。

眼前に浮かぶ死体。その生理的なおぞましさも、それにどう対処するべきかという問題も、さっきまでの脱力感や苛立ちも……すべての〝現在〟が、一瞬にして〝過去〟に呑み込まれてしまう。

聞こえるのは、轟く雷鳴だった。地を打つ雨の音だった。——薄暗い建物の中。見えるのは、怯えた幼い子供の顔だった。

……円城寺亜希、だ。

森で迷子になっていて偶然、拓也と出会った。激しい夕立に見舞われ、あの古い建物で雨宿りをした。——怯えきっていた。拓也が何を話しかけても、表情を硬くこわばらせ、ほとんど口を開かなかった。あげくの果てに、雨の中を一人で帰るなどと云いだした。

『——帰る』

（……だから）

だから、あのとき……。

亜希の声が聞こえる。

『待てよ。外、すっごい雨だぞ。雷が落ちてきて、死んじゃうぞ』

当時十二歳だった、自分の声も。

『だって……』

『夕立だから、もうちょっと我慢してたらやむさ』

『…………』
『弱ったなあ。そんな、泣きそうな顔するなよ。——よし。それじゃあね』
拓也は云った。
『それじゃあ、僕が面白い話、聞かせてやるから。な？』
『——どんなお話？』
『聞きたいだろ。よしよし。じゃあ、おとなしく聞くんだぞ。いいかい？』
そうだ。そして、拓也は話してやったのだ。
『ええと、昔むかし、ある遠い国でのこと……』
拓也は亜希に話してやったのだ。
あのころ自分がそこで遊んでいた、空想の国の物語を。

3

円城寺隼雄は内心、途方に暮れる思いでいた。
きのう雅代が電話をしてきたときから、何となくいやな予感はしていたのだ。克之の姿が見えない、警察を呼んで探してもらう、と雅代がまくしたてるのをなだめるのに、かなりの苦労を要した。

自分の留守中、この家に警察の人間を近づけたくはなかった。もっとも、見られてまずいものといえば、家具を置いたままの屋根裏部屋くらいで、これについてはいくらでも云いわけが利くと思っている。――にしても、やはり強い抵抗があった。気の触れたわが子を世間から抹殺しようとしたおのれの行為、その結果あの子を死なせてしまい、妻の精神をも狂わせてしまったという事実に、隼雄にしても拭いがたい罪悪感を抱きつづけていたからである。

そういった彼の心中は、雅代も充分に心得ていたはずだ。克之もまた、亜希を巡る秘密を母親から聞かされていたようだった。そのせいでこの一年、ずいぶんあの二人には好き勝手な真似をされてきた。

だから昨夜――といっても四時間ほど前だが――、出先から帰って佐竹からの伝言を聞いたとき、愕然とする一方でささやかな安堵を覚えたのも確かだった。

雅代が死んだ。二階のバルコニーから落ちて、首の骨を折って。

折り返し電話をかけたが、誰も出なかった。佐竹が自分に無断で警察を呼ぶことはあるまい、とは思ったが、それでも不安は抑えがたかった。

克之が無事に帰ってきたら、母親の死を知ってどんな行動に出るか分からない。家庭教師の滝川遙佳の目も気になる。電話がつながるのを待つ時間ももどかしく、とるものもとりあえず車を飛ばしてきたのだったが……。

悠木拓也を追い返し、遙佳を自室に戻らせたあと、食堂で佐竹周三と邦江を叱りつけた。叱って、今さらどうなるものでもなかったが、そうでもするしかなかった。

二人は怯えきっていた。その怯え方は尋常ではなかった。これまで心に溜め込んできたさまざまな感情が、恐怖という形で一気に噴出したようだった。

ひたすら隼雄に対して謝罪しながらも佐竹は、拓也が云ったことは本当だ、と声を震わせた。

姿を消した克之を巡る不審事。雅代の死体から手指の爪が一枚、剝がされていたこと。ハツ子の狂乱。とうとう耐えられなくなって掘り返した裏庭の〝墓〟から、亜希の死体が消えていたこと。……

亜希は生きているのだ――と、佐竹も邦江も信じて疑わぬ様子だった。

莫迦な、と初めは思った。けれども、空っぽの〝棺〟と爪を剝がされた雅代の死体を自分の目で確認した時点で、隼雄もそれを信じざるをえなくなった。

亜希が――あの子が、生きている。生きていて、その精神に宿った狂気の命じるままに、何か恐ろしいことを行ないつつあるのだ。克之の行方不明。雅代の変死。遡れば、この四月の朝倉かおりの死も……？

想像して強い眩暈（めまい）を、さらには吐き気をも覚えた。

（どうしたらいい？）

自問は空まわりするばかりだった。

（どうしたら……）

雅代の死を穏便に処理するのは、隼雄にとっては簡単なことである。こちらの要求に合わせて死亡診断書を書いてくれる医師なら何人もいるし、あらかじめ手をまわしておきさえすれば、警察の動きも抑え込めるだろう。克之の行方不明についても同じだ。打つ手はいくらでもある。——しかし。

問題は亜希だ。

仮に亜希を見つけ出し、捕えることができたとして、そのあといったい自分はどうしたらいいのか。ふたたびあの子を、どこかに監禁してしまわねばならないのか。

亜希は恐ろしい子供だ。

隼雄はずっと、亜希のことを——あの子が自分の息子であることを恥じ、憤り、そして恐れつづけてきた。ずっと……あの子がむかし最初の〝罪〟を犯して以来、ずっと。

いくつもの忌まわしい事件があった。その一つ一つは、あるいはよくある〝悪戯〟や不幸な〝事故〟で済ませられるものだったのかもしれない。けれどもそれらが一つずつ、あの亜希という子供の手によって重ねられていくごとに、隼雄の不信は大きく膨らんでいった。

だから一年前、双葉山でのあの惨殺事件のとき……。

ただ一人「行方不明」になった亜希が、あの事件の犯人なのではないか。そんな声を上げる者は、捜査陣にはいなかったという。十三歳の少年が単独で行なうには、あまりにも事件が残虐すぎ、異常すぎたからである。

だが、隼雄にしてみればそうではなかった。

亜希が友人の頭部をリュックサックに入れて、茫然自失の状態でこの洋館に辿り着いたという知らせを受け、隼雄は最悪の事態が発生したと思った。亜希の精神(こころ)にひそむ〝邪悪〟が、とうとう狂気じみた暴力を爆発させたのだ——と考えた。それだけ強い疑いを、恐れを、そのときすでに彼は亜希に対して抱いていたのだ。

亜希は何も喋らなかった。

あの山中で何が起きたのか。なぜ死体の頭部を持ち帰ったりしたのか。——いくら訊いても、まったく答えようとはしなかった。あのとき、明らかに亜希の精神は正常ではなかった。この子は狂っているのだ、と確信した。

そして隼雄は、亜希を「行方不明」にしたまま、社会から抹殺してしまう途を選んだのだった。

香澄やハツ子は、それに反対した。しかし隼雄には、事実が公になったとき自分が、家族が、円城寺家がこうむるであろう社会的なダメージを考えると、そうするしか方法がないように思えた。自分の息子が気の狂った殺人犯であると知られるくらいなら、いっそ自分の手で息子を殺してしまったほうが……とさえ思った。

香澄とハツ子の反対を押し切り、隼雄は亜希をこの家の屋根裏部屋に閉じ込めた。佐竹夫妻と、たまたまあのときここに来ていて事情を知ってしまった雅代には、固く口止めをした。

実矢と麻堵にも、絶対に亜希のことを他人に云ってはならない、と厳しく云い聞かせた。何が起こったのか、どういうわけで亜希が監禁されてしまったのか、正しくは理解できなかっただろうが、二人はその云いつけに従うと約束した。

やはりあのとき、ああいう選択をしたのが間違いだったのだろうか。

あのあと一ヵ月もしないうちに、亜希が窓から落ちて死ぬ事件が起きた。遺体はひそかに庭に埋めるしかなかった。ところが、それ以前からかなり情緒が不安定になっていた香澄は、事件のショックであんなふうに……。

とにもかくにもしかし、それですべては終わったはずだったのだ。

まさか、あのとき死亡した（と思った）亜希が実は仮死状態にあっただけで、〝埋葬〟した夜に息を吹き返していようとは。そうしてどこかに身を隠し、きょうまで生きつづけていようとは。——そんな突拍子もないことを、いったいどうして想像できただろう。

とにかく亜希を探し出さねばならない。なおかつ、秘密を知ってしまった悠木拓也と滝川遙佳には絶対に黙っていてもらわねばならない。どんな手段を講じてでも。

時刻は午前五時になろうとしていた。

怯え、憔悴した使用人夫妻を部屋に帰すと、隼雄は二階へ上がり、香澄の部屋に向かった。雅代の転落死のあと、取り乱した香澄はとなりの部屋に移され、そこで休んでいるという話だった。

ひどい父親、ひどい夫……。

昏迷状態に陥った精神の中で、彼女は私を呪いつづけているだろうか。

——どうしてあなたは、亜希を信じてあげられないのですか。

何度も彼女はそう云っていた。哀しみに満ちた声で、まなざしで。

だが、彼女にしても、わが子を愛するその心の一方では、同じ強さで恐れてもいたはずなのだ。亜希という子供の中にあって、どうしても自分たちには理解できないもの——そこに見出(みいだ)してしまう忌まわしい影を。

何がいけなかったのだろうか。

隼雄は香澄を愛した。彼女は隼雄を愛し、この烏裂野の森を愛した。二人は息子の誕生を喜び、その子を愛した。ところが……。

なぜ、どこで、歯車は狂いはじめたのだろう。なぜ亜希は、あんな子供に育ってしまったのだろう。

——あなたが亜希をそんな目で見るから、あの子はどんどん心を閉ざしていくのです。

しかし実際、亜希は〝問題のある〟子供だったではないか。

——あなたは子供に厳しすぎます。

厳しくしなければ、亜希は何をしでかすか分からない。そう思ったから……。

——実矢や麻堵に対しても、です。

亜希のようになってはいけないから。亜希と同じ血を引いた(私の、そして香澄の血ではないか。なのに……)あの子たちが、亜希と同じような〝問題〟を起こさないように。

この点に関して、隼雄は非常に頑なだった。そして香澄は、ときに苦言を述べることはあっても、基本的にはすこぶる夫に柔順な妻でありつづけたのだが……。

邦江から聞いた部屋のドアを開ける。

誰に対しても厳格な態度を崩せない隼雄にとって今、途方に暮れた心のうちを見せられる相手は香澄だけだった。いくらそうしてみても、もはや何も反応を示さない彼女だけ……。

「……香澄」

部屋に一歩、踏み込んだところで隼雄は声を詰まらせた。

香澄の姿がないのだ。

一瞬、部屋を間違えたのかと思ったが、そうではない証拠が目に入った。ベッドに人が寝ていた形跡がある。

香澄がいない。

どうして彼女がいないのか。それがいったい何を意味するのか。——考える余裕もなく、隼雄は廊下に飛び出した。

4

ノックもせず、円城寺隼雄が部屋に入ってきた。

「滝川さん」

「滝川さん。香澄が……」

遙佳はベッドの端に腰かけ、眠ることもできず物思いにふけっていたのだが、およそ自分が知っている円城寺家の主人らしからぬ、そのうわずった声に驚いて立ち上がった。

「奥さまが、どうか」

遙佳が訊くと、

「香澄がどこへ行ってしまったか、知りませんか。部屋にいないんだ」

そう云って、隼雄は室内を見まわす。

「部屋にいないって、そんなはずは……」

わけが分からず、遙佳は首を振った。

「部屋、いつものお部屋じゃないんですよ。雅代さんの事故のあと、となりに」

「その部屋にいないのです」

と、隼雄は声を高くした。

「お手洗いでは？」

「いませんでした。もとの部屋も見てみたが、どこにもいない」

「そんな」

「どこへ行ったか、知らないんですね」

隼雄は喰ってかかるように問う。

「心当たりはありませんか」

「いいえ」

遙佳はまた首を振って、

「自分勝手に外へ出られたこと、前にもあるんですか」

と問い返した。

「いや。この一年、そんなことは一度も」

「もしかしたら――」

遙佳は思いつくままに云った。

「ゆうべあんな事故を目撃されて、そのショックで」

「ショックで、正気に戻ったと？」

「正気かどうかは分かりません。でも奥さま、すごい声を上げられたんです。それに、あのときの足音が亜希くんだったとしたら」

「足音？　亜希の？」

「あのときわたし、一階のホールにいて、二階から駆け降りてくる足音を聞いたんです。ぱたぱた……って、子供が走るみたいな。悠木さんは、それは亜希だったのかもしれない、亜希が雅代さんを突き落として逃げてきたのかもしれない、って。だから奥さまは、死んだはずの亜希くんの姿を見て……」

「何てことだ」

隼雄は憮然と声を落とした。

「まさか、香澄は亜希を探して……亜希に会いたくて、どこかへ？」

頷いていいものかどうか、遙佳には分からなかった。

「円城寺さん」

遙佳は云った。

「とにかく家の中を探してみましょう」

5

円城寺隼雄は例の屋根裏部屋を見にいき、遥佳はまっすぐ階下へ向かった。佐竹夫妻に応援を頼むためである。

階段を駆け降り、夫妻の部屋へ向かおうとしたが、そこで遥佳は方向を変えた。その前にまず実矢と麻堵の様子を見にいこう、と思いついたからだ。

もしかすると香澄は、二人の息子たちのところへ行っているのかもしれない。たとえ香澄がいなかったとしても、あの二人を問いつめれば、亜希が今どこにいるのか分かるのではないか。

長い廊下を、強い胸騒ぎに急き立てられるような気持ちで駆けた。

実矢と麻堵の部屋は、廊下の中ほど右手に並んでいる。手前が麻堵、奥が実矢の部屋だ。

時刻は午前五時過ぎ。普段なら二人とも、まだ眠りこけているはず——。

こんな時間に起こしてしまうのは可哀想だろうか、とも思ったけれど、そんな気を遣っている場合ではない。遥佳は麻堵の部屋のドアをノックし、返事を待ちもせずに開いた。

薄手の黄色いカーテンを透して射し込む早朝の光で、室内は廊下よりもずっと明るかった。

「麻堵く……」

声を途中で止め、遥佳は中へ飛び込んだ。

麻堵がベッドにいないのだ。ベッド以外の家具は勉強机と整理箪笥があるだけで、どこにも身を隠すようなスペースはない。

「麻堵くん」

それでも遥佳は、少年の名を呼んでみた。

「いないの？　麻堵くん」

トイレにでも行ったのだろうか。それとも……。

慌てて麻堵の部屋から出ると、となりの実矢の部屋に、今度はノックもせずに踏み込んだ。

（——いない）

そこにも少年の姿はなかった。

（どういうこと？）

（二人とも、いったい……）

遙佳は呆然と佇み、誰もいない子供部屋の内部に視線を巡らした。

香澄がいなくなった。実矢と麻堵も部屋から消えた。――いったい何が起こったのだろう。何が起ころうとしているのだろう。

まずは隼雄に知らせなければ。佐竹夫妻も呼び起こさなければ。

踵を返そうとして遙佳は、ふと実矢の勉強机に目をとめた。机のいちばん下の抽斗（ひきだし）が、半分ほど開いたままになっている。

どうしてこのとき、それがそんなに気になったのか、自分でもよく分からない。何となく不審に思って、とでも説明するしかない。

遙佳は机に歩み寄り、抽斗の中を覗き込んだ。

八つ切り大のスケッチブックが一冊、そこには入っていた。灰色のその表紙の真ん中に並んだ横書きの文字列を見て、不審に好奇心が加わる。

吸い寄せられるようにその文字列を見つめながら、遙佳は抽斗からスケッチブックを取り出した。

魔法使いと人形王子

れている。

これは、何だか本の題名のようだ。あまり上手ではないが、いちおう明朝体のレタリングで記されている。「魔法」という漢字には、平仮名で「まほう」とルビが振られている。

(――これは?)

実矢が書いたものだろうか。

最初はそう思った。

あの子がこんなスケッチブックを使っているのを見たことはない。けれど、表紙のこのレタリングはどう見ても手書きだし……。

開いてみた。そして、そこに描かれた絵と、その絵に添えられた文字を目にして、ようやく遙佳はこれが誰の手に成るものなのかを悟った。

(実矢くんの字じゃない)

筆跡が違うのだ。とても丁寧に、大きさを揃えて記された几帳面な文字の群れ。麻堵の字ともまるで違う。ということは――。

(亜希、の?)

そうだ。これはきっと、亜希が書いたものなのだ。亜希が書いた字、亜希が描いた絵……。

人狼（ひとおおかみ）は、満月の夜になると毛むくじゃらの狼（おおかみ）の姿に変身します。

そして、若い女の人をおそうのです。


遙佳が開いたページに書かれているのは、そんな文章だった。

同じページに、「変身」しつつある「人狼」の絵が描かれていた。歪んだ唇のあいだから鋭い牙を剝き出し、身体にはびっしりと黒い体毛が……という、おぞましい怪物の絵である。

クレヨンとカラーペンで描かれたその絵は、決して技術的に優れたものではなかった。が、つたないだけにかえって、異様な迫力がある。

亜希はよく気味の悪い絵を描いていた、と邦江が云っていた。確かにこの絵は気味が悪い。しかしこの、物語調の文章が添えられた体裁……単なる絵ではない。これは亜希が作った〝絵本〟なのだ。

遙佳は息を吞み、スケッチブックのページをめくっていった。

——人狼と若者が戦っている絵。

——倒された人狼。倒した若者が、その死体の顔から目玉を一個、抉（えぐ）り出そうとしている絵。

（なに？　これ）

稚拙なタッチで描かれたその残忍な光景に、眉をひそめる。

文章を読んでストーリーを追っていく余裕もなく、遙佳は先のページに進んだ。

次に現われたのは、醜い顔の老婆だった。黒ずくめの不気味な服装。杖を握った手の指には、真っ赤な長い爪が伸びている。吊り上がった細い目と、極端に大きく描かれた鷲鼻……。

「魔女」だろうか、これは。

（……この顔）

気づいて遙佳は、はっと目を見張った。

（この赤い爪）

（爪……）

頭の中で、いくつも小さな火花が飛ぶような感覚。

（これって、いったい……）

さっきと同じ若者が、この「魔女」と対決する。そして——そして……。

「ああ……」

さらに先のページにその、その絵を見つけて、遙佳はあえぐような声を洩らし、全身を震わせた。

「……やっぱり」

――倒された魔女。倒した若者が、その死体の指から真っ赤な爪を一枚、剝がそうとしている絵。

これだったんだ――と、遙佳は思った。

いいいいいいいいいい
みずからが描いたこの絵のとおり、亜希は雅代の死体から爪を剝がしたのだ。

とすると、あるいはさっきの「人狼」の絵も、一連の事件に何らかの関係があるのだろうか。いや、あの絵だけではなく、ひょっとしたらこの絵本全体が？

拓也に知らせよう、と考えを決めた。このことを今すぐ、彼に知らせなければ。

スケッチブックを小脇に抱えると、遙佳は大急ぎで部屋から駆け出した。

6

「大変なんです」

受話器を耳に当てるなり、まくしたてるような遙佳の声が聞こえてきた。

「実矢くんと麻堵くんが、それに香澄さんも、部屋からいなくなったんです。それでわたし、実矢くんの部屋で大変なものを見つけて……もしもし？　悠木さん、聞いてくれてますか」

「ああ、はい」

拓也は低く答えた。

(あの子たちと香澄さんが、いなくなった？)

(——そうか。もう行動を起こしたのか)

「大変なものっていうのは？」

「スケッチブックが、机の抽斗の中に」

「スケッチブック？」

「これ、たぶん亜希が作った絵本なんです。この中に気になる場面があって。死んだ『魔女』の爪を剝がしている場面なんです。だから……」

「ああ」

拓也は深く溜息をついた。

「絵本か。そうだったのか」

「そうだったのかって……悠木さん、どうしたんですか。何か心当たりでも？」

訝(いぶか)しげに問われたが、拓也はのろのろと重い頭を振って、

「克之の死体を見つけました」

と告げた。

「えっ」

遙佳は叫ぶような声を上げた。

「どこで？　どうして？」

「湖に浮かんでいたんですよ。この別荘のすぐ近くです」

「それじゃあ、やっぱりあの人は……」

「おとといの夜、あなたがあそこから逃げ出したあと、誰かに石で殴り殺された。そして死体は、湖に捨てられたんです」

拓也は淡々と言葉を続けた。

「克之の顔からは、片方の目が抉り取られていました」

「目が……あっ」

「その絵本に描いてあるでしょう？　目玉を抉られた人狼の絵が」

「何で、それを」

「やはりありましたか」

「ええ」

「物語はぜんぶ読みましたか」

「あ、いえ。そんな時間はなくて。たった今、見つけたばかりなんです」

「そうか。——おそらくね、その絵本の最初のほうには、主人公が雪女の髪の毛を切る場面も描かれているはずです」

「雪女の、髪の毛？」

「朝倉かおりさんの事件はつまり、それの再現だったんです」

「かおりの……ああ」

遙佳はいよいよ訝しげに、

「悠木さん、どうしたっていうんですか。何だか声の調子も変。いったい何が」

「分かったんですよ」

と、拓也は答えた。

「分かった？」

「そうです。忘れてたんだ、僕は。十年前の出来事を」

「十年前って？」

「十年前の夏に一度、僕はここへ来たことがあった。そしてあの森で、当時四歳だった亜希と出会っていたんです。そのとき——」

拓也は、先ほどからずっと焦点が定まらないまま窓の外へ向けていた目を、強く閉じた。

「僕が話したんです、亜希に。あのころ僕が空想した物語を、ね」

「物語……」

「あのころ、自分で童話を書いたりして遊んでたんですよ。その中の一つだった。他愛もない、ちょっと悪趣味なお話だったんだけど」

「じゃあ、それがこの？」

「そういうことですね」

拓也はやりきれない気分で頷いた。

「『魔法使いと人形王子』――そんなタイトル、付いてませんか」

「ええ。表紙にそう……」

「あのときの僕の話を、亜希は憶えていたんです。憶えていて、自分でそれを絵本にしていた。すべては、この僕が蒔いた種だったんです」

「でも――でも、どうして……亜希は何のために？　その童話のとおりに目を抉り取ったり、爪を剝がしたり、そんなの、やっぱり気が狂ってるとしか」

「違うんですよ」

と云って、拓也は遙佳の言葉を止めた。

「違うんだ。そうじゃなくて」

と、そこで拓也は自分の言葉を止めた。とんとん、と玄関のドアをノックする音が聞こえてきたからだ。

「おにいさん、いますか」

続いて、子供の声が。

(ああ)

拓也は強くまた目を閉じ、開いた。

(来た……)

「おにいさん、いますかぁ。おにいさん？」

あれは、麻堵のほうだろうか。

「悠木さん、どうしたんですか。悠木さん？」

受話器からは、遙佳の声が。

「ごめんなさい、滝川さん」

拓也は口速に云った。

「行かなきゃならないみたいです、僕」

「え？　どうしたんですか。行かなきゃって、それ」

「おにいさぁん」

玄関のドアが開き、少年が入ってくる。

「いないの？　おにいさん」

遙佳が「あっ」と叫んだ。

「今の声、麻堵くん？　そこにいるんですか、あの子たち。ねえ、悠木さ……」

拓也はそっと受話器を置いた。

きちんとした説明もしないで、遙佳には申しわけないと思った。けれども、この子がやってきた以上、すぐに行ってやらなければならない。そうすることが、いま自分にできるせめてものーーせいいっぱいのことなのだから。

「やあ、麻堵くん」

リビングに駆け込んできた少年に、拓也は手を挙げて応じた。初めて出会ったときと同じ、黄色いパステルカラーのＴシャツを着ている。

「お迎えかい」

「うん」

ここまでずっと走ってきたのだろう。ふうふうと息を切らせながら、麻堵は大きく頷いた。

「おにいさん、『いい魔法使い』だよね」

煙草をコインに貫通させたり、空中に消失させたり……拓也が演じるマジックは、少年たちにとって「魔法」以外の何物でもなかった。だから……。

「ああ。――そうだよ」

拓也が答えると、

「お願いします」

緊張した面持ちで、祈るような声で、麻堵は云った。

「来てください。必要なものは、四つとも集まりました」

――そう。冒険の旅から帰ってきた若者はそう云って、「いい魔法使い」の手を取ったのだ。

「行くよ」

と、拓也は応じた。

「場所は、森の中のあの建物だね」

「――うん」

「実矢くんは？」

「先に行ってる」

「お母さんを連れて？」

「うん」

「お母さんが『人魚』だと思ったんだね」

「――違うの？」

不安そうに訊く麻堵の顔を見つめ、拓也はゆっくりと首を横に振った。

「いや。いいんだよ、それで」

「…………」

「さ、行こう」

するとと麻堵は、今度はちらちらと書斎に通じるドアのほうを見ながら、

「でも」

と呟いた。

「どうしたんだい」

「『魔法の本』、持ってきてくれなくちゃだめ」

「魔法の、本……」

「いい魔法使い」は「魔法の本」を片手に「聖堂」へ向かう。――そうだ。あの物語

の中では、確かにそうなっていた。

拓也が戸惑うのを見て、麻堵はちょこちょこと書斎のドアに駆け寄った。

「ここにあったでしょ」

「——ん？」

「魔法の本、ここにあったよ」

「そうなのかい？」

麻堵は躊躇なくドアを開け、書斎に駆け込んでいく。あとを追おうとすると、何秒もしないうちに戻ってきて、

「はい。これね」

と、拓也にそれを差し出した。

「あ……ああ」

拓也はその「本」を受け取った。

“Die Städteordnung von 1808 und die Stadt Berlin”——忌々しい、あのドイツ語の原書のコピーを綴じたバインダー。

……魔法使いが持つ魔法の本には、見たこともないような、むずかしい字が書いてあります。

不思議な眩暈に、身体と心が揺れた。

(そういうこと、か)

あの日——実矢と麻堵がここへ遊びにきたとき、彼らは書斎で、デスクの上に置いてあったこのファイルを見つけたのだ。見たこともないような、むずかしい字——日本語でもない、英語でもない、しかも普通の書体ではなく、彼らにはとうてい判読できない〝ヒゲ文字〟で書かれた、この「本」を。

そして——。

拓也は麻堵に導かれ、「聖堂」へ向かった。

「物語」は、そこで終幕を迎えることになっていた。

7

電話が一方的に切られてしまって遙佳は焦ったが、ちょうどそのとき、円城寺隼雄が二階から降りてきた。

「あの屋根裏部屋にも二階のほかの部屋にも、誰もいなかった」

そう報告してから、隼雄は遙佳に訊いた。

「一階はどうでしたか。——佐竹たちは？」

遙佳はその質問には答えず、

「大変なんです、円城寺さん」

と訴えた。

「たった今、悠木さんに電話していたら……」

「彼に電話を？」

隼雄は眉をひそめ、遙佳を睨みつけた。

「勝手な真似をしてもらっては困る」

「そんなこと云ってる場合じゃないんです！」

遙佳は隼雄の視線を正面から受け、声を張り上げた。

「実矢くんと麻堵くんも、部屋にいないんですよ」

「何だって？」

「これを見てください」

と云って遙佳は、例のスケッチブックを隼雄の手に押しつけた。

「これ、亜希くんが作った絵本なんです。事件は全部、この絵本のとおりに起こっていたんです」

「亜希の絵本？　そんな……ああ、これは」

スケッチブックを開いた隼雄の顔が、目に見えてこわばった。

「確かにこれは、亜希の字だ。この絵も、亜希の……」

「勝手な真似なのは承知のうえでわたし、悠木さんに電話したんです。この絵本のことを知らせなきゃと思って。そうしたら彼、すべてが分かったって。克之さんの死体も見つけたって……」

「克之の死体？　本当ですか」

「ええ。ところが電話の途中で、あれはたぶん麻堵くんの声が」

「麻堵が？　悠木くんのいるあの家に？」

「そうです」

今さっきの拓也とのやりとりを詳しく話すのももどかしく、遙佳は云った。

「だから円城寺さん、すぐに悠木さんのところへ。彼、何だか変だったんです。とつぜん電話を切っちゃって」

「麻堵はどうして、彼に……」

隼雄の顔色はすっかり蒼ざめていた。

「実矢も一緒なんですか。香澄も？　ああ、じゃあ亜希も？」

「それが分からないんです。だから、早く」

「分かりました」

隼雄は上着のポケットを探り、車のキーを取り出した。

「とにかく行ってみよう」

8

「ここだよ、ママ」

手を引いて連れてきた香澄を振り返り、実矢はその古い建物の壁を示した。

「あそこから入るんだ」

母の手はとても冷たかった。早朝の森の空気はひんやりしていて、風も強い。母はネグリジェ姿のままで、ちょっと寒そうだ。

長い髪が風に乱れるに任せながら、香澄は虚ろな表情で、実矢が示した壁に目を向けた。

　相変わらず何も喋らない。さっき、いつもとは違う部屋で眠っていたのを実矢が起こし、こっそりと家を出てここまでひっぱってきた。その間も彼女は口を開くことがなかった。当惑のそぶりはあったが、ついてくるのを拒みはしなかった。

　実矢は半ズボンに緑色のTシャツ。必要なものが入ったショルダーバッグを肩に掛けている。

　香澄の手を引き、壁のそばまで進んだ。壁のその部分には、汚れた板切れが一枚、立てかけてあった。普段はこうして隠してあるのだ。

　板切れを取り去る。真っ暗な穴が、その後ろに現われた。

「大丈夫だよね。入れるでしょ」

　実矢は云って、身を屈めた。四つん這いになり、足のほうから穴に潜り込む。

「さ、ママ。早く」

　上半身を外に残し、母の顔を見上げた。

　香澄はぼんやりとそれを見返したが、実矢が手を伸ばしてネグリジェの裾を掴むと、のろのろと自分も身を屈めた。

「ちょっと狭いけど、大丈夫だよ。ね？　中で、あっちゃんが待ってるから」

「……………」

「あっちゃん」という呼び名を聞いて、香澄の表情が微妙な反応を見せる。摑んだ裾を強くひっぱると、実矢に倣ってその場に膝と手をついた。

礼拝堂の内部は暗かった。外よりもさらにひんやりとしていて、なおかつ異様な湿気に満ちている。

先に入った実矢は、やっとあとに続いてきた香澄の手を取って建物の中に導くと、バッグから懐中電灯を取り出してつけた。

「こっちだよ」

立ち上がらせ、足もとを照らしてやりながら、堂の中央へと進む。香澄は逆らわなかった。

実矢は母のために椅子を一脚、用意した。建物の隅に積み上げられていたものの一つだった。

「坐って。汚いけど、我慢してね」

母を椅子にかけさせると、懐中電灯の光を堂の正面奥に向けた。

土砂と瓦礫に埋もれた祭壇。斜めに陥没した床。そこに広がった浅い水たまり。ぴた、ぴたん……と水の滴る音がしつづけている。そして……。

「あっちゃん、来たよ」

と、実矢は云った。

「麻堵は？」

低く押し殺したような声が、堂内に響いた。

「もうすぐ来るよ。おにいさんを連れて」

そう云うと実矢は、母が椅子に腰かけたままじっとしていることを確認してから、肩に掛けたバッグをまた開いた。家の物置から持ち出してきた蠟燭（ろうそく）の箱を、その中から取り出す。ライターもちゃんと用意してあった。四月のあの日、朝倉かおりがここに落としていったものである。

やがて――。

暗い礼拝堂のあちこちに、たくさんの蠟燭の炎が灯された。

9

午前五時四十分。

円城寺隼雄と遙佳の乗ったベンツが、湖畔の別荘に到着した。

拓也のビートルは家の前に駐められていた。だが、玄関のドアに鍵はかかっておらず、家の中のどこにも、誰の姿もなかった。

「悠木さん、何だか様子が変でした。電話の向こうで麻堵くんの声がして、そうしたら急に、わたしにあやまって」

リビングの中央に佇んで、遙佳が云った。

「あやまった？」

と、隼雄が首を傾げた。

「ええ」

遙佳はあのときの拓也の声を思い出しながら、

「ごめんなさい、行かなきゃならない――って、確かそんなふうに」

「どうしてそれを、早く云わないんですか」

「でも、行き先は云ってくれなかったんです。だから、ここに来てみるしか」

「ううむ」

鼻の下にたくわえた薄い髭を苛立たしげに撫でつけながら、隼雄はがらんとしたリビングを見まわした。

「車は残っているから、そんなに遠くではないはずだな。しかし……」

「そうだ」

あることを思いつき、遙佳は隼雄に歩み寄った。

「円城寺さん。そのスケッチブック、ちょっと見せてください」

「これを？」

「ええ」

例のスケッチブックを隼雄の手から取り戻すと、遙佳は急いでその後ろのほうのページを開いた。

「ここに書かれている物語のとおりに、亜希は事件を起こしていったっていうんです。悠木さんは、この物語を知っていた。彼がむかし亜希に話したんだって、そう電話で云ってました。だったら……」

「彼らの行き先も、そこに書かれているかもしれないと？」

「そうです」

「私には莫迦莫迦しい話に思えるが」

「でも、ほかに手がかりがないんですよ」

遙佳の目に「いい魔法使い」という文字が飛び込んだ。

いい魔法使い。——この言葉はいつだったか、実矢と麻堵の口から聞いた憶えがある。確か彼らが、拓也のことをそんなふうに……。

冒険の旅から帰ってきた勇者は、いい魔法使いを呼びにいきました。

「お願いです」

と、勇者は云いました。

「来てください。必要なものは、四つとも集まりました」

魔法使いはうなずいて……

「ああ、これかも」

呟いて、遙佳はページをめくった。

(悠木さんはきっと、この「いい魔法使い」なんだ)

次のページに描かれていた絵は、どこか暗くて広い部屋の光景だった。炎の灯ったたくさんの蠟燭が燭台に立てられていて、主人公(?)の若者=「勇者」と「いい魔法使い」がその奥へと向かっていく。

二人は聖堂に着きました。

そこには……

「聖堂！」

と、遙佳は思わず声を高くした。

「どうしたのです？」

隼雄が驚いて、遙佳の手もとを覗き込む。

「これ……ここに書いてあるんです。悠木さんは『いい魔法使い』で、呼ばれてこの『聖堂』へ行くんです」

「………」

「あそこかもしれない」

胡散臭(うさんくさ)そうに眉をひそめる隼雄の顔を、遙佳はきっと見上げた。

「円城寺さん、あの礼拝堂です。森にある、あの古い建物。悠木さんはあの子たちに呼ばれて、あそこへ向かったのかも……いえ、きっとそうです。亜希もきっと、あの中に隠れていて……」

10

それは、古びた小さな礼拝堂だった。

灰茶色の板壁に汚れた白枠の窓、赤茶けたスレート葺きの屋根。屋根のてっぺんに立った長細い十字架。——入口の大きな黒い二枚扉だけが、いやに堂々とした趣を残している。

急な角度でめくれあがった山の斜面を背に、鬱蒼と茂る木々を両手に、それは建っていた。

(ああ……)

拓也は不思議な気分で、その建物を見上げた。

入口の扉には、長い板切れが何枚も打ちつけられている。入るな、ということだ。窓も同じようにして、ほぼ完全にふさがれている。

(これだ。ここで——この中であの日、僕は……)

昔むかし、ある遠い国でのこと……

拓也は思い出す。

物語は、その国の王子が「悪い魔法使い」によって呪いをかけられたところから始まるのだった。

呪いによって王子は、生きたまま肉体と魂を引き離されてしまう。肉体は動かないただの人形になってしまい、魂はその肉体に戻ることができず、かといってあの世へ行くこともできず、この世を彷徨いつづける。国王は嘆き、王妃はショックのあまり病の床に伏してしまうのだが……。

……王子を救う方法が、一つだけあった。「いい魔法使い」によって「悪い魔法使い」の呪いを解いてもらうのである。

ところが、その魔法を行なうためには、四つの珍しい品物が必要なのだった。

一つは、氷の森に棲むという雪女の黒髪。

一つは、魔の山に棲むという人狼の目玉。

一つは、闇の館に棲むという魔女の爪。

一つは、命の海に棲むという人魚の涙。

王子に仕え、心から慕っていた城の若者＝勇者は、この四つのアイテムを手に入れるため冒険の旅に出る。肉体に戻ることのできない王子の魂を連れて……。

こうして思い返してみると、何とも他愛ない、矛盾や破綻だらけのストーリーだった。幼児期から接してきた御伽噺や童話、漫画、ＴＶアニメ……それらの寄せ集めのような、でたらめなファンタジーである。

この話を考えたのは確か、小学校四年生か五年生のとき。『魔法使いと人形王子』

——そんなタイトルをノートの表紙に記して、つたない文章で物語を綴った憶えがある。あのノートはもう、捨ててしまっただろうか。

十年前のあの日、激しい雨と雷鳴に怯える子供の気をまぎらわせようとして、拓也はこの物語を話してやったのだ。身ぶり手ぶりを添えて語られる「勇者」と「王子の魂」の冒険譚に、子供は目を輝かせ、夢中になって聞き入っていた。

「おにいさん、こっちだよ」

建物に近寄っていった麻堵が、振り返って手招きした。

「早くってば」

「ああ、うん」

そうだ。すべては僕が蒔いた種だった。

悪意などもちろん、あったはずもない。まさかあのとき話したあの物語が、十年の時間を経て、こんな形で現実に蘇ってくるなんて、いったいどうして予想しえただろうか。真面目に責任云々を考える問題ではない。

けれども——と、拓也は思った。

あの子たちは今、僕を必要としているのだ。切実に、心からの祈りを込めて。

応えてやらなければならない。応えてやれる者は自分しかいないのだ。

たとえ、結果としてそれが、あの子たちの見ている〝世界〟を打ち砕いてしまうことになるとしても……今、これから。十年前と同じ、この建物の中で。

拓也は足を踏み出した。

11

麻堵に案内され、拓也は灰茶色の壁の下方に口を開けたその穴に潜り込んだ。

すごい湿気を感じた。冷や汗とも脂汗(あぶらあせ)ともつかぬ滴が、つーっと背中を伝う。

「麻堵かい？」

と、声が聞こえた。実矢の声だ。

「うん。おにいさん、来てくれたよ」

崩れかけた礼拝堂の内部は、弱く揺れるいくつもの光に照らし出されていた。

十年前とはまったく様子が変わっていた。その間に崖崩れに見舞われ、こうして封鎖されてしまったらしい。

積み上げられた椅子や机を迂回して、麻堵は堂の中央へと進んでいく。例のバインダーをしっかりと持ち直して、拓也は無言でそのあとに従った。

椅子の上や床のあちこちに、火のついた蠟燭が何本も立てられている。先にやってきた実矢が、「儀式」の準備をしておいたのだろう。

中央にぽつんと置かれた椅子に、白いネグリジェを身にまとった長い髪の女性が坐っていた。拓也が近づいていっても、振り向こうともしない。――円城寺香澄だ。

「ありがとう、おにいさん」

緑色のTシャツを着た実矢の姿が、そのかたわらにあった。手には懐中電灯を握っている。

「こっちへ来てください」

「あっちゃんはどこにいるんだい」

麻堵の横をすりぬけて進み出ながら、拓也は訊いた。

「あっちゃんは……」

実矢が答えかけたとき、

「あっちゃんは見えないんだ」

と、背後で麻堵が云った。

「でも、今はぼくたちと一緒にいるの。ねえ、あっちゃん？」

少しの間をおいて、

「……ああ、そうさ」

麻堵の呼びかけに応えるように、くぐもった低い声が響いた。

「姿は見えないけれど、いつも一緒だよ、おまえたちと」

(亜希の声……)

拓也は驚いて、その声が聞こえた方向に目をやった。そこには実矢がいた。

「でもね」

と、実矢の声が云った。

「もう大丈夫だよ、あっちゃん。必要なものは全部、ここにあるもの。『いい魔法使い』のおにいさんも、来てくれたんだ。だから、ね？」

「……ああ」

と、今度は麻堵のほうからその声がした。わざと低く押し殺したような声——それが、まぎれもなく麻堵の口から。

「これで、やっともとに戻れるんだな」

亜希の声は云った。と、すぐにまたその声は麻堵の声に戻り、

「ねえ、実矢。ニンギョノナミダは、もう？」

「これからだよ」

実矢は答え、椅子に坐った香澄の手を取った。

「さあママ、立って。――おにいさん、早くこっちに来てください」

（これは……）

奇怪な二人三役。その意味を、拓也は悟った。

（そうか。――そうなんだ。人形にされた「王子の魂」は、いつも勇者とともにあった。だからこの子たちは……）

「おにいさん」

と、麻堵が拓也の背を押した。

「ね、お願い。あっちゃんを助けてあげて」

拓也はそろりと歩を進めた。床のぬかるみが、ぴちゃんと音を立てる。

正面奥の、祭壇が設けられていたとおぼしき位置には、壁を突き破って流れ込んだ土砂が固まっていた。板張りの床はそこで陥没し、土砂から染み出した水が黒い大きな水たまりを作っている。そして――。

その水たまりの中に、膝を抱えるようにしてうずくまっている小さな人影が。

拓也はぎくり、と足を止めた。

（あれは……）

汚れた白いシャツに黒いズボン。うつむいている。薄暗い蠟燭の光に照らされた、赤茶けた髪。天井からぴたぴたと滴る水が、それを濡らしている。

(あれが、亜希の？)

「おにいさん、もっと前へ来てください」

と、実矢が云った。手を引かれて立ち上がった香澄は、ぼんやりと前方に目を向けたまま微動だにしないでいる。

「さあ」

促され、拓也はさらに歩を進めた。

「必要なものは、ここにあります」

そう云って実矢は、水たまりの手前に置かれていた小さな木の台を懐中電灯で照らした。

「あとはニンギョノナミダだけ」

呪いを解くのに必要な四つのアイテムのうちの三つが、そこにはあった。それぞれが透明なビニール袋に収められている。

いたたまれない気持ちで、拓也はそれらを見た。

(一つは……)

「雪女の黒髪」――この四月にこの森で死んだ朝倉かおりの、黒い髪の毛。

（一つは……）

「人狼の目玉」――安達克之の死体の顔から抉り取られていたもの。どろりと崩れ、ほとんど形を失った眼球が一個、袋の中に見える。

（一つは……）

「魔女の爪」――真っ赤なマニキュアが塗られた、安達雅代の長い爪。あの転落死体の右手中指から剝がされていたものだ。

実矢の云うとおり、「必要なもの」はあと一つ、「人魚の涙」だけだった。

拓也は実矢の顔に視線を移した。澄んだ褐色の瞳が、じっと拓也の動きを見守っている。

「実矢くん」

拓也は訊いた。

「これは全部、きみが集めたの？」

すると実矢は、ちょっと困ったような顔をして、かすかに首を振った。

「じゃあ、麻堵くんが？」

「――違います」

「じゃあ？」

「ぼくはね、助けてあげただけ。あっちゃんの魂が、ぼくの身体に入ってきて……」

「あっちゃん、か」

拓也はそっと、水たまりの中にうずくまっている亜希のほうへ視線を投げた。

「あれは？　あれが、あっちゃんなんだろう？」

「魂を抜かれちゃったの」

と、後ろからやってきた麻堵が云った。

「人形にされちゃったんだよ。だからね、助けてあげなきゃいけないの。実矢もぼくも、何も悪いことしてないよ」

「……そうさ」

くぐもった亜希の声が、実矢の口から発せられた。

「実矢と麻堵は悪くないんだ」

「ね、おにいさん」

と、すぐに実矢の声。

「できるんでしょ。あっちゃんをもとに戻すこと、おにいさんの特別な力で。魔法の本も、ちゃんとあるもの」

「いま喋ったのが、『あっちゃんの魂』なのかい」

と、拓也は訊いた。バインダーを持った手に、ひどく汗が滲んでいた。

「そうです」

実矢は頷いた。

「麻堵くんもさっき、同じような声を出してたね」

「あれもあっちゃん」

「——そうか」

拓也は実矢と麻堵の顔を交互に見つめながら、

「でもね、いいかい？　違うんだよ」

穏やかな声で、けれども強い力を込めて云った。

「きみたちは間違ってるんだ。さっき喋ったのは、あっちゃんじゃないんだよ。実矢くんと麻堵くん、きみたち自身なんだ」

「そんなこと、ないよ」

と云った麻堵の表情は、真剣そのものだった。

「あっちゃんだよ。あっちゃんがね、ぼくたちの中に入ってくるの。ねえ、実矢」

「そうだよ」

「違うんだ」

拓也は声を高め、うずくまった亜希を指さした。

「あっちゃんは人形にされたわけじゃないんだよ。そんなことが起きるのは、絵本の中の世界だけなんだ。あっちゃんは死んだんだよ。あれは、あっちゃんの死体……」

「違うよっ」

実矢が叫んだ。

「あっちゃんは死んでなんかいない」

「死、死んだのさ。去年の八月、あの屋根裏部屋の窓から落ちて、死んだんだ」

「死体じゃないよ」

実矢は美しい顔を引きつらせた。

「魂を抜かれてるだけだよ。だってね、ぼく知ってるもの。本当に死んだのなら、死体ってね、腐っちゃうんだ。学校で先生が云ってたもの。だから――」

と、亜希のほうを見やる。

「死んでないんだ。あっちゃんはね、あの本の王子さまとおんなじなんだ。――そうだろ？　麻堵」

「う、うん。そうさ」

麻堵が少し不安そうに答えた、そのとき。

それまで実矢の横にぼんやりと佇んでいた香澄が突然、前方の水たまりの中へと足を踏み出した。虚ろなまなざしをじっと亜希に向けながら。そして、

「あああ……」

哀しげな、喉に糸が絡んだような声を発しながら。

「香澄さん」

拓也は驚いて、彼女のそばに駆け寄った。ぴちゃっ、と冷たい水しぶきが飛ぶ。

「あ、あああ……」

香澄は声を発しつづけ、さらに前へ進もうとする。拓也がその腕を摑んで引き留めると、身悶えするように抵抗した。

「ああ、あああああ……」

拓也と実矢たちの会話が、彼女の心に届いていたのかどうかは分からない。けれども彼女の目は今、そこにうずくまった亜希の姿を、わが子の姿として正しく認識しているようだった。

(確かにこれは――)

拓也は悚然として、その、小さな亜希の身体を見下ろした。

（まるで、まだ生きているみたいだ）

亜希の顔。その色はぬらりと白い。半袖の開襟シャツから出た二本の腕も同様である。髪の毛も抜け落ちずに残っている。うつむいているので造作はよく見えないし、服の下の身体がどういう状態なのかも分からない。しかし少なくとも、死後一年が経過しようとしている死体であるとは、とうてい思えなかった。

屍蠟（しろう）、という言葉が頭に浮かぶ。

それは普通、水中や湿潤な土中に放置された死体について起こる現象だと聞く。ミイラと並んで「永久死体」と呼ばれるものの一つで、肉体の脂肪組織が蠟化し、腐敗を免れるのだという。このような場所での屍蠟形成は、たぶん非常に稀（まれ）な現象なのだろうが……。

香澄の抵抗が弱まった。と思うや、華奢なその身体からすうっと力が抜ける。

慌てて拓也が支えようとするのも虚（むな）しく、彼女はその場に——踝（くるぶし）ほどまである水の中に、くたりと腰を落としてしまった。

「香澄さん」

「ママ！」

「ママ……」

拓也と少年たちの声が入り乱れて響く中、彼女の口から洩れる声はかぼそい啜り泣きに変わっていく。

12

昨年の八月――。

転落死した亜希の死体は、円城寺隼雄の指示であの裏庭に埋められた。その様子を覗き見していた実矢と麻堵が、その夜こっそりと死体を掘り出した。

おそらくそれがことの真相なのだろう――と、拓也は考える。

二人はもとどおり〝墓〟を埋めておくのを忘れなかったが、そのさい墓標代わりの鹿の像の向きが、いくらか変わってしまっていた。

どうして二人はそんな真似をしたのか。

――あのときのぼっちゃんはな、何と云うか、本当にきれいな……。

屋根裏部屋の窓から落ちた亜希の死体について、佐竹はそう云っていた。

――ここの窓から落ちたっていうのになあ、首が折れたりもしてなかった。血もほとんど出てなかったし。

きっと亜希は、まるでまだ生きているかのように見えたのだ。だから——。

だから二人は、そのままひそかに埋められてしまった兄が本当に死んでいるのかどうか、自分たちの目でもう一度、確かめてみたかったのかもしれない。あるいは、そのときからすでに二人は、亜希の死を死として認めていなかった——いや、認めたくなかった、、、のかもしれない。

いずれにせよ実矢と麻堵は、そうして掘り出した死体を、兄弟三人の〝秘密の遊び場〟であったこの礼拝堂の中に運び込むことにした。

堂内の凄まじい湿気に包まれ、天井から滴る水を浴びつづける中でやがて、亜希の死体は屍蠟化していった。その状態が、実矢の持つ「死体現象」の知識とはあまりに違っていたせいもあって、二人はそれに単なる〝死〟とは別の解釈を施したのだ。つまり……。

以前から二人は、亜希に『魔法使いと人形王子』の物語を聞かされていた。遙佳が見つけたというスケッチブックの〝絵本〟は、亜希の死後、あの屋根裏部屋に忍び込んで持ち出したのか、あるいは羽根木の家のほうにあったものなのかもしれない。漫画やアニメに慣れ親しんでいない二人の心に、ある種奇怪で残酷な要素に満ちたそのストーリーは、決して小さくはないインパクトを与えたに違いない。

亜希は死んだのではない——と、二人は信じるようになった。物語の中の王子と同じように、魂を抜かれて人形にされただけなのだ、と。

わたしたちとは別の世界にいるみたい。

実矢と麻堵について、遙佳はそんなふうに云っていた。そのとおりなのだ。二人は、拓也や遙佳を含めた周囲のすべての大人たちとは異なる〝世界〟を見て、そこに生きている。

実矢と麻堵にとって、この世界はいまだ、童話で語られる夢の世界と完全には分化していないのだと思う。現実と空想——二つの〝世界〟が、二人の心の中には今なお混沌(こんとん)と同居しているのだ。

そのような未分化は、もっと低年齢の幼児であれば誰にでも見られることである。だからこれは、そうだ、父・隼雄の厳格な教育方針がもたらした弊害の一つなのではないか。同世代の子供たちがふつう接するような現実世界の〝毒〟から徹底して隔離され、純粋培養のようにして育てられてきたという、その……。

亜希は生きている——と、二人は信じた。肉体から引き離されたその魂は、常に自分たちのそばに存在するのだ、と信じた。

二人は森で、〝亜希の魂〟も仲間に入れて遊ぶようになった。時として亜希は、二人の口を借りて喋った。「多重人格」というような精神医学的な概念は、ここには必要ないだろう。むしろそれは、子供の〝ごっこ遊び〟に近いものなのではないか、と思う。

そうしてさらに、絵本の中の物語と現実が歩み寄っていく。数々の偶然と不思議な暗合が、そこにはあった。

たとえばそれは、亜希の死体が運び込まれたこの礼拝堂である。物語の中で、王子の「人形」が安置される場所もまた、城の奥にある「聖堂」なのだ。

主人公が「必要なもの」を集めて帰ってくるまでのあいだ、この「聖堂」には何人たりとも立ち入ってはいけない、という決まりがあった。それは呪いを解く「儀式」のために必要な準備段階であり、大切な「秘密」なのだった。

「ねえ、実矢くん、麻堵くん」

香澄を立ち上がらせ、水たまりの中から引き戻すと、拓也は少年たちを振り返って云った。

「怒らないから、教えてくれるかい」

麻堵が、実矢の横にすっと身を移す。拓也を見る二人の顔には、さっきまでの、ものに取り憑かれたような真剣さの代わりに、若干の戸惑いと不安の色が滲みはじめていた。

「朝倉かおりさん——前のきみたちの先生が、四月に森で死んだよね。あれも『あっちゃん』がやったことだったのかな」

「違うよ」

答えたのは麻堵だった。

「あの先生、勝手に転んで死んじゃったんだ。そうだよね、実矢」

「…………」

「実矢ってば」

「そうだよ、麻堵」

と、実矢は答えた。その同じ口から、

「……そうさ。実矢が悪いんじゃないんだ」

亜希の声が続いた。

「あのとき——」

実矢の声が云った。

「あのときぼく、一人でここへ来たんです。あっちゃんが呼んだから。そしたら先生が、あとから中に入ってきて……だめだって云ったのに、あっちゃんを見て、逃げたんだ。誰にも秘密なのに……だから、黙っててもらわなきゃと思って追いかけていったら、先生、あそこで転んじゃって」

「それで、髪の毛を？」

拓也が訊くと、実矢は怯えた顔で頷いた。

「ユキオンナノクロカミだって、あっちゃんが云いだしたんだ。あの先生、いつも真っ白な服で、髪の毛も長くて真っ黒だったから」

克之の目を抉り取ったのも、では、実矢（「あっちゃん」が乗り移っていたのだ、と本人は云うのだろうが）だったという話か。

あの夜、実矢はたまたま、克之が遙佳を襲うところを目撃した。月夜に若い女を襲う――そんな克之の姿が、少年の目には「人狼」に見えた。だから……。

その件について、そして昨夜の雅代の事件について、拓也はさらに訊いてみようとした。

彼らを責めるつもりではなかった。

いま必要なのは、この少年たちに正しく〝現実〟を見つめさせることだ。引きずられていった彼らの心を、こちら側の世界へ引き戻してやることだ。そのためにもまず、事実を正確に把握しなければならない。

「あのね、実矢くん」

拓也が云った、そのとき――。

「実矢！　麻堵！」

礼拝堂の外から、二人の名を呼ぶ大声が聞こえてきた。

「実矢！　麻堵！　ここにいるのか」

円城寺隼雄が来たのだ。

13

「パパだ」

麻堵が、実矢のTシャツを摑んだ。

「パパだよ、実矢」

「大変だ」

実矢は顔をこわばらせ、震える声で拓也に訴えた。

「おにいさん、お願いします。早くあっちゃんを助けてあげて。パパが入ってきたら、もう……」

「おにいさん！」

麻堵が声を合わせる。

「おにいさん、『いい魔法使い』なんでしょ。さっきそう云ったでしょ」

「…………」

「ママ、さっき泣いたでしょ。だからね、ニンギョノナミダも揃ったんだ。だからね、おにいさん、お願いします」

拓也は返す言葉に詰まった。

二人は必死なのだ。拓也が提示しようとする〝現実〟に心を揺さぶられながらも、どうにかして亜希を蘇らせようと懸命な願いを……。

「実矢！　麻堵！」

隼雄の声が響く。入口の扉の外から、だった。

「ママも一緒なのか。亜希もいるんだな」

「悠木さん！」

あれは、遙佳の声だ。

「悠木さん、いるんでしょう。どこから入ったの、悠木さん」

待ってくれ——と、拓也は応えようとした。

もう少し待ってほしい。もう少し……この子たちの心を僕自身の手で、何とかしてこちらの世界へ引き戻すまで、あともう少し。

みきっ、という音が、礼拝堂に充満する湿った闇を震わせた。扉をふさいだ板を、隼雄が引き剝がそうとしているのだ。

「待ってください、円城寺さん」

実矢と麻堵は、茫然と佇む香澄にしがみついていた。拓也は入口の扉に向かって、ぬかるんだ床を駆けた。

「待ってください。お願いですから」

「悠木くんか」

隼雄の声が返ってきた。

「どこから入ったんだ」

「それは……」

「なに？　どうしたんだ」

「………」

「来ないで！」

実矢の甲高い叫び声が、後ろから飛んできた。

「来ないで、パパ。帰って！」

「実矢？」

隼雄は怒鳴りつけるように云った。

「出てきなさい。すぐに出てくるんだ」

「だめだよ」

実矢は悲愴な声を返した。

「だめだよ。あっちゃんを助けるんだ」

「亜希を……何だと？　おまえたち、何をしている」

厳しく問いかけたかと思うと、隼雄はまた板を剝がしはじめた。

木が折れる音、割れる音。板を打ちつけた釘が引き抜かれる音。錆（さ）びついた機械が悲鳴を上げるような。

待ってくれ、と拓也が繰り返しても、実矢と麻堵が叫んでも、もはや隼雄は手を止めようとしなかった。そして——。

扉が勢いよく蹴り開けられた。

その衝撃で建物全体が振動し、いやな軋み音が大きく響いた。と同時に、扉の上方のステンドグラスが罅割（ひびわ）れて枠から外れ、ものすごい音を立てて拓也の眼前に降ってきた。

白い光が、荒々しく闇を切り裂いた。

強い風が吹き込んできて、蠟燭の何本かが消えた。

「亜希はどこだ」

隼雄が飛び込んできた。引き剝がした板切れの一枚を手に持っている。

「円城寺さん、ちょっと待ってください」

拓也が止めようとするのを無視して、彼はまっすぐに奥へ向かった。

「悠木さん」

続いて遙佳が入ってくる。

「何が……いったい、ここで何が」

「『儀式』だったんですよ」

拓也は力なく答えた。

「あの子たちにとっては、すごく大切なことだったんです。こんなふうにして、強引にここへ入ってきちゃいけなかったんだ。——円城寺さん、待ってください。僕の話を聞いてください」

遙佳をその場に残し、拓也は隼雄のあとを追った。だが、そのときすでに隼雄は、香澄の後ろで身を寄せ合った二人の息子たちのところまで進んでいた。

「何だ、これは」

奥の水たまりに亜希の死体を見つけて、隼雄が驚きの声を発した。

「これは、亜希か？　これは……おまえたち、何を」

「あっちゃんは死んだんじゃないの」

実矢が訴えた。

「生きてるんだよ、パパ」

「何を云ってるんだ！」

激しい恐怖に突き動かされたかのような大声で、隼雄が怒鳴った。堂内の空気がびりびりと震え、建物のどこかが、ぎりっ、と軋む。

「実矢、麻堵、おまえたちは……」

云いかけた言葉を詰まらせ、隼雄は「うぐっ」と呻いた。視線が手前の台に向いていた。そこに並べられたビニール袋の中身に気づいたのだ。

「これは――これも、おまえたちがやったのか」

「あっちゃんを助けるために、必要なものなんだ」

実矢がせつせつと声を振り絞る。

「だからパパ、叱らないで」

「何があっちゃんを助けるためだ。おまえたちは——おまえたちも、やはり……」

気が狂ったのか、と云いたいのだろうか。彼にとって嫌悪と恐怖の対象でありつづけた亜希と同じように、この弟たちもまた、と？

違う。違うんだ——と、拓也が訴える前に、

「あっちゃんが、悪いんだよ」

麻堵が怖じけづいた声で云った。

「ぼくも実矢も、悪くないの。あっちゃんが、全部」

「麻堵」

実矢の、はっとするほどに鋭い声が響いた。

「だめだよ。もう、そんなふうに云っちゃ」

「でも」

「だめだよ。ぼくらがそんなふうに云うから……だから、あっちゃんはパパに嫌われたんだ。そうなんだ」

「でも——でも……」

「ね、パパ、聞いてよ」

実矢は隼雄に向き直って云った。

「あっちゃんはね、みんなが云うような悪い子じゃないんだ。悪いのはいつだって、あっちゃんじゃなかったんだよ」

「何を云いだすんだ」

隼雄は実矢を睨みつけた。

「そんな話はいいから、二人とも外へ」

「ほんとだよ、パパ」

実矢はひるまずに続けた。

「ほんとなんだ。ずっとむかし赤ちゃんを死なせたのだって、あっちゃんじゃなかったんだよ。克之だったんだよ、ほんとは」

「そんなことがどうして、おまえに分かる」

「あっちゃんが云ってたんだ。けど、誰にも云うなって。あっちゃんがぜんぶ悪いことにしておいたら、それでみんなが怒られなくて済むから、って。ぼくがね、おでこに怪我をしたのも、そうなんだよ。あっちゃんが悪かったんじゃないんだ。ほんとはね、麻堵が棒を振りまわしていて、それが当たったの。でもあっちゃんが、自分がやったんだって。麻堵が叱られないように」

ああ、そうだったのか——と、拓也は思った。

「テスが死んだのだって、そうだよ。ぼくがテスに悪さをして、テスが怒ったの。飛びかかってきて、咬みつこうとしたから、あっちゃんが助けてくれたんだ。ほかにもいっぱいあるよ。いつもね、ほんとはぼくや麻堵が悪さをしたんだ。それを……」

父・隼雄を代表とする多くの大人たちの目には、亜希という少年の属性は〝異常〟＝〝狂気〟＝〝悪〟であると映った。それはそれで、一つの主観的事実だったとも云えるだろう。しかし少なくとも、実矢と麻堵、二人の弟たちにとっては、それは違ったのだ。

赤ん坊の件の真偽はともかく、亜希はいつも、二人を父親の恐ろしい叱責から守ってくれる存在だった。すべての〝罪〟を自分が背負い込んでしまうという、そんな悲しい方法で。

三人は同じ〝世界〟の住人だった。

父親はまったく別の世界に住んでいた。

亜希はひたすら自分の世界を守り、そこに住む弟たちを守ろうとしていた。だから実矢と麻堵は、これほどまでに強く、亜希の復活を望んだのだ。だから……。

「もういい！」

実矢が懸命に説明しようとするのを断ち切って、隼雄は怒声を叩きつけた。ぎりっ、ぎりりっ……とまた、さっきよりも大きく、長く、建物のどこかが軋む。

「そんな話はどうでもいい。云いわけはあとで聞くから、さあ、二人ともママと一緒に外へ出なさい」

「パパ」

実矢が哀願する。

「あっちゃんは悪い子じゃないんだよ。だからね、お願いだから、あっちゃんを」

「もういいと云ってるだろうが」

隼雄の声音は険しく、凶暴にさえ感じられた。強い当惑を、強い怒りによって塗り潰そうとしているかのようだった。

「いいか。よく見ろ」

荒っぽい足取りで水たまりの中へ入っていくと、隼雄はそこにある亜希の死体に右手を伸ばした。

「ああっ！」

実矢と麻堵が、同時に叫んだ。

「だめっ！」

「触っちゃだめだよ！」

「よく見ろ」

隼雄は亜希の髪を摑み、うつむいている顔をぐいと引き上げた。

「よく見ろ。これは死体なんだ。亜希は死んだんだ。いいか、二人とも」

見るもおぞましい顔、だった。輪郭こそ保たれてはいるが、ぬらぬらした白い皮膚はあちこちが罅割れている。鼻は半分がた捥げ落ち、両の目は、熱で溶けたように垂れ下がった皮膚で覆い隠されている。

「やめて、パパ」

実矢が悲痛な声を上げる。

「あっちゃんが、もとに戻れなくなっちゃうよ」

「いいかげんにしろ」

隼雄は摑んだ髪をさらにひっぱった。――とたん。

ぐしっ、とかすかな音がして、亜希の顔が前方に傾いた。髪が頭から抜けてしまったのだ。

隼雄は「うっ」と呻き、手に残った髪の毛を放り出した。傾いた亜希の顔、垂れた頭。見るまにその傾きが増し、ついには首が折れてしまう。胴体から頭部が落ち、水たまりに沈んだ。

「わあっ！」

「うわっ！」

実矢と麻堵が叫ぶ。

「あっちゃんが」

「あっちゃんの首が」

「こ、これは死体だ」

隼雄はうわずった声で喚いた。

「いいか？　これは死体なんだ。分からないのか。亜希は死んだんだ。生き返りなどしないんだ」

「ひどいよ、パパ」

「ひどいよ」

「あ、あああ……」

香澄の口からまた洩れはじめる、あえぎとも嘆きともつかぬ声。

「ああ……あああああ……」

「うるさい！」

渦巻く声の中で、隼雄はますます激しい恐慌に陥ったようだった。左手に持っていた板切れを右手に持ち替え、大きく振り上げたかと思うと、

「よく見ろ。これはただの土くれだ。見ろ！」

怒鳴りながらそれを、頭部のなくなった亜希の死体めがけて振り下ろした。ぐしゃん、と気味の悪い音を立てて、白いシャツを着た胴体が崩れる。

「やめて！」

実矢が叫び、父親の動きを止めようと飛びかかっていった。

「やめてえっ！」

「円城寺さん！」

拓也も叫んでいた。

「落ち着いてください、円城寺さん」

「やめて、パパ！」

実矢が、ふたたび板切れを振り上げた隼雄の腹めがけて、頭から突進していく。渾身の体当たりだった。隼雄は奥へ撥ね飛ばされ、黒い土砂の壁に背をぶつけた。勢い余った実矢が、その上に折れ重なるようにして倒れ込む。

「実矢くん。円城寺さん……」

手にあった「魔法の本」を放り出して、拓也は水たまりに踏み込もうとした。——そのとき。

先ほどから何度も不穏な音を発していた建物が、

ぎりりりっ、ぎぎぎぎぎぎ……

ふいに、それまでの何倍、何十倍もの大きさで軋みはじめた。

(この音は?)

拓也は慄然と立ちすくんだ。

音はやまず、建物全体が奇怪な不協和音に打ち震えるように、いよいよ大きく激しくなってくる。その破滅的な音響に、

(いけない!)

心の中で叫ぶや——。

ごごごご……という、重々しい地鳴りのような音が、軋み音に重なった。

身を起こそうとしていた実矢が、「わあっ」と悲鳴を上げた。

「パパ!　パパ!」

倒れたままでいる父親の腕を掴み、引き起こそうとする。ところがその瞬間、盛り上がった土砂と瓦礫の壁がいきなり、波打つようにして崩れ落ちてきた。

「実矢くん！」

拓也は叫んだ。助けにいく暇など、一瞬たりともなかった。

「実矢くん！　円城寺さん！」

黒い土砂が、二人の姿を容赦なく呑み込んでしまう。

「麻堵くん、逃げるんだ！」

拓也の叫びが、轟音（ごうおん）に掻き消された。

重くのしかかった崖崩れの土砂。老朽化して傷み、ひずんだ建材。中にはもう本来の用をなしていなかったものもあっただろう。——すでにしてこの礼拝堂は、きわめて危険な状態だった。入口の扉に加えられた衝撃や大声、吹き込んできた強い風、そして今さっき隼雄と実矢が倒れ込んだときに加わった力……それら諸々が連鎖して引き金を引き、これまでかろうじて持ちこたえていた建物の、最後のバランスが失われたのだ。

「香澄さんも、早く」

佇んでいた香澄の手首を握り、拓也は身をひるがえした。

麻堵はおろおろしている。何が起きたのか、起きつつあるのか、まだ理解できないのだ。

「麻堵くん、外へ出ろ！」

繰り返し命じられて、ようやく麻堵はその場から駆けだした。

「悠木さん！」

遙佳の声が、入口のほうから。

「だめだ。外へ出るんだ。危ない！」

ありったけの声を投げ返しながら、拓也は香澄をひっぱって入口に向かった。

折れた木材が降ってくる。窓ガラスが割れる。蠟燭が倒れる。……どんどん激しくなる轟音に、空間そのものが歪んでしまいそうだった。

礼拝堂から飛び出したとき、建物の奥の天井が落ちようとしていた。

真っ青な顔で三人を迎える遙佳を促し、建物から離れた。なるべく遠くまで、と思って走った。

ひときわ激しい轟音が、朝の空気を震わせた。

森の手前まで逃げたところで、拓也は建物を振り返った。

屋根の上に立った十字架が、ぐらぐらと揺れながら倒れつつあった。そのあと見るうちに倒壊していく建物の様子は、まるで斜めに押し潰される巨大なマッチ箱のようだった。

完全に建物が崩れ落ちてしまうまで、四人はただ呆然と立ち尽くし、その光景を見守っているしかなかった。麻堵は香澄の汚れたネグリジェに取りすがっていた。遙佳は拓也の横に身を寄せていた。

「――実矢」

やがて倒壊の余韻がだんだん静まってきたとき、麻堵が最初の声を洩らした。

「あっちゃん……パパ……」

「悠木さん、これ」

遙佳が、小脇に抱えていた一冊のスケッチブックを拓也に差し出した。

「これが、例の?」

「ええ」

拓也はスケッチブックを受け取ると、灰色の表紙に記されたタイトルを一瞥(いちべつ)してから、その〝絵本〟の最後のページを開いた。

こうして悪い魔法使いの呪いは解け、王子さまはもとの姿に戻りました。

笑顔の王子。喜ぶ国王と王妃。褒めたたえられる主人公の若者。……

深い溜息をつきながら、拓也は麻堵のほうを見た。

虚ろな顔で佇む母の身体にしがみつき、少年は泣いていた。

二人の兄の死を、そして、ついに彼らを理解することができなかった父の死を、少年は泣いていた。

この破局のときに至ってようやく、現実と空想——二つの〝世界〟の奇怪な交錯に、遅すぎる終止符が打たれたのだ。

終章

「お車の準備、できましたので」

佐竹邦江が麻堵たちを呼びにきた。

「参りましょう、ぼっちゃま。さあ、奥さまも」

頷いて、麻堵は母の手を取った。物云わぬ母は哀しげな目を息子に向け、ゆらりと椅子から立ち上がった。

エンジンのかかった白いベンツの後部座席には、すでに祖母が乗り込んでいた。佐竹周三が車のドアを開け、洋館から出てきた香澄と麻堵を迎えた。

「先生は一緒じゃないの？」

麻堵は玄関を振り返った。遙佳は、見送りにやってきた拓也に寄り添うようにして立っていた。

「おにいさんの車で送ってもらうから」

と云って、遙佳は優しげに笑った。

「東京に帰っても、また来てくれるんでしょ」

「ええ」

「おにいさんも？」

「先生と一緒に行くよ」

と、拓也は目を細めて答えた。

二人はとても仲が良さそうだ。麻堵はちょっぴり羨ましく思った。

「きっとだよ」

と、麻堵は念を押した。

「約束だよ」

空はどんよりと曇っていた。今にも雨が降りだしそうな湿っぽい空気の中、森の緑はいっそう瑞々(みずみず)しさを増して、風に緩くざわめいていた。

香澄が助手席に坐り、麻堵は後ろの、ハツ子のとなりに乗り込んだ。

遙佳と拓也が手を振る。邦江が深々と頭を下げる。車が静かに動きだす。

シートに膝をつき、後方に遠ざかっていく白い洋館を見ながら――。

「実矢……実矢、いるんでしょ。返事して」

隣席の祖母にも聞こえないほどの小さな声で、麻堵は呼びかけた。

「……いるよ。ぼくたちは、いつも一緒だよ」

と、実矢の声が低く応じた。

「そうだよね」

安心して、麻堵は独り微笑んだ。

「あっちゃんも、いるんでしょ。あっちゃん？」

「……ああ」

さらに低くかすかな、亜希の声。

「でも、このことは秘密だよ。いいかい、麻堵」

「——うん」

少年は唇を引きしめて、車のリアウインドウにうっすらと浮かんだ自分の影を見つめ、頷いた。

——了

新装改訂版あとがき

一九八八年十月に祥伝社ノン・ノベルより上梓した『緋色の囁き』がまずまずの好評を得たので、この路線で第二作を、との依頼を同編集部からいただいた。それを受けて、翌八九年九月に発表したのが『暗闇の囁き』だった。九四年にノン・ポシェット（祥伝社文庫）で文庫化されたのち、九八年に講談社文庫で再文庫化された本作だが、『緋色の囁き〈新装改訂版〉』に続いてこれも改訂版を——という話になった。せっかくの機会なので、例によって全編に細やかな手を入れ、決定版をめざしてみた。

デビュー二年め、二十八歳のときに書いた作品である。

三十余年が経ったいま読み返してみると案の定、執筆当時の技術不足に起因する粗さや拙さが非常に多く目についてしまい、恥ずかしいやら申しわけないやらの気持ちにならざるをえなかった。これらを適切な加減で手直しするのはけっこう骨の折れる仕事だったが、その甲斐あって、どうにか良い形に仕上げられたように思う。

以下、この長編にまつわる思い出話などをつらつらと記しておこう。

書きたい物語のイメージは、依頼を受けた直後からぼんやりと頭にあった。「館」シリーズとはタイプの異なる、必ずしも本格ミステリの形式に囚われないホラーテイストのサスペンスミステリ（とはいっても、結末の意外性や伏線とその劇的な回収を重視することなどは必須）、というイメージ。『緋色の囁き』の出発点がダリオ・アルジェント監督の『サスペリア』（一九七七年）だったので、次も何か好きなホラー映画をモチーフにして、とも思った。

そこですぐに浮かんだのが、ロバート・マリガン監督の『悪を呼ぶ少年』だったのである。

『悪を呼ぶ少年』（原題“The Other”）は一九七二年のアメリカ映画。日本では翌七三年に公開されたようだが、僕はたぶん十三、四歳のころ、テレビの洋画劇場で初めて観て魅了された。映画の脚本も務めたトマス・トライオンの原作小説を読んだのは何年もあとの話で、それよりも先に竹本健治さんの『匣の中の失楽』を読み、作中に登場する「ホランド」と「ナイルズ」の名にドキドキしたものだった。『サスペリア』とはまた違った意味で、今でも観直すたびにうっとりしてしまう名作である。

——というわけで。

物語の中心にはまず「少年」＝「子供」を置こうと考えた。『悪を呼ぶ少年』のホランドとナイルズは双子だが、それは避けて一歳違いの兄弟にする。舞台は都会から離れた山里にして、森に囲まれた洋館があって……と、先にシチュエーションを決めてしまい、あとは自由に妄想を膨らませていこう。何となくそういう心づもりでいるうちに年が明け、元号が平成に変わり……そして、あれはたぶん五月の中ごろだったと思う。当時のノン・ノベルの担当編集者・猪野正明さんから、「とっかかりを摑むためにカンヅメをやりましょう」と提案されたのだった。

それまで住んでいた部屋が手狭になってきたので、もう少し広い部屋への引っ越しを決めて敢行したのが、ちょうどその年の春だった。引っ越し後の片づけが済んで落ち着くまでは仕事にならないなあ——という、その時期のこちらの状況を知った猪野さんが、「だったら、ホテルにでも入って書きなさい」と鞭を入れてくれたわけでもあった。

かくして、人生初のカンヅメを経験する運びになったのだが、このときのカンヅメは、カンヅメとはいってもかなり変則的なものだった。

場所は出版社がある東京ではなく、地元京都の、京都駅近くの某シティホテル。東京のホテルだと編集者が毎日原稿を取りにくる、というような話になるのだけれど、京都だとそういうわけにもいかない。その代わり毎日、決まった時間に猪野さんから「何枚書けたか」という電話がかかってきた。二十八歳の新人作家にとっては、それだけでも大変なプレッシャーだったから、変則的なこの地元カンヅメにも相応の効果があったと云える。

当時の記録は手帳のメモさえ残っていないため、記憶だけが頼りになるが、確か五月の終わりから六月の初めにかけての約一週間、だったと思う。閉じこもっていたホテルの部屋でふとテレビをつけると、ちょうど中国の天安門事件のニュースが流れていたのをよく憶えている。あの事件があった六月四日は確実にカンヅメ中だった、ということになる。

一週間ほどのカンヅメで、どのくらいの進捗が期待されていたのか。――作家によってはその期間で長編を一本書き上げてしまうぞ、という恐るべき話を聞かされていたものの、自分にはとうていそんな力はないと分かっていた。猪野さんもさすがにそんな期待はしていなかったはずである。それでも期間中、ホテルの外へは一歩も出ずに頑張って、何もないところから始めて原稿用紙一〇〇枚以上は書いた。「とっかかりを摑む」ことができたのは確かだった。

カンヅメ後は自宅に戻り、勢いで続きを書いた。

この時期も毎日欠かさず猪野さんから電話があって、「何枚まで進んだか」を報告しなければならなかった。基本的に僕は至って真面目な性格で、いかんせんまだデビュー二年めの新人でもあったから、家にいても精神的にはカンヅメになっているようなものだった。——という日々が続いて、物語がエンドマークまで辿り着いたのは八月の初めごろ、だったか。

途中、何度も「この作品は大失敗かも」「最後まで書くのは無理かも」と思えて、絶望的な気分になった記憶もある。なので、書き上がったときには心底ホッとしたなあ、と思い出す。ホッとするだけでなく、これまで自分が書いたことのないタイプの小説が書けた、という手応えも、あのときは強く感じた気がする。

さて、そんなこんなで何とか書き上げた原稿だったが、「秋口には必ず出したい」と云われて引き受けた仕事だったので、脱稿後はほとんど推敲するいとまもなく入稿、ゲラの著者校正も大急ぎでやって、ぎりぎりのタイミングで九月の刊行にまにあわせた。良いか悪いかはさておき、そのような進行で本を出す、というのもあれが初めての経験だった。——ともあれ。

あのとき最初から最後まで粘り強く伴走してくださった猪野さん（定年を待たずに

祥伝社を退社して独立されたあと、二〇一四年には他界してしまわれたが……）には、今もとても感謝している。

タイトルについて、少し——。

『緋色の囁き』が最初『魔女の囁き』であったように、本作も執筆中は『暗闇の囁き』ではなく、別のタイトルを付けていた。『闇色の祈り』というのが、それ。第一作は「緋色」、第二作は「闇色」——と、タイトルに「色」を含むシリーズにしようと考えたわけである。

ところがこれは編集部の意向でボツになり、代案として出てきたのが『暗闇の囁き』だった。当時はちょっと不満を感じたものだったが、いくらか時間が経って、「囁き」シリーズで正解だったなと思うようになった。——結果オーライ。

ところでそう、初めて本作を読まれる方に向けて一つ、お断わりを。

序章で描かれる「双葉山での中学生惨殺事件」について、である。

この異常な「惨殺事件」は、本作の次に他社で発表した長編『殺人鬼』にリンクしており、真相はそちらで示される、という構造になっている。どうしてそんなふうにしようと考えたのか。三十年以上前の話なのでそろそろ記憶も心もとないのだが、その理由の半分はちょっとした〝悪戯心〟だった。残りの半分は……いや、これは内緒にしておこう。云わぬが花、という気がするので。

『殺人鬼』は現在、『殺人鬼 ――覚醒篇』と改題して角川文庫に収められている。未読で、多少なりとも興味があって、なおかつ過激な残虐描写も大丈夫、という方はぜひ、手を伸ばしてみてください。


本書の刊行にあたって、新たな「解説」を阿津川辰海さんにお願いした。

その文中でも触れられているが、二〇〇九年に僕が『Another』を上梓したとき、阿津川さんはまだ中学生だったにもかかわらず、四六判のあの分厚い本を買って、サイン会にまで来てくれたのだという。そんな彼が成長して今や、本格ミステリの若い書き手として注目を浴びている。阿津川さんに限らず、新世代の才能が次々に登場して活躍しはじめている近年のミステリ界の状況を、ミステリ全般をこよなく愛する者の一人としてたいへん嬉しく思う。キャリアも三十年を超え、ずいぶん年も取ってしまった先輩作家としては、負けずにもう少し頑張ってみようか、と思わせてくれる刺激にも励みにもなる。

いろいろな意味を込めて、「ありがとう」とここに記しておきたい。『十角館の殺人』でのデビュー以来、不器用ながらも書きつづけてきた作品たちが、世代を超えて読み継がれていることの幸運にも、いま改めて感謝しつつ——。

二〇二一年　四月

綾辻　行人

解説

巽 昌章

『暗闇の囁き』は、おそらく、現在までの綾辻行人の代表作に数えてよいだろう。ここには、奇怪な構造の館も謎めいた装飾を施された死体もなく、すべての出来事が、少年たちと彼らを取り巻く小さな世界の中で生起するから、「館シリーズ」が大オーケストラの音楽だとすれば、こちらは室内楽というところだ。しかし、その小さなスケールの中に、この作者の特徴が、最も目の詰んだ、繊細でバランスのよい姿で集約されているのである。

初版「あとがき」には、映画「悪を呼ぶ少年」を意識しながらこの小説を書いたと告白されている。このようにして作者は、すすんでなかばまで手のうちを明かしながら、懐かしくも不安な遠い記憶の風景、少年時代、狂気、といった好みの主題を存分に展開したのだった。綾辻行人の作品にはいつも、トリックの周りに、繊細な感覚で編まれた情緒のヴェールがかかっているが、本書はとりわけ、筋だてがシンプルなだけに、漠然とした不安が徐々に恐怖にたかまってゆき、意外な真相を経て結末の余韻に至るという、そのような感情の移り行きが、見事なアーチを描いている。

『黒猫館の殺人』の解説で、法月綸太郎氏が、綾辻作品の特性をさして、「ざしきわらし」という言葉を使っていたが、これは絶妙の形容だった。綾辻行人は「少年」にこだわる。しかしそれは、あの『霧越邸殺人事件』にみられたように、幻の少年、ついそこにいたのに消え失せてしまった少年、といった形をとってしまうのだ。本書はまさに、そのような発想を核にして、不気味に哀しい物語を編み上げてみせた好例ということができるだろう。予供たちがぽつぽつと繰り返す謎めいた対話、姿を見せない「あっちゃん」、閉ざされた屋根裏部屋、点描される無残な死。それらは次第に、読者の脳裏に顔のない少年の姿を作り上げてゆく。

　ところで、ざしきわらしは、子供たちの遊びの群れに姿をあらわしたかと思うと、またいつの間にか姿を消しているという。今まで一緒に遊んでいたのに、ふと気がつくといなくなっている、もうひとりの仲間。ただし、その日の子供たちが、やがて大人になり、時間の中に消えていっても、ざしきわらしだけは子供の姿で、はるか後の世代の子供たちと戯れているだろう。綾辻作品にあらわれる幻の少年も、永遠の童形を運命づけられたもうひとりの仲間、いや、むしろもうひとりの自分といった方がよい存在である。本書や『霧越邸殺人事件』を覆っている、淋しい喪失感は、時間の中で生きてゆくしかない自分と、永遠の記憶としてとどまっている「幻の少年」との対比からくるものなのだ。綾辻作品に、時間を止めて、永遠の現在を獲得しようとする衝動がしばしばみられることも、ファンならすでにご承知のことだろう。

作者自身、どこかで書いていたが、『緋色の囁き』、『暗闇の囁き』、『黄昏の囁き』の三作をとおしての特徴は、「記憶」を主題にしていることだ。どの作品でも、過去に秘められたいまわしい記憶が、登場人物たちを呪縛して、あらたな事件へと追込んでゆくのだが、同時にそこには、記憶という名の「失われてしまったもの」への哀惜の気持ちが、色濃く作品を覆っている。本書は、そうした記憶というものをめぐる感情を、極めてトリッキイな手法でもって、「幻の少年」テーマと結びつけようとした試みなのである。

「記憶」をイメージするとき、私たちは、トンネルのようなものを思い浮かべがちである。暗黒の視野の中央がぽっかりと開け、その彼方から、目に痛いような白い光が滲み出てくる。光の中では、意味も判じ難い振る舞いをしている人々の姿が、きれぎれに見えている。こうした風景には、何かしら哀しさ、懐かしさ、どうしても近づくことのできない焦燥感、あるいは微かなおそろしさといった、歯痛のようにじくじくした感情がまつわりつくだろう。綾辻作品では、こうした闇に囲まれた風景としての「記憶」のイメージが、とりわけ印象的である。

　それらの風景は、どうしても思い出せない過去の惨劇を暗示するものとして、あるいは、犯人の心を呪縛して奇怪な犯行に駆り立てるものとしてあらわれる。つまり、個人の意志の力ではどうすることもできない、むしろ人々の存在の底にあって、彼らを隠微に支配しているものが、この「風景」なのだ。その意味で、こうした風景は、『水車館の殺人』や『霧越邸殺人事件』の結末にあらわれた不思議な運命の絵柄と、同じ役割を担っていることになるだろう。

　もうひとりの自分。止まった時間。隠された記憶の風景。これらがあらわしているのは、私という存在の不確かさに他ならない。たとえば、この作品では、内心の声を（　）書きであらわすという、これも綾辻好みの技法が多用されているが、徐々に蘇る記憶の断片がこの（　）の中にあらわれてくるとき、読者は、記憶というものが、自分の意識ではコントロールできない、不意に割り込んでくるもうひとりの自分の声のようなものだと感じることだろう。

さらにいえば、「館シリーズ」の特色をなしている閉ざされた舞台と叙述トリックの組み合わせも、その異常な環境に置かれた人間を攪乱し、自分は何者で今どこにいるのか、その立つところをゆるがすように仕組まれているではないか。

自己の存在への不安感が、狂気という主題に結びつくことは理解しやすい。そう、この作品の核にはたしかに、ある狂気がひそんでいる。狂気の殺人鬼？　ただし、そこからが一筋縄でいかないのだ。惨劇をひきおこす狂気のありかを追い求めるとき、二重三重のたくらみが、読者を迷路に引き込んでしまうだろう。

ここで真相を明かすわけにもいかないので、抽象的ないい方になるが、この作品の狂気は、一個の脳髄の内に宿るものではない。ある人物を名指して、狂っているということはできるにしても、それだけで済まないことは、小説の仕組みがおのずと物語っているのである。

一九八九という年、この『暗闇の囁き』が発表された年に、連続幼女殺人事件が日本を騒がせたことは、まだ私たちの記憶から失われていないはずだ。そして、逮捕された「M君」の生活が明らかになるにつれて、彼が日々浸っていたというホラービデオや、ひいては「オタク」という存在一般にまで、社会的な非難の声が高まっていった。そのような声に対して、綾辻や我孫子武丸がはげしく反発したことも、いわゆる新本格に関心のあるひとなら、忘れてはいないだろう。綾辻なら『殺人鬼』、我孫子ならば『殺戮にいたる病』が、このような時代の風潮との摩擦の中で生まれた作品と目されている。しかし、私にはむしろ、本書や、我孫子でいえば『メビウスの殺人』こそが、この時代と密かに嚙み合っていたように思われる。

というのは、この小説で作者は、「狂気」が誰か一人の頭の中でなく、いわば人々のコミュニケーションの網目の中、とりかわされる言葉の中に宿る有様を、推理小説の仕掛けを駆使して描き出しているからなのだ。綾辻はかつて、『殺人鬼』の「あとがき」で、映画やアニメの残酷描写が取りざたされる風潮に対して、

ホラー映画は悪か？

（中略）

そんな馬鹿な、と、やや感情的に云い切ってしまいたい。

と明言していた。これは一見したところ、単純にホラー映画（もちろん小説に置き換えてもよい）と非行や犯罪との因果関係を否定しているかのようにみえる発言である。しかしまた、彼はそのすぐ後に、こう続けてもいる。

何の不安もなく自分たちは「正常」だ、彼は「異常」だと決めつける。その自分が、いったいどれほどの危ういバランスの下に、自分の信じている「正

> 常」の枠に留まっているのか、あの人たち（引用者註・ホラー規制を主張する人たち）は考えてみたことがあるのでしょうか。

この社会で生きることの危うさ、正常と異常の境界の不確かさ、それを感受していることが大事なのだ。この危うさとは、私たちが社会に生き、常に他人と接触するところからくる。私たちはコミュニケーションという行為によって、たやすく被害者にも加害者にもなりうるはずである。狂気が社会的なコミュニケーションの網目に宿るものなら、綾辻自身もまた、小説家として、すなわち、物語を紡いで人々を誘惑する存在として、自分がその網目の一端にいることを否定できないだろう。しかし、その自覚は、自分たちが網目に取りこまれているという意識もないままに、ホラー映画といった何かひとつの事柄を取り上げ、「事件」と直結させて非難するような思考とは正反対のものなのだ。

こうした、綾辻の小説家としての感覚が、本書にはよくあらわれている。世間の出来事をそのまま取り上げるのでなく、あからさまに社会批判を盛り込むのでもなく、象徴劇とでもいうべき非現実的でシンプルな作りの中で、推理小説ならではの仕掛けを活かしながら、彼は現代に生きることの不安を示しているのである。

狂気をただ一人の人間の病理に還元し、犯人は異常者だと主張するのでもなく、逆に、漠然と社会が悪いというのでもない。もちろん、ホラー映画や小説など、特定の標的をもちだして、それが犯罪の原因だと決めつけるのでもない。それらはすべて、綾辻の目には私たちがよりかかっている日常感覚の「危ういバランス」をとらえきれない、粗雑な思考だと映っているに違いない。綾辻は、本書で思うさま自分の趣味と戯れながら、いつの間にか、こっそりとこの社会の肖像画を描き、画面の隅には、そこに生きるものの覚悟をも書き込んでいたのだ。

新装改訂版解説

喪われしものへの哀切

阿津川辰海

1

二〇〇九年十一月八日。

綾辻行人先生の『Another』が刊行され、東京は神保町の三省堂書店でサイン会が開かれた。

当時中学三年生の私は、小遣いをはたいて買った書籍を抱きしめて列に並び、考えてきた言葉を何度も心の中で反芻(はんすう)していた。呼吸を整えて、自分の番を待った。

そして、その瞬間が訪れた。

「綾辻先生のようなミステリ作家になりたいです！　書いています！」

今から思うと、初めての長編小説を書き上げたばかりで、気分が昂っていたのだと思う。臆面もなく、不遜にも、中学三年生の少年がそう言ってしまった。

綾辻先生はサインを書き終えると、薄く微笑み、握手をしてくれた。「頑張ってね」と声をかけられた。ぼうっとするほどの高揚感に包まれながら、会場を後にした。

その時の少年が、今、曲がりなりにもミステリ作家になって、こうして解説を書いている。

2

さて、ここで口調を変えて。

昔語りから始めたのは、中学生の私がいかに綾辻行人（以下、敬称略）作品に熱中していたかを思い返してのことです。綾辻作品への入り口は「館」シリーズだったが、その後のめり込んだのが本書『暗闇の囁き』を含む「囁き」シリーズでした。

小学生の頃からつけている読書日記には、中学三年生の四月十日から十一日、『暗闇の囁き』を読んだことが記されています（感想に「（エラリー・）クイーンの某有名作を思い出す」と書いていて、まあこの頃から重度のミステリ読みのようです）。後から見返して驚いたのは、そこから『Another』刊行までのわずか半年で、何かに取り憑かれたように当時刊行されていた綾辻ホラー作品の全てを読み通していたことです。『悪を呼ぶ少年』の映画と原作、『ローズマリーの赤ちゃん』などに触れたのも同じ時期で、まさに綾辻作品がホラーへの入り口になっていました。

　この解説では、当時中学生だった自分の心情を捉えながら、今振り返るからこそ見えてくるものも書いていきたいと思います。『Another』の話から始めたのは、決して理由のないことではありません。『暗闇の囁き』という結晶のごとき作品の先に、代表作『Another』があるのだということを、今回の〈新装改訂版〉での再読で強く感じたからです。

　少し脱線しますが、私が中学生の頃、講談社のメフィスト誌上にて『綾辻行人と有栖川有栖のミステリ・ジョッキー』が連載され、本にまとまりました。その後、二人がそれぞれ短編を持ってきて、ＤＪが曲をかけるようにその短編を載せ、その後、二人のトークが読めるという贅沢な企画で、あの連載でしか読めない短編や、知らなかった短編を二人の解説付きで楽しめ、あるいは名作も違った目で鑑賞出来ました。あの頃の私の読書への指針となった本です。

その中の第6回「『謎』の手ざわり」(同書2巻収録)では、当時『深泥丘奇談』と『赤い月、廃駅の上に』を連載中だった二人が、怪奇短編を持ち寄って語っています。綾辻行人はここで都筑道夫の怪談短編「終電車」を選び、トークの箇所で同氏のエッセイ「怪奇小説の三つの顔」を引いてきます。

いわく、怪奇作家には三つのタイプがいて、「第一の顔」は「超自然のものを信じきって、自分自身が怖がりながら書いている」「書きながら怖がっている」タイプ。「第二の顔」は怪奇を「信じていない」が、「スーパーナチュラルな感じは出したい」ので「怪談らしさを放棄した作品」を書くタイプ。「第三の顔」は「怖がらすのはあきらめてアイディアで勝負」というタイプで、モダンホラーの多くはここに入ってくる……。

これを受け、綾辻行人は「作家としては『第二』と『第三』の両方をやっているんだろうなと思います」「提示した謎をどう着地させるかという点では、ミステリもホラーも基本は一緒だから」と述べています。

これは都筑道夫の評論を受けた見事な自己分析でしょう。『眼球綺譚』の短編における謎へのアプローチや、『Another』で「What? Why? How? Who?」と四つの主題を章題に置いたことを見ても、綾辻作品では、怪奇は、理解を放棄されたものとしてではなく、「謎かけ」として現れてくる。あるいは人の記憶にぽっかり空いた洞(うろ)、そこから漏れる「囁き」という形を取る。ミステリとホラーにおける謎の解体の手つきが近接しているのです。

してみると、綾辻行人は極めて近い位置に、ミステリ作家としての顔と、怪奇・幻想作家としての顔を置いているとも言えそうです。しかし、ここで都筑道夫とは違ったニュアンスで「三つの顔」という言葉を用いてみましょう。綾辻行人にはもう一つ、これら二つの顔と密接に結びついた「第三の顔」があります。

それこそが、「少年・少女を描く青春小説家」としての顔です。ミステリ、怪奇・幻想、そして青春。この三つの結節点に位置する作品が、『暗闇の囁き』であり、のちの代表作『Another』だと思うのです。

3

『暗闇の囁き』では烏裂野(うさきの)という山里を舞台に、謎めいた秘密を抱える円城寺家の周辺で起こる死の連鎖が描かれます。実矢と麻堵という美少年の兄弟が魅力的で、彼らやその家族がひた隠しにする「あっちゃん」という少年の謎が、更にスリルを高めています。

本書が映画『悪を呼ぶ少年』をモチーフとしているのは作者本人が明かしているところです。綾辻は『悪を呼ぶ少年』の原作小説を「オールタイム・マイベスト7」（『EQ』一九九九年七月号）に挙げており（他の六作は『黄色い部屋の謎』『そして誰もいなくなった』『九尾の猫』『Xの悲劇』『三つの棺』『ユダの窓』）、本格の古典の中でひときわ異彩を放つこのセレクトからも、『悪を呼ぶ少年』が綾辻行人に与えたインパクトのほどを窺うことが出来ます（更に言えば、『Another』というタイトルが、『悪を呼ぶ少年』の原題"The Other"に触発されていることは、著者が『Another』の単行本あとがきで述べているところです。他にもう一つ、二〇〇一年公開の『アザーズ』も元ネタになっていますが）。

本書では、映画『悪を呼ぶ少年』と異なり、円城寺家の外にいる存在、大学生の悠木拓也の視点で、家の外から事件を追うことで、宙づりのスリルが味わえる構成になっています。何も喋（しゃべ）らずに一点を見つめ続ける女性や、屋根裏部屋など、不吉なモチーフで絶えず読者を宙づりにする手法がたまりません。ここでは、「謎」の提示そのものが、恐怖のフックになっています。

そして同時に、「謎」の解体に向けた伏線張りは周到に進められています。第1章などは再読すると巧妙なダブル・ミーニングになっているのが分かりますし、祖母のハツ子の行動によって宙づりの恐怖を生み出しながら、それが伏線にもミスディレクションにもなっているのは、まさしく本格ミステリ作家の技量です。

しかし、「謎」をすべて解体しても、恐怖はまだ終わらない。そこで現れてくるのが、大学生の悠木拓也の目を通じて、この「悲劇」の一部始終を見せたことにより生じてくる、青春小説としての味わいです。悠木拓也は最後に、〝世界〟と直面しなければならないのです。

4

ここで〝世界〟というキーワードを出したので、もう一度綾辻作品全体を見てみましょう。そうすると、『暗闇の囁き』と『Another』の特異性が見えてきます。

綾辻行人の作品〝世界〟は、常に何らかの秘密を内包しています。作中世界の「認識」とその「現実」の間に裂け目があり、その裂け目は読者の目には最後まで見えません。ですが、その裂け目は真実を告げる声を常にあげ続けています。「認識」と「現実」のずれが大きければ大きいほど、声は大きくなる。本格ミステリでは、それは「伏線」として立ち現れ、ホラーでは「囁き」として現れる。

「囁き」のモチーフや、カッコ書きの挿入による仕掛けは「殺人鬼」シリーズでも効果的に用いられていますし、「館」シリーズでも、ちょうど『緋色』と『暗闇』の間に発表された『人形館の殺人』において絶大な効果を上げています。この「裂け目から聞こえる囁き」は「遠すぎる風景」という言葉に形を変え、語り手である飛龍想一（ひりゅうそういち）の記憶の向こう側から、真実を囁いています。

作中世界において、こうした「裂け目」を主人公よりも早く見いだすのは、実は被害者です。彼らは殺人犯の姿を目にし、あるいは世界の秘密を垣間見てしまう。『緋色の囁き』ではホラー映画『サスペリア』がモチーフになり、『殺人鬼』でもスプラッターの王道を行く残虐描写が肝になっていますが、「館」シリーズにもその趣向は生きています（『時計館の殺人』のある被害者が死ぬシーンなどは、まさに被害者が世界の秘密を垣間見てしまうシーンでしょう）。被害者の内側に入り込み、その凶行を追体験させるホラーの手法が、ミステリにも効果的に使われているのです。こうした手法により、読者が被害者の中に入り込んでいき、その暴力を受け止める被虐性が高まり、スリルが増していると言えます。
翻って、『暗闇の囁き』ではどうか。私はこの作品について、確かに死は連鎖しているのですが、不思議と血の匂いがしない、という感覚を持っていました。これは当初ホラーが苦手で、かなりびくびくしながら読んでいた少年の私からすると、むしろ「馴染みやすかった」という意味合いです。

その理由について、今述べた〝世界〟と被虐性の面から考えてみると、やや恐怖の方向性が違うからではないかと。まさに最初の被害者・朝倉かおりが垣間見る一幕は、『暗闇の囁き』の作品世界が内包する最大の秘密と言えますし、ある人物の転死のパートでもその内面に入り込みますが、本書では「死」は唐突に訪れ、恐怖の対象は「暴力」とは別の部分にあります。代わりに犯人視点の断章が入りますが、その人物の内側に入り込むというよりは、あくまで外から眼差すようなもので、その筆は終章のさりげない書き方によってひときわ効果を上げています。

これは『Another』にも通じるポイントです。会話劇の挿入手法が似ていることはもちろんですし、「Another」シリーズでは会話劇を描いた部分を除き、徹底した一人称記述が取られています。『Another』で展開する死の性質や、被害者の視点から見ても絶対に世界の秘密が見えないという謎の構造から言っても、当然そうなるべきなのですが、そのおかげで、死が連鎖するにもかかわらず、血の匂いがせず、被虐性が少ない、より透明度が高い「青春」と「怪奇・幻想」の結晶となり得ている、と思うのです。

『緋色の囁き』が人間の血のごとく赤いルビーの輝きなら、ここにあるのは水晶の輝きなのではないでしょうか。

5

本書の大きな核になっている、綾辻行人の少年・少女へのまなざしは、『暗闇の囁き』以降、終始一貫しています。だからこそ、『Another』が生まれたのだ、と言っても過言ではないと思います。そのことを確認するために、ここで、一九八九年発表のノン・ノベル版に寄せられた「著者のことば」を引用します。

「すでに大人になってしまった者の目に、子供たちの姿はとても眩しく映るものです。けれども一方で、奔放にさまざまな夢と戯れる彼らの姿ほど哀しいものはない。自らの子供時代あるいは少年時代を振り返ってみて、同じような気持ちを抱くこともあります。

彼らはどんな〝世界〟を見ているのだろう。僕らはどんな〝世界〟を見ていたのだろう……。

いつのまにかこんなに遠くまで来てしまった僕自身の、いつのまにか見えなくなってしまったものたちに対する想いが、ぼくにこの物語（ミステリ）を書かせたのかもしれない――。気恥ずかしい言い方ですが、何となく今、そんな気がしています。」

あの時たしかに見えていたもの。しかし、もう見えなくなってしまったもの。喪われた子供の〝世界〟への哀切と夢想が溶け合う綾辻行人の詩情は、あの時私の心をどうしようもなく魅了し、これからも子供たちを魅了し続けることでしょう。

この解説を中学三年のあの日から始めたのは、だから、なのです。あの時の気持ちはまだ胸に残っていますが、今の私があの時と同じように振る舞うことはもう出来ない。私が『暗闇の囁き』や「Another」シリーズを読み返すのがどうしようもなく愛（いと）おしいのは、あの時見ていた〝世界〟を、少しの間でも取り戻せるような、そんな温かい気持ちになるからなのです。

綾辻行人著作リスト（2022年8月現在）

【長編】

1 『十角館の殺人』
講談社ノベルス／1987年9月
講談社文庫／1991年9月
講談社文庫——新装改訂版／2007年10月
講談社 YA! ENTERTAINMENT
／2008年9月

2 『水車館の殺人』
講談社——限定愛蔵版／2017年9月
講談社ノベルス／1988年2月
講談社文庫／1992年3月
講談社文庫——新装改訂版／2008年4月
講談社 YA! ENTERTAINMENT
／2010年2月

3 『迷路館の殺人』
講談社ノベルス／1988年9月
講談社文庫／1992年9月
講談社文庫——新装改訂版／2009年11月

4 『緋色の囁き』
祥伝社ノン・ノベル／1988年10月
祥伝社ノン・ポシェット／1993年7月
講談社文庫／1997年11月
講談社文庫——新装改訂版／2020年12月

5 『人形館の殺人』
講談社ノベルス／1989年4月
講談社文庫／1993年5月
講談社文庫——新装改訂版／2010年8月

6 『殺人方程式——切断された死体の問題——』
光文社カッパ・ノベルス／1989年5月
光文社文庫／1994年2月
講談社文庫／2005年2月

7 『暗闇の囁き』
祥伝社ノン・ノベル／1989年9月
祥伝社ノン・ポシェット／1994年7月
講談社文庫／1998年6月
講談社文庫——新装改訂版／2021年5月

8 『殺人鬼』
双葉社／1990年1月

双葉ノベルズ／1994年10月
新潮文庫／1996年2月
角川文庫（改題『殺人鬼　――覚醒篇』）／2011年8月

9 **『霧越邸殺人事件』**
新潮社／1990年9月
新潮文庫／1995年2月
祥伝社ノン・ノベル／2002年6月
角川文庫――完全改訂版（上）（下）／2014年3月

10 **『時計館の殺人』**
講談社ノベルス／1991年9月
講談社文庫／1995年6月
双葉文庫（日本推理作家協会賞受賞作全集68）／2006年6月
講談社文庫――新装改訂版（上）（下）／2012年6月

11 **『黒猫館の殺人』**
講談社ノベルス／1992年4月
講談社文庫／1996年6月
講談社文庫――新装改訂版／2014年1月

12 **『黄昏の囁き』**
祥伝社ノン・ノベル／1993年1月
祥伝社ノン・ポシェット／1996年7月
講談社文庫／2001年5月
講談社文庫――新装改訂版／2021年8月

13 **『殺人鬼Ⅱ――逆襲篇――』**
双葉社／1993年10月
双葉ノベルズ／1995年8月
新潮文庫／1997年2月
角川文庫（改題『殺人鬼　――逆襲篇』）／2012年2月

14 **『鳴風荘事件――殺人方程式Ⅱ――』**
光文社カッパ・ノベルス／1995年5月
光文社文庫／1999年3月
講談社文庫／2006年3月

15 **『最後の記憶』**
角川書店／2002年8月
カドカワ・エンタテインメント／2006年1月
角川文庫／2007年6月

16 **『暗黒館の殺人』**
講談社ノベルス――（上）（下）／2004年9月

講談社——限定愛蔵版／２００４年９月

講談社文庫——(一)(二)／２００７年10月

講談社文庫——(三)(四)／２００７年11月

17 **『びっくり館の殺人』**

講談社ミステリーランド／２００６年３月

講談社ノベルス／２００８年11月

講談社文庫／２０１０年８月

18 **『Another』**

角川書店／２００９年10月

角川文庫——(上)(下)／２０１１年11月

角川スニーカー文庫——(上)(下)／２０１２年３月

19 **『奇面館の殺人』**

講談社ノベルス／２０１２年１月

講談社文庫——(上)(下)／２０１５年４月

20 **『Another エピソードS』**

角川書店／２０１３年７月

角川書店——軽装版／２０１４年12月

角川文庫／２０１６年６月

21 **『Another 2001』**

ＫＡＤＯＫＡＷＡ／２０２０年９月

【中・短編集】

1 **『四〇九号室の患者』**（表題作のみ収録）

森田塾出版（南雲堂）／１９９３年９月

2 **『眼球綺譚』**

集英社／１９９５年10月

祥伝社ノン・ノベル／１９９８年１月

集英社文庫／１９９９年９月

角川文庫／２００９年１月

3 **『フリークス』**

光文社カッパ・ノベルス／１９９６年４月

光文社文庫／２０００年３月

角川文庫／２０１１年４月

4 **『どんどん橋、落ちた』**

講談社／１９９９年10月

講談社ノベルス／２００１年11月

講談社文庫／２００２年10月

講談社文庫——新装改訂版／２０１７年２月

5 **『深泥丘奇談』**

メディアファクトリー／２００８年２月

ＭＦ文庫ダ・ヴィンチ／２０１１年12月

角川文庫／２０１４年６月

6『**深泥丘奇談・続**』
メディアファクトリー／２０１１年３月
ＭＦ文庫ダ・ヴィンチ／２０１３年２月
角川文庫／２０１４年９月

7『**深泥丘奇談・続々**』
ＫＡＤＯＫＡＷＡ／２０１６年７月
角川文庫／２０１９年８月

8『**人間じゃない　綾辻行人未収録作品集**』
講談社／２０１７年２月
講談社文庫（増補・改題『人間じゃない〈完全版〉』）／２０２２年８月

【雑文集】

1『**アヤツジ・ユキト　１９８７―１９９５**』
講談社／１９９６年５月
講談社文庫／１９９９年６月
講談社――復刻版／２００７年８月

2『**アヤツジ・ユキト　１９９６―２０００**』
講談社／２００７年８月

3『**アヤツジ・ユキト　２００１―２００６**』
講談社／２００７年８月

4『**アヤツジ・ユキト　２００７―２０１３**』
講談社／２０１４年８月

【共著】

○漫画

＊『**ＹＡＫＡＴＡ①**』（漫画原作／田篭功次画）
角川書店／１９９８年12月

＊『**ＹＡＫＡＴＡ②**』（同）
角川書店／１９９９年10月

＊『**ＹＡＫＡＴＡ③**』（同）
角川書店／１９９９年12月

＊『**眼球綺譚―yui―**』（漫画化／児嶋都画）
角川書店／２００１年１月
角川文庫（改題『眼球綺譚―COMICS―』）／２００９年１月

＊『**緋色の囁き**』（同）
角川書店／２００２年10月

＊『**月館の殺人（上）**』（漫画原作／佐々木倫子画）
小学館／２００５年10月
小学館――新装版／２００９年２月
小学館文庫／２０１７年１月

＊『**月館の殺人（下）**』（同）
小学館／２００６年９月

小学館――新装版／２００９年２月
小学館文庫／２０１７年１月
＊『Another ①』（漫画化／清原紘画）
角川書店／２０１０年10月
＊『Another ②』（同）
角川書店／２０１１年３月
＊『Another ③』（同）
角川書店／２０１１年９月
＊『Another ④』（同）
角川書店／２０１２年１月
＊『Another 0巻　オリジナルアニメ同梱版』（同）
角川書店／２０１２年５月
＊『十角館の殺人①』（漫画化／清原紘画）
講談社／２０１９年11月
＊『十角館の殺人②』（同）
講談社／２０２０年８月
＊『十角館の殺人③』（同）
講談社／２０２１年３月
＊『十角館の殺人④』（同）
講談社／２０２１年10月
＊『十角館の殺人⑤』（同）
講談社／２０２２年５月

○絵本
＊『怪談えほん８　くうきにんげん』（絵・牧野千穂）
岩崎書店／２０１５年９月
○対談
＊『本格ミステリー館にて』（vs.島田荘司）
森田塾出版／１９９２年11月
角川文庫（改題『本格ミステリー館』）／１９９７年12月
＊『セッション――綾辻行人対談集』
集英社／１９９６年11月
集英社文庫／１９９９年11月
＊『綾辻行人と有栖川有栖のミステリ・ジョッキー①』（対談＆アンソロジー）
講談社／２００８年７月
＊『綾辻行人と有栖川有栖のミステリ・ジョッキー②』（同）
講談社／２００９年11月
＊『綾辻行人と有栖川有栖のミステリ・ジョッキー③』（同）
講談社／２０１２年４月

＊『シークレット　綾辻行人ミステリ対談集in京都』
光文社／２０２０年９月

○エッセイ

＊『ナゴム、ホラーライフ　怖い映画のススメ』（牧野修と共著）
メディアファクトリー／２００９年６月

○オリジナルドラマＤＶＤ

＊『綾辻行人・有栖川有栖からの挑戦状①
安楽椅子探偵登場』（有栖川有栖と共同原作）
メディアファクトリー／２００１年４月

＊『綾辻行人・有栖川有栖からの挑戦状②
安楽椅子探偵、再び』（同）
メディアファクトリー／２００１年４月

＊『綾辻行人・有栖川有栖からの挑戦状③
安楽椅子探偵の聖夜〜消えたテディ・ベアの謎〜』（同）
メディアファクトリー／２００１年11月

＊『綾辻行人・有栖川有栖からの挑戦状④
安楽椅子探偵とＵＦＯの夜』（同）
メディアファクトリー／２００３年７月

＊『綾辻行人・有栖川有栖からの挑戦状⑤
安楽椅子探偵と笛吹家の一族』（同）
メディアファクトリー／２００６年４月

＊『綾辻行人・有栖川有栖からの挑戦状⑥
安楽椅子探偵　ＯＮ　ＡＩＲ』（同）
メディアファクトリー／２００８年11月

＊『綾辻行人・有栖川有栖からの挑戦状⑦
安楽椅子探偵と忘却の岬』（同）
ＫＡＤＯＫＡＷＡ／２０１７年３月

＊『綾辻行人・有栖川有栖からの挑戦状⑧
安楽椅子探偵　ＯＮ　ＳＴＡＧＥ』（同）
ＫＡＤＯＫＡＷＡ／２０１８年６月

【アンソロジー編纂】

＊『綾辻行人が選ぶ！　楳図かずお怪奇幻想館』（楳図かずお著）
ちくま文庫／２０００年11月

＊『贈る物語 Mystery』
光文社／２００２年11月
光文社文庫（改題『贈る物語 Mystery　九つの謎宮（めいきゅう）』）／２００６年10月

＊『綾辻行人選　スペシャル・ブレンド・ミステリー
謎009』（日本推理作家協会編）

講談社文庫／２０１４年９月

＊**『連城三紀彦　レジェンド　傑作ミステリー集』**（連城三紀彦著／伊坂幸太郎、小野不由美、米澤穂信と共編）

講談社文庫／２０１４年11月

＊**『連城三紀彦　レジェンド２　傑作ミステリー集』**（同）

講談社文庫／２０１７年９月

【ゲームソフト】

＊**『黒ノ十三』**（監修）

トンキンハウス（ＰＳ用）／１９９６年９月

＊**『ナイトメア・プロジェクト　ＹＡＫＡＴＡ』**（原作・原案・脚本・監修）

アスク（ＰＳ用）／１９９８年６月

【書籍監修】

＊**『ＹＡＫＡＴＡ— Nightmare Project —』**（ゲーム攻略本）

メディアファクトリー／１９９８年８月

＊**『綾辻行人　ミステリ作家徹底解剖』**（スニーカー・ミステリ倶楽部編）

角川書店／２００２年10月

＊**『新本格謎夜会（ミステリー・ナイト）』**（有栖川有栖と共同監修）

講談社ノベルス／２００３年９月

＊**『綾辻行人殺人事件　主たちの館』**（イーピン企画と共同監修）

講談社ノベルス／２０１３年４月

初刊、一九八九年九月祥伝社ノン・ノベル。
本書は一九九八年六月に刊行された講談社文庫版を全面改訂した新装改訂版です。

|著者|綾辻行人　1960年京都府生まれ。京都大学教育学部卒業、同大学院修了。'87年に『十角館の殺人』で作家デビュー、〝新本格ムーヴメント〞の嚆矢となる。'92年、『時計館の殺人』で第45回日本推理作家協会賞を受賞。『水車館の殺人』『びっくり館の殺人』など、〝館シリーズ〞と呼ばれる一連の長編は現代本格ミステリを牽引する人気シリーズとなった。ほかに『殺人鬼』『霧越邸殺人事件』『眼球綺譚』『最後の記憶』『深泥丘奇談』『Another』などがある。2004年には2600枚を超える大作『暗黒館の殺人』を発表。デビュー30周年を迎えた'17年には『人間じゃない　綾辻行人未収録作品集』が講談社より刊行された。'19年、第22回日本ミステリー文学大賞を受賞。

暗闇(くらやみ)の囁(ささや)き〈新装改訂版(しんそうかいていばん)〉

綾辻行人(あやつじゆきと)

2021年５月14日第１刷発行
2024年10月４日第３刷発行

発行者――篠木和久
発行所――株式会社　講談社
東京都文京区音羽2-12-21　〒112-8001
電話　出版（03）5395-3510
　　　販売（03）5395-5817
　　　業務（03）5395-3615

Printed in Japan

定価はカバーに
表示してあります

デザイン―菊地信義
本文データ制作―講談社デジタル製作
印刷―――株式会社KPSプロダクツ
製本―――株式会社KPSプロダクツ

ISBN978-4-06-522514-1

講談社文庫刊行の辞

二十一世紀の到来を目睫に望みながら、われわれはいま、人類史上かつて例を見ない巨大な転換期をむかえようとしている。

世界も、日本も、激動の予兆に対する期待とおののきを内に蔵して、未知の時代に歩み入ろうとしている。このときにあたり、創業の人野間清治の「ナショナル・エデュケイター」への志を現代に甦らせようと意図して、われわれはここに古今の文芸作品はいうまでもなく、ひろく人文・社会・自然の諸科学から東西の名著を網羅する、新しい綜合文庫の発刊を決意した。

激動の転換期はまた断絶の時代である。われわれは戦後二十五年間の出版文化のありかたへの深い反省をこめて、この断絶の時代にあえて人間的な持続を求めようとする。いたずらに浮薄な商業主義のあだ花を追い求めることなく、長期にわたって良書に生命をあたえようとつとめるところにしか、今後の出版文化の真の繁栄はあり得ないと信じるからである。

同時にわれわれはこの綜合文庫の刊行を通じて、人文・社会・自然の諸科学が、結局人間の学にほかならないことを立証しようと願っている。かつて知識とは、「汝自身を知る」ことにつきていた。現代社会の瑣末な情報の氾濫のなかから、力強い知識の源泉を掘り起し、技術文明のただなかに、生きた人間の姿を復活させること。それこそわれわれの切なる希求である。

われわれは権威に盲従せず、俗流に媚びることなく、渾然一体となって日本の「草の根」をかたちづくる若く新しい世代の人々に、心をこめてこの新しい綜合文庫をおくり届けたい。それは知識の泉であるとともに感受性のふるさとであり、もっとも有機的に組織され、社会に開かれた万人のための大学をめざしている。大方の支援と協力を衷心より切望してやまない。

一九七一年七月

野間省一

講談社文庫　目録

芥川龍之介　藪の中
有吉佐和子　新装版 和宮様御留
阿刀田　高　ナポレオン狂
阿刀田　高　新装版 ブラック・ジョーク大全
安房直子　春の窓〈安房直子ファンタジー〉
相沢忠洋　「岩宿」の発見〈幻の旧石器を求めて〉
赤川次郎　偶像崇拝殺人事件
赤川次郎　人間消失殺人事件
赤川次郎　三姉妹探偵団
赤川次郎　三姉妹探偵団2〈キャンパス篇〉
赤川次郎　三姉妹探偵団3〈珠美・初恋篇〉
赤川次郎　三姉妹探偵団4〈怪奇篇〉
赤川次郎　三姉妹探偵団5〈復讐篇〉
赤川次郎　三姉妹探偵団6〈危機一髪篇〉
赤川次郎　三姉妹探偵団7〈駈け落ち篇〉
赤川次郎　三姉妹探偵団8〈人質篇〉
赤川次郎　三姉妹探偵団9〈青ひげ篇〉
赤川次郎　三姉妹探偵団10〈父恋し篇〉
赤川次郎　死が小径をやってくる〈三姉妹探偵団11〉

赤川次郎　死神のお気に入り〈三姉妹探偵団12〉
赤川次郎　次女と野獣〈三姉妹探偵団13〉
赤川次郎　心地よい悪夢〈三姉妹探偵団14〉
赤川次郎　ふるえて眠れ、三姉妹〈三姉妹探偵団15〉
赤川次郎　三姉妹、呪いの道行〈三姉妹探偵団16〉
赤川次郎　三姉妹、初めてのおつかい〈三姉妹探偵団17〉
赤川次郎　恋の花咲く三姉妹〈三姉妹探偵団18〉
赤川次郎　月もおぼろに三姉妹〈三姉妹探偵団19〉
赤川次郎　三姉妹、ふしぎな旅日記〈三姉妹探偵団20〉
赤川次郎　三姉妹、清く貧しく美しく〈三姉妹探偵団21〉
赤川次郎　三姉妹と忘れじの面影〈三姉妹探偵団22〉
赤川次郎　三姉妹、舞踏会への招待〈三姉妹探偵団23〉
赤川次郎　三人姉妹殺人事件〈三姉妹探偵団24〉
赤川次郎　三姉妹、さびしい入江の歌〈三姉妹探偵団25〉
赤川次郎　三姉妹、恋と罪の峡谷〈三姉妹探偵団26〉
赤川次郎　静かな町の夕暮に
赤川次郎　キネマの天使〈レンズの奥の殺人者〉
赤川次郎　キネマの天使〈メロドラマの日〉
新井素子　グリーン・レクイエム〈新装版〉

安能　務 訳　封神演義 全三冊
安西水丸　東京美女散歩
綾辻行人　殺人方程式〈切断された死体の問題〉
綾辻行人　鳴風荘事件 殺人方程式II
綾辻行人　十角館の殺人〈新装改訂版〉
綾辻行人　水車館の殺人〈新装改訂版〉
綾辻行人　迷路館の殺人〈新装改訂版〉
綾辻行人　人形館の殺人〈新装改訂版〉
綾辻行人　時計館の殺人〈新装改訂版〉
綾辻行人　黒猫館の殺人〈新装改訂版〉
綾辻行人　暗黒館の殺人 全四冊
綾辻行人　びっくり館の殺人
綾辻行人　奇面館の殺人(上)(下)
綾辻行人　どんどん橋、落ちた〈新装改訂版〉
綾辻行人　緋色の囁き〈新装改訂版〉
綾辻行人　暗闇の囁き〈新装改訂版〉
綾辻行人　黄昏の囁き〈新装改訂版〉
綾辻行人　人間じゃない〈完全版〉
綾辻行人ほか　7人の名探偵

我孫子武丸　探偵映画
我孫子武丸　新装版 8の殺人
我孫子武丸　眠り姫とバンパイア
我孫子武丸　狼と兎のゲーム
我孫子武丸　新装版 殺戮にいたる病
我孫子武丸　修羅の家
有栖川有栖　ロシア紅茶の謎
有栖川有栖　スウェーデン館の謎
有栖川有栖　ブラジル蝶の謎
有栖川有栖　英国庭園の謎
有栖川有栖　ペルシャ猫の謎
有栖川有栖　幻想運河
有栖川有栖　マレー鉄道の謎
有栖川有栖　スイス時計の謎
有栖川有栖　モロッコ水晶の謎
有栖川有栖　インド倶楽部の謎
有栖川有栖　カナダ金貨の謎
有栖川有栖　新装版 マジックミラー
有栖川有栖　新装版 46番目の密室

有栖川有栖　虹果て村の秘密
有栖川有栖　闇の喇叭
有栖川有栖　真夜中の探偵
有栖川有栖　論理爆弾
有栖川有栖　名探偵傑作短篇集 火村英生篇
浅田次郎　勇気凛凛ルリの色
浅田次郎　霞町物語
浅田次郎　ひとは情熱がなければ生きていけない〈勇気凛凛ルリの色〉
浅田次郎　シェエラザード(上)(下)
浅田次郎　歩兵の本領
浅田次郎　蒼穹の昴 全四巻
浅田次郎　珍妃の井戸
浅田次郎　中原の虹 全四巻
浅田次郎　マンチュリアン・リポート
浅田次郎　天子蒙塵 全四巻
浅田次郎　天国までの百マイル
浅田次郎　地下鉄に乗って〈新装版〉
浅田次郎　おもかげ
浅田次郎　日輪の遺産〈新装版〉

青木玉　小石川の家
天樹征丸 画・さとうふみや　金田一少年の事件簿 小説版〈オペラ座館・新たなる殺人〉
天樹征丸 画・さとうふみや　金田一少年の事件簿 小説版〈雷祭殺人事件〉
阿部和重　アメリカの夜
阿部和重　グランド・フィナーレ
阿部和重　ABC〈阿部和重初期作品集〉
阿部和重　ミステリアスセッティング
阿部和重　IP/NN 阿部和重傑作集
阿部和重　シンセミア(上)(下)
阿部和重　ピストルズ(上)(下)
阿部和重　アメリカの夜 インディヴィジュアル・プロジェクション〈阿部和重初期代表作I〉
阿部和重　無情の世界 ニッポニアニッポン〈阿部和重初期代表作II〉
甘糟りり子　産む、産まない、産めない
甘糟りり子　産まなくても、産めなくても
甘糟りり子　私、産まなくていいですか
赤井三尋　翳りゆく夏
あさのあつこ　NO.6〔ナンバーシックス〕#1
あさのあつこ　NO.6〔ナンバーシックス〕#2
あさのあつこ　NO.6〔ナンバーシックス〕#3

あさのあつこ　NO.6〔ナンバーシックス〕#4
あさのあつこ　NO.6〔ナンバーシックス〕#5
あさのあつこ　NO.6〔ナンバーシックス〕#6
あさのあつこ　NO.6〔ナンバーシックス〕#7
あさのあつこ　NO.6〔ナンバーシックス〕#8
あさのあつこ　NO.6〔ナンバーシックス〕#9
あさのあつこ　NO.6beyond〔ナンバーシックス・ビヨンド〕
あさのあつこ　待ってる〈橘屋草子〉
あさのあつこ　さいとう市立さいとう高校野球部（上）（下）
あさのあつこ　甲子園でエースしちゃいました〈さいとう市立さいとう高校野球部〉
あさのあつこ　おれが先輩？〈さいとう市立さいとう高校野球部〉
阿部夏丸　泣けない魚たち
朝倉かすみ　肝、焼ける
朝倉かすみ　好かれようとしない
朝倉かすみ　ともしびマーケット
朝倉かすみ　感応連鎖
朝倉かすみ　たそがれどきに見つけたもの
朝比奈あすか　憂鬱なハスビーン
朝比奈あすか　あの子が欲しい

天野作市　気高き昼寝
天野作市　みんなの旅行
青柳碧人　浜村渚の計算ノート
青柳碧人　浜村渚の計算ノート　2さつめ〈ふしぎの国の期末テスト〉
青柳碧人　浜村渚の計算ノート　3さつめ〈水色コンパスと恋する幾何学〉
青柳碧人　浜村渚の計算ノート　3と1/2さつめ〈ふえるま島の最終定理〉
青柳碧人　浜村渚の計算ノート　4さつめ〈方程式は歌声に乗って〉
青柳碧人　浜村渚の計算ノート　5さつめ〈鳴くよウグイス、平面上〉
青柳碧人　浜村渚の計算ノート　6さつめ〈パピルスよ、永遠に〉
青柳碧人　浜村渚の計算ノート　7さつめ〈悪魔とポタージュスープ〉
青柳碧人　浜村渚の計算ノート　8さつめ〈虚数じかけの夏みかん〉
青柳碧人　浜村渚の計算ノート　8と2分の1さつめ〈つるかめ家の一族〉
青柳碧人　浜村渚の計算ノート　9さつめ〈恋人たちの必勝法〉
青柳碧人　浜村渚の計算ノート　10さつめ〈ラ・ラ・ラ・ラマヌジャン〉
青柳碧人　霊視刑事夕雨子1〈誰かがそこにいる〉
青柳碧人　霊視刑事夕雨子2〈雨空の鎮魂歌〉
朝井まかて　花競べ〈向嶋なずな屋繁盛記〉
朝井まかて　ちゃんちゃら
朝井まかて　すかたん

朝井まかて　ぬけまいる
朝井まかて　恋歌
朝井まかて　阿蘭陀西鶴
朝井まかて　藪医　ふらここ堂
朝井まかて　福袋
朝井まかて　草々不一
歩りえこ　ブラを捨て旅に出よう〈貧乏乙女の"世界一周"旅行記〉
安藤祐介　営業零課接待班
安藤祐介　被取締役新入社員
安藤祐介　おい！山田〈大翔製菓広報宣伝部〉
安藤祐介　宝くじが当たったら
安藤祐介　一〇〇〇ヘクトパスカル
安藤祐介　テノヒラ幕府株式会社
安藤祐介　本のエンドロール
青木理　絞首刑
麻見和史　石の繭〈警視庁殺人分析班〉
麻見和史　蟻の階段〈警視庁殺人分析班〉
麻見和史　水晶の鼓動〈警視庁殺人分析班〉
麻見和史　虚空の糸〈警視庁殺人分析班〉

講談社文庫　目録

麻見和史　聖者の凶数〈警視庁殺人分析班〉
麻見和史　女神の骨格〈警視庁殺人分析班〉
麻見和史　蝶の力学〈警視庁殺人分析班〉
麻見和史　雨色の仔羊〈警視庁殺人分析班〉
麻見和史　奈落の偶像〈警視庁殺人分析班〉
麻見和史　鷹の砦〈警視庁殺人分析班〉
麻見和史　凪の残響〈警視庁殺人分析班〉
麻見和史　天空の鏡〈警視庁殺人分析班〉
麻見和史　賢者の棘〈警視庁殺人分析班〉
麻見和史　深紅の断片〈警防課救命チーム〉
麻見和史　邪神の天秤〈警視庁公安分析班〉
麻見和史　偽神の審判〈警視庁公安分析班〉
有川　浩　三匹のおっさん
有川　浩　三匹のおっさん　ふたたび
有川　浩　ヒア・カムズ・ザ・サン
有川　浩　旅猫リポート
有川ひろ　アンマーとぼくら
有川ひろ　みとりねこ
有川ひろほか　ニャンニャンにゃんそろじー

荒崎一海　門前仲町〈九頭竜覚山　浮世綴㈠〉
荒崎一海　蓬萊橋雨景〈九頭竜覚山　浮世綴㈡〉
荒崎一海　寺町哀感〈九頭竜覚山　浮世綴㈢〉
荒崎一海　小名木川〈九頭竜覚山　浮世綴㈣〉
荒崎一海　一色町雪花〈九頭竜覚山　浮世綴㈤〉
朱野帰子　駅物語
朱野帰子　対岸の家事
東　浩紀　一般意志2・0〈ルソー、フロイト、グーグル〉
朝倉宏景　白球アフロ
朝倉宏景　野球部ひとり
朝倉宏景　つよく結べ、ポニーテール
朝倉宏景　あめつちのうた
朝倉宏景　エール〈夕暮れサウスポー〉
朝倉宏景　風が吹いたり、花が散ったり
朝井リョウ　スペードの3
朝井リョウ　世にも奇妙な君物語
有沢ゆう希　末次由紀 原作　〈小説〉ちはやふる　上の句
有沢ゆう希　末次由紀 原作　〈小説〉ちはやふる　下の句
有沢ゆう希　末次由紀 原作　〈小説〉ちはやふる　結び

有沢ゆう希　小説　パーフェクトワールド〈君といる奇跡〉
有沢ゆう希　原作：金田一蓮十郎　脚本：徳永友一　小説　ライアー×ライアー
秋川滝美　幸腹な百貨店
秋川滝美　幸腹な百貨店〈デパ地下おにぎり騒動〉
秋川滝美　幸腹な百貨店〈催事場で蕎麦屋呑み〉
秋川滝美　マチのお気楽料理教室
秋川滝美　ヒソップ亭〈湯けむり食事処〉
秋川滝美　ヒソップ亭2〈湯けむり食事処〉
秋川滝美　ヒソップ亭3〈湯けむり食事処〉
赤神　諒　神遊の城
赤神　諒　大友二階崩れ
赤神　諒　大友落月記
赤神　諒　酔象の流儀　朝倉盛衰記
赤神　諒　空貝〈村上水軍の神姫〉
赤神　諒　立花三将伝
彩瀬まる　やがて海へと届く
浅生　鴨　伴走者
天野純希　有楽斎の戦
天野純希　雑賀のいくさ姫

2024年9月13日現在